Tanta vida

Alejandro Palomas

Tanta vida

Tradução de
Maria Alzira Brum Lemos

EDITORA RECORD
RIO DE JANEIRO • SÃO PAULO
2011

CIP-BRASIL. CATALOGAÇÃO-NA-FONTE
SINDICATO NACIONAL DOS EDITORES DE LIVROS, RJ

P212t Palomas, Alejandro, 1967-
       Tanta vida / Alejandro Palomas; tradução de Maria Alzira Brum Lemos. - Rio de Janeiro: Record, 2011.

       Tradução de: Tanta vida
       ISBN 978-85-01-08689-1

       1. Romance espanhol. I. Lemos, Maria Alzira Brum, 1959-. II. Título.

10-6243.   CDD: 863
                                        CDU: 821.134.2-3

Título original:
Tanta Vida
© 2007, Alejandro Palomas
Direitos de tradução negociados com Sandra Bruna Agência Literária, S.L.

Editoração eletrônica: Abreu's System

Imagem de capa: Chaloner Woods/Getty Images

Texto revisado segundo o novo Acordo Ortográfico da Língua Portuguesa.

Todos os direitos reservados. Proibida a reprodução, no todo ou em parte, através de quaisquer meios. Os direitos morais do autor foram assegurados.

Direitos exclusivos de publicação em língua portuguesa somente para o Brasil adquiridos pela EDITORA RECORD LTDA.
Rua Argentina, 171 – Rio de Janeiro, RJ – 20921-380 – Tel.: 2585-2000, que se reserva a propriedade literária desta tradução.

Impresso no Brasil

ISBN 978-85-01-08689-1

Seja um leitor preferencial Record.
Cadastre-se e receba informações sobre nossos lançamentos e nossas promoções.

Atendimento e venda direta ao leitor:
mdireto@record.com.br ou (21) 2585-2002.

EDITORA AFILIADA

*Para Pablo e Angelina,
tão longe e ao mesmo tempo tão perto.*

AGRADECIMENTOS

A Sandra Bruna, pelo percurso. A Manuel Martínez-Fresno, por Menorca e muito mais. A Sarah Dahan, sempre nos resta o riso. A Raquel Vidal, por ser valente. A Ana del Río, porque continua sem acontecer nada, embora às vezes aconteça tudo. A Sasa Munné e Pilar Peña, continuem aí. Às mulheres da El Cobre, pela esperança. A Menchu Solís, como não? A Rulfo, que a força nos acompanhe. A María Ledesma e aos dois Teos, pelo nosso cantinho em Tenerife. E a Quique Comyn, porque já se vão anos.

Confesso que vivi

PABLO NERUDA

PRIMEIRO LIVRO

A ILHA DO VENTO

UM

Dor. Avó Mencía sofre ao meu lado. Tem um braço quebrado e 90 anos. Também tem lembranças, imagens, vozes e nomes que às vezes se confundem com o não vivido. E ternura. E também silêncio.

Duas camas. Em uma repousa vovó, velha e desmemoriada. Quando se levanta, perde os dentes. Às vezes mamãe os encontra no lixo. Então Mencía olha para ela e sorri, embora não saiba por quê.

Duas camas. Na outra eu, me retorcendo de dor. Herpes-zóster. Uma pontada que me atravessa o tronco, do umbigo até a coluna. Fui ao hospital achando que tinha quebrado uma costela. A médica riu quando examinou minhas costas.

— Não é costela quebrada — disse, sem olhar para mim. — É pior.

No oeste de Menorca. Hoje é 8 de outubro.

— O que você está fazendo, Bea? — pergunta Mencía da cama do lado.

— Escrevendo, vó.

— Para quê?

— Como assim, para quê?

— Ora, para quê.

Sorrio. Aos 90 anos se perde a vergonha, e, quando a vergonha desaparece, vêm as verdades incômodas, a falta de tudo.

— Para que alguém me escute.

Ela olha para mim como se me visse pela primeira vez. Estende a mão e, entre falhas e dentes, diz:

— Eu escuto você.

Dor. O herpes se enrosca em mim como uma cobra, entre o peito e as costas, atrofiando algum nervo. Paro de respirar durante alguns segundos e fecho os olhos. Vai passar, digo para mim mesma, tentando aliviar a chicotada que controla meu coração e minha mente como uma história de amor ruim.

— Vai passar — diz Mencía com um suspiro, levando a mão ao braço quebrado e piscando, ela também, de dor.

— Eu sei.

Abre os olhos, estende a mão e pega o copo d'água que mamãe repõe sobre o criado-mudo a cada meia hora.

— Não, não sabe. Se soubesse mesmo, sentiria só metade da dor.

Ai, esta avó...

— Pode ser que a senhora tenha razão.

— Tenho. Noventa anos de razão e um braço quebrado — diz, soltando uma gargalhada áspera. Em seguida faz o sinal da cruz.

Volto para as minhas coisas, mas Mencía é teimosa e está aborrecida:

— Então?

— Então o quê?

— Ora. Para que está escrevendo, se eu já a escuto?

— Não é a mesma coisa, vó.

Ela ajeita como pode as almofadas nas costas e deixa escapar um arroto.

— Eu sei.

Volta o silêncio, um silêncio opaco só interrompido pelo tec-tec das teclas do laptop contra este amanhecer de outono que penetra pela janela. O silêncio nos faz bem. E o mar, este mar que se estende até o infinito desde a janela do quarto de mamãe, como um tapete de lã grossa e azul.

— Quer um pouco d'água?

— Não, vó, obrigada.

— Por que não?

Suspiro fundo, tentando decidir se continuo concentrada no que não consigo escrever ou se desligo o laptop e me rendo ao caprichoso bombardeio da artilharia ligeira da minha avó. Quando levanto a vista, meus olhos esbarram na figura cansada da minha mãe, que nos observa do batente da porta.

— Você nos abandonou, Lía — diz Mencía, soltando uma risadinha de menina má. — Não tem água, tive de colocar sozinha as almofadas e Beatriz começou a escrever porque quer que alguém a escute. Que enfermeira de merda — acrescenta, piscando um olho para mim.

Mamãe balança a cabeça e sorri.

— Que linguagem. Na sua idade.

Vovó faz o sinal da cruz.

— Na minha idade, mando a linguagem tomar no...

— Mamãe!

Mencía olha para mim e abre um sorriso sem dentes.

— Estúpida — ela solta entre resmungos.

Mamãe se faz de ofendida e leva as mãos ao rosto.

— Estúpida? Eu? Muito bem, assim que você for operada e sair do hospital, vamos levá-la de volta para a casa da Flavia. Ela que a aguente. Vamos ver como cuida de você.

Mencía olha para mim com cara de horror e começa a fazer o sinal da cruz de novo, desta vez a toda velocidade.

— Não, não, não... — repete uma e outra vez, revirando os olhos. — Com a Flavia não, com a Flavia não.

Mamãe se aproxima dela, pega o copo vazio do criado-mudo e sai, nos deixando sozinhas. Mencía volta a arranhar o silêncio com suas verdades de meia-pataca:

— Você não devia estar aqui.

Viro-me para olhá-la.

— Como assim?

— Você não devia estar aqui.

Não digo nada. Passam os segundos e ela volta ao ataque:

— Se está aqui, é porque não tem ninguém que cuide de você, e isso é muito triste.

Acendo um cigarro, apesar de não ter nem sequer tomado o café da manhã e de notar seu olhar furioso me atingindo lá da sua cama até aqui.

— Muito triste, sim — repete. — Deve estar muito só para que na sua idade sua mãe tenha de cuidar de você quando fica doente. Você não tinha um marido?

Dou uma tragada no cigarro e me armo de paciência.

— Sim, vó, mas ele está viajando.

Ela ri entre os dentes.

— Belo marido que vai viajar justo quando você cai doente. Como ele se chama?

— Arturo, vó.

— Ah, é. O advogado.

— Sim, o advogado.

— Eu não gosto de advogados.

— Deste você gosta.

— Sorte dele.

Tento segurar o riso, mas não consigo. Mencía olha para mim e, ao me ver rir, cai também ela em uma torrente de gargalhadas cansadas. Sempre é bom quando rimos juntas. Vê-la rir reconforta. Uma nova chicotada ardida nas costas me corta o riso de repente. Ela olha para mim de sua cama e fecha os olhos. Abre-os depois de poucos segundos e crava o olhar na janela.

— Sua irmã está anoréxica porque não sabe amar — solta sem mais, ainda com o olhar fixo no vidro. — Além disso, também não gosto do marido dela. É incrível a falta de pontaria que temos para homens nesta família.

Silêncio de novo. Desta vez é um silêncio carregado e feio que vovó traça com seu mau humor, perdida entre lembranças e momentos embotados pelos anos.

— E eu sou a primeira — murmura, justo quando mamãe volta a entrar com dois copos d'água e um suco de laranja.

— Você é a primeira? — pergunta mamãe. — A primeira em quê?

— Em me enganar — cospe Mencía, com cara de raiva.

Mamãe olha para mim com cara de quem não entendeu e se senta ao pé da minha cama.

— Perdi alguma coisa? — pergunta com gesto cansado.

— Nada, filha — diz vovó. — Coisa nossa.

— Que coisa? Se vamos começar com segredinhos, mando cada uma para sua casa. Já chega — diz mamãe, fingindo uma irritação com a qual não convence nenhuma das duas.

— Seu avô era um cretino, filha — solta de repente vovó.

Mamãe não consegue dissimular sua surpresa.

— Sim, Lía, um cretino e um mulherengo. Como o seu marido. Como o marido da Flavia. Como todos.

Mamãe não diz nada. Alisa as rugas do edredom de minha cama e baixa o olhar. Vovó se concentra em seu suco de laranja e eu prendo a respiração, esperando que a nova descarga de dor que paralisa meu lado esquerdo diminua e me dê alguns minutos de paz.

— E outra coisa — vovó volta a falar, desta vez se dirigindo a mim.

— Você não escreve para que a escutem. Você escreve para não ter de se escutar, e isso é mais triste do que estar aqui, na casa da sua mãe, porque não tem ninguém que cuide de você. Veremos quando vai escrever algo que mude alguma coisa.

Mamãe e eu nos entreolhamos sem dizer nada. Desde que cheguei a esta cama, e isso faz dois dias, não tinha ouvido vovó pronunciar duas frases seguidas. Foi quebrar o braço e perder a voz. Não mais palavras. Estava havia duas semanas em um mutismo carcerário, lento, velho. Até agora falava só para pedir, para se queixar, para expressar dor, mas já não conversava. Até esta manhã. De repente voltou a Mencía inteira e a toque de caixa, a das verdades sem descanso. Não esperávamos isto.

— Não quero operar — diz ela de repente. — Tenho medo de morrer. E da dor.

Silêncio de novo. Bem Mencía.

— Mas tenho ainda mais medo de voltar para a casa da Flavia.

* * *

É estranho chegar em casa e ouvir o silêncio, saber que mamãe não está. Não está, repito para mim mesma uma e outra vez no elevador quando volto do escritório, ao meio-dia. Não estão seus passinhos curtos e arrastados pelo taco, nem sua bengala apoiada em qualquer parte, nem aquele cheiro de pele curtida me perseguindo pela casa. Mamãe não está, mas eu sim. Curioso: agora que ela se foi, vivo desde seu não estar, emoldurada em sua ausência, me perdendo em meu não saber estar. Vago pela casa como uma sonâmbula, acho que feliz, acho que leve. Vazia, embora vazia dela. Até que volte.

— Talvez não volte, Flavia — diz Héctor, quando tento lhe explicar como me sinto desde que mamãe foi para a casa de Lía.

Não respondo. Sei que isso é o que ele gostaria. Ele também sabe que é o que eu quero. Que ela não volte.

— Embora eu não ache que seja uma solução.

Levanto o olhar do prato e o vejo concentrado na tela da televisão. Notícias. Algum atentado. Sei lá.

— Solução? — pergunto um pouco às cegas. As frases lapidares de Héctor às vezes são uma antecipação de uma verdade ruim. — O que você quer dizer?

Héctor acende um cigarro e dá um gole no café sem tirar o olhar da tela. Corpos ensanguentados, que alguém cobre com um lençol sujo. Uma mulher chora e outra a abraça. Atualidades.

— Faz duas semanas que sua mãe está na casa de sua irmã e você não deixou de falar nela nem um único dia. Provavelmente seria melhor que voltasse. Assim você poderia continuar atormentando-a e esqueceria que não sabe viver sem ela.

Héctor termina o café de um gole e se levanta. Segundos depois, a porta da rua se fecha com um estalo e a solidão da casa se reorganiza contra si mesma. "Filho da puta", penso com um sorriso denso, enquanto ponho a máquina de lavar louça para funcionar e anoto algumas coisas que preciso comprar no quadro branco fixado na porta da geladeira. Depois volto para a sala, sento no sofá e apoio a perna no pufe de couro vermelho. A perna embaixo do gesso coça, mas comecei a me acostumar à coceira. Bendita coceira. Mais quatro semanas e voltarei a andar, sem gesso e sem muletas. Mais quatro semanas e mamãe estará de novo aqui em casa, provavelmente curada depois da operação, e tudo voltará a ser como antes. Lía não para de me dizer que devo contratar uma moça para cuidar dela durante o dia, que mamãe pode se permitir isso e mais. Ela tem razão. O que Lía não sabe é que não suporto ter de dormir com ela, tê-la perto durante uma noite inteira, notar que seu cheiro me sufoca, ouvir seus roncos de velha, ouvi-la queixar-se, choramingar como uma criança porque lhe dói o braço ou porque está com medo. Não suporto que me toque, que me procure. Por que eu tenho de cuidar dela?

* * *

— Sua tia não gosta de mim, Bea.

Tiro o olhar do livro que estou tentando ler há um tempo. Mencía tinha adormecido. Mamãe deve estar lavando a louça do café da manhã na cozinha. Não a ouço.

— Não diga isso, vó.

— Ela tem nojo de mim.

— Vó...

— Um dia perdi a bengala e ela me disse que estava farta, que se eu voltasse a perdê-la ia me internar em um asilo.

Coloco o livro no criado-mudo e aperto os dentes quando uma nova chicotada de dor me percorre o flanco até a base do pescoço.

— São coisas que se dizem sem pensar, vó. Não dê importância.

Ela me olha fixamente e não diz nada durante alguns segundos.

— Também me disse que eu nunca gostei dela, que sempre a reprimi, e que se casou com Héctor porque sabia que eu não o suportava.

Não sei o que dizer.

— Não troca minha fralda, e só limpa o quarto quando sua mãe vem me visitar. E esconde a bengala para me impedir de levantar da cama.

As palavras de vovó vão desenhando sombras espessas nas paredes do quarto. Parece falar consigo mesma, como se lembrasse alguma história que lhe tivessem contado, cenas imprecisas que de repente vai recuperando e das quais volta a se esquecer, uma vez evocadas. Não parece sofrer. Apenas narra. Uma onda de dor volta a me atacar pelas costas quando tento me levantar para ir procurar mamãe.

— Ela me empurrou. Eu não estava achando a bengala e ela me empurrou contra a mesa. Héctor a deteve, mas não encontrei onde me apoiar e esbarrei na mesa. Bati o braço na borda.

Agora suas palavras são um murmúrio lento e calmo. Sinto um calafrio. De repente ela começa a bater no peito, como se tentasse afugentar uma mosca ou algum inseto que a incomodasse.

— Fora, fora — começa, sacudindo-se cada vez com mais força. — Fora daqui, monstros — grita, perdendo a paciência.

Depois de poucos segundos Lía aparece no vão da porta, com cara de sono.

— O que foi, mamãe? O que está acontecendo?

Vovó continua batendo no peito. Parece ter perdido o controle.

— Estes ratos, que não param de mamar. Fora! Fora, bichos!

Mamãe olha para mim, totalmente confusa. Aproxima-se de vovó e a abraça.

— Não há nenhum camundongo, mamãe. Calma, calma...

Vovó continua agitando as mãos por mais alguns segundos até que finalmente se deixa embalar nos braços de mamãe, que agora acaricia sua cabeça.

— Esses ratos... às vezes vêm e querem mamar... e eu não posso...

— Tudo bem, mamãe... tudo bem, já foram. Não vão vir mais, não se preocupe. Tome, beba um pouco d'água.

Vovó bebe um pouco d'água e se recosta nas almofadas; parece esgotada. Segundos depois ronca tranquilamente. Mamãe se senta na beira da minha cama e sorri.

— Fico com tanta pena de vê-la desse jeito... — diz, meio a contragosto.

— São noventa anos, mamãe. O que você esperava?

Lía se curva um pouco contra a luz dourada que entra pela janela. Passa a mão pelo rosto. Está cansada. Muitos dias atendendo vovó, muitas horas à mercê de seu humor oscilante de menina caprichosa.

— Você devia descansar.

Ela olha para mim durante alguns segundos, como perdida.

— Sim, acho que vou tentar dormir um pouco mais.

Como se a tivesse ouvido, a voz áspera de vovó se perfila em sua cama:

— Lía.

Mamãe sorri com expressão entregue.

— Diga, mamãe.
— Me dá um pouco d'água?
— O copo está cheio.
— Está quente.
— Já vou.

Mamãe se levanta com um sorriso resignado e vai até o criado-mudo de vovó. Pega o copo e acaricia a cabeça de sua mãe com gesto distraído. Vovó levanta a cabeça e olha para ela. Em seguida se vira e me observa atentamente com olhos perdidos.

— Você quem é? — diz, sem me reconhecer.
— Sou Beatriz, vó. Sua neta.

Mencía continua me olhando por alguns segundos até que de repente encaixa minha imagem em algum canto de sua memória à deriva.

— Ai, sim, filha. Desculpe — diz, balançando a cabeça. — Sua avó está muito caduca.

Da porta, mamãe olha para mim e suspira. Em seguida desaparece.

— Que horas são? — pergunta vovó, olhando de novo para mim com expressão opaca.

— Nove e meia.

Ela suspira. Senta-se na cama e apoia as costas nas almofadas.

— Desde que seu avô morreu que o tempo não existe para mim — ela solta de repente, como se falasse com ninguém. — Ele foi embora e partiu os minutos e as horas como quem quebra um aquário e fica ali vendo morrer os peixes de que cuidou durante anos. No dia em que perdi seu avô, enterrei nas minhas plantas todos os relógios da casa. Parei de contar, porque o medo de viver na prorrogação era demasiado para uma mulher tão velha. Ainda bem que eu tinha vocês.

Com esse "ainda bem" suspirado em descendente, vovó crava as unhas no silêncio da manhã. Do outro lado da janela, o farol, o velho farol que tantos verões nos viu passar. O farol.

— E seu marido advogado, por que não liga? — diz de repente.
— Ele está com muito trabalho. Está em um congresso, na Holanda.
— Ah. E em dois dias não encontrou cinco minutos para ligar?
— Não.

Mencía crava o olhar no teto e faz o sinal da cruz. Depois ri, parecendo mergulhada no vaivém de suas próprias lembranças.

— Quer sair para dar um passeio de barco?

Olho para ela como quem não ouviu direito.

— Sim, filha. Ao farol. Como antes. Lembra?

— Acha que conseguiria? — digo, vendo a sombra de mamãe aparecer na porta.

— Com certeza chegaremos antes que o seu marido ligue — responde, com um sorriso desdentado.

Sorrio. Às vezes vovó pode ser terrível.

— Sabe o que eu acho? — ela volta à carga.

Mamãe entra neste momento, e da porta, pisca um olho para mim.

— O quê? O que é que você acha, mamãe? — diz da soleira, cruzando os braços como uma enfermeira indulgente.

Vovó fecha os olhos e ajeita os fios de cabelo grisalho que mamãe penteia todas as manhãs depois de tirar sua fralda e lhe dar banho.

— Que seu marido não gosta de você — dispara, olhando para mim.
— E que este herpes que você tem é o que dá em todas nós quando nos deixam sem nos deixar completamente. Ou você acha que estou tão caduca a ponto de não perceber?

— Vó, por favor — digo, tentando interrompê-la.

— Por favor o quê? Filha — começa, olhando para a mamãe —, e você? Não vê que a menina está sofrendo porque está sozinha?

Mamãe se senta na cama de vovó e começa a lhe fazer uma massagem nos pés. Mencía fecha os olhos de novo e suspira. Faz o sinal da cruz.

— Por que diabos estamos todas tão sozinhas? — diz de repente, explodindo o silêncio com sua voz gasta.

* * *

No quarto dos fundos — o meu —, mamãe e Beatriz conversam e riem. A manhã cai leve sobre o mar. Tanta paz.

Inés não ligou desde anteontem. Também não foi trabalhar esta manhã. Inés não dá conta da vida. Muita culpa. Marido, filho... e Sandra, a maldita Sandra aparecendo à traição numa manhã de inverno na redação como uma nuvem de tempestade. Vento novo. Olhos negros como duas encruzilhadas em pleno bosque. Nesse dia, como em muitos outros a partir de então, Inés chegou em casa com luz no rosto. Jorge, seu marido, afastou os olhos da televisão e a cumprimentou com um gesto parco, sem palavras. Não gostou daquela luz. Não augurava nada bom.

Dois anos de idas e vindas. Inés sofre desde então ao abrigo varado das ilusões que Sandra despertou nela naquela maldita manhã. Apaixonada. Apaixonada a frágil Inés por uma ilusão, desapaixonada de tudo até que chegaram aqueles olhos a lhe abrir o que ninguém tinha conseguido abrir até então. Demorou pouco para contar.

— Estou apaixonada, mamãe.

Apaixonada. Apaixonada na hora errada, com um marido incolor e um filho crescido à sua sombra como uma moita de hera faminta. Apaixonada por tudo o que uma mulher não deve se apaixonar. Por outra mulher. Minha Inés. A do meio.

— O que você está me dizendo, Inés?

Fazia calor nesse dia, ou assim me lembro. No entanto, não me lembro de que houvesse sol. Estávamos sozinhas. Martín tinha saído para navegar. Tentei dizer mais alguma coisa, mas da minha boca só saiu uma tosse seca de cachorro que não ajudou. Inés olhava para mim em silêncio. O tique-taque de um relógio me martelava o cérebro com sua falta de tino. Apaixonada.

— O nome dela é Sandra. Começou este ano na editoria internacional.

Eu quis tapar os ouvidos. Que pouca sorte, a da minha menina do meio.

— Ontem fizemos amor. Senti que era a primeira vez, que a vida voltava.

Levantei-me da mesa e comecei a recolher os pratos sem olhar para ela.

— Vai passar — foi a única coisa que me ouvi murmurar. — Essas coisas vão e vêm.

Inés deixou o guardanapo em cima da mesa e segurou o meu braço, levantando o olhar para mim.

— Não quero que passe, mamãe.

"E eu não quero que isso seja verdade", pensei. "Não quero viver o que virá a partir de agora, nem vê-la sofrer mais do que já se acostumou a aguentar com aquele marido feito de retalhos mal cortados e aquele menino que brinca sempre de não estar quando você não lhe empresta sua sombra de mãe."

Voltei a me sentar e coloquei a mão sobre a dela.

— O que você vai fazer?

Ela não disse nada. Continuou me olhando com aqueles olhos de ilha à deriva, com aquele olhar ferido tão dela, tão Inés.

— O que quer que eu faça? — perguntei-lhe, desta vez me encontrando na doçura do seu olhar.

Sorriu. Seu rosto de menina renovada se cravou no meu esterno, me arrebatando o fôlego.

— Viver isto, mamãe.

— É claro — murmurei, perdendo os olhos no quadriculado laranja da toalha. — E Jorge? E o menino?

— Eles não têm por que ficar sabendo. Ninguém tem por que saber. Só você e eu.

É claro. Só ela e eu. Belo segredo. Ela e eu e o que viria. Estremeci de ansiedade.

— Não vai dar certo, filha. Estas coisas nunca dão certo.

Inés apertou minha mão e aproximou seu rosto do meu, apoiando a testa em meu ombro.

— Faz muito tempo que nada está dando certo, mamãe.

Coloquei o dedo embaixo do seu queixo e a obriguei a levantar o rosto.

— E acha que você é a única?

Ela me lançou um olhar triste.

— E você? Se sente melhor por não sê-lo?

Engoli em seco. Às vezes minha menina do meio lembra minha mãe. Diz as coisas como se as lesse em algum canto do céu, como se uma voz que não fosse a sua as ditasse de repente, assim, na lata.

— Não, filha. Isso me ajuda a continuar, mais nada.

Acendeu um cigarro e jogou uma baforada de fumaça branca no lustre que pendia sobre a mesa.

— Tenho 35 anos, mãe.

— Eu sei.

— Não quero viver outros 35 como os que vivi até agora.

— E eu não quero que você sofra.

— Então me ajude a viver isto.

Agitei a mão para dispersar a nuvem de fumaça que nos separava.

— E o que quer que eu faça? — repeti em um murmúrio triste.

Ela suspirou e inclinou a cabeça, me olhando de lado.

— Que diga que não gosta menos de mim por isso. E que esteja... Não sei..., que não se culpe.

Fechei os olhos. Senti uma bola de angústia no peito escalando minha garganta.

— Sabe de uma coisa? — perguntei, me concentrando nos quadriláteros retorcidos da toalha. — Uma vez tentei me separar de seu pai. Você não tinha nascido. Helena teria uns 2 anos, talvez 2 e meio. Certa tarde, fiz a minha mala e a de Helena e fui para a casa dos meus pais, desfeita em lágrimas. Já fazia tempo que seu pai me enganava com uma das sócias do escritório, e eu sabia. Naquele dia não aguentei mais. Quando cheguei à casa dos meus pais, sua avó me mandou entrar, deu-me uma xícara de chá e esperou que eu me acalmasse. Contei-lhe tudo. Quando terminei, ela se levantou, pegou minha mala e disse: "Muito bem, Lía. Agora pegue sua mala e sua filha e volte para casa antes que Martín chegue e desconfie de alguma coisa. Você se casou com um homem que tem uma aventura. Você deve saber por que ele tem de sair para procurar fora o que pode ter em casa. Se você quer deixá-lo, tudo bem, deixe-o, mas se fizer isso, não espere nada de nós. Você já é uma mulher. Agora aguente, como todas nós fizemos."

Inés olhava para mim com os olhos vazios. Parecia ter parado de respirar.

— O que você fez?

Sorri.

— Enxuguei as lágrimas, voltei para casa, desfiz a mala e comecei a fazer o jantar.

Deu uma longa tragada no cigarro e exalou a fumaça com um suspiro de irritação.

— Vou lhe dizer algo importante, filha. Vocês três são a melhor coisa que me aconteceu, a melhor. Ter vocês ao meu lado, saber que existiam, deu-me a vida.

Inés esmagou a bituca do cigarro nos restos de sorvete do prato.

— Mas se voltasse a nascer, se pudesse voltar no tempo e refazer o passado, eu não me casaria nunca, disso você pode ter certeza. Escolhi mal e levei minha escolha o melhor que pude, não dignamente, não alegremente. Vivi todos esses anos me mantendo íntegra porque sabia que, se não o fizesse, se jogasse a toalha e desabasse de vez, perderia vocês. Que estranho. Agora que cada uma de vocês tem sua própria vida é quando as sinto mais perto.

Inés se retorceu em sua cadeira, encolhendo-se ligeiramente.

— Então?

Levantei-me e voltei a fazer menção de tirar os pratos.

— Faça o que acha que deve fazer, Inés. Se não der certo, aqui sempre sobram camas — respondi por fim, tentando fazer as mãos pararem de tremer para poder levantar a bandeja. — Mas, diga o que disser, não me procure depois para chorar por aquilo a que teve de renunciar nem pelo que não se atreveu a deixar. Como mãe, não posso dizer que aprovo o que você está fazendo. Tampouco como avó de seu filho. Mas como amiga...

Inés me lançou um olhar de expectativa.

— ...e como mulher...

Parei na porta da sala de jantar e, sem me virar para olhar para ela, resmunguei:

— Não posso negar que me emociona.

Os quadros da toalha se fecharam sobre si mesmos como um xadrez vazio.

— Que inveja me dá ver essa luz nos seus olhos, filha.

* * *

Vovó assiste à televisão e se queixa de vez em quando. Uma e outra vez, puxa as ataduras que unem a tipoia ao braço e solta algum lamento abafado. Bebe um gole d'água, concentra-se na tela, às vezes chora, às vezes apenas olha. Para nada. Para a janela. Para o mar.

Olho para vovó e me deixo embalar em suas pupilas. Falam muitas coisas.

Quando eu era pequena, Mencía me contava histórias. Com o tempo aquelas histórias se tornaram verdade. Agora são a vida que me dá forma. Em suas pupilas vejo um mar azul salpicado de contas verdes nas quais ela lê os nomes dos que já não estão, dos que se foram antes, nomes que agora confunde com os nossos.

— Arturo? — diz de repente, sobressaltada.

— O que você está dizendo, vó?

— Seu marido, Bea, chama-se Arturo, não?

Suspiro. De novo a dor. De novo a queimação entre o peito e as costas.

— Sim.

— Como ele é?

— Não se lembra dele?

Mencía torce a cara e crava o olhar no teto.

— Na minha idade a gente só se lembra do indispensável. O seu Arturo não é desse tipo.

Não digo nada. Ela dissimula um sorriso.

— Nem para mim nem para você, querida. A única diferença é que eu não estou casada com ele, graças a Deus. Faz tempo que o seu Arturo ficou pequeno.

Arturo. O que sabe vovó? Ou quem quer que seja? Mamãe entra com o jornal e o deixa no criado-mudo de Mencía, que nesse momento solta uma tosse seca e em seguida pigarreia.

— Teresa vem me visitar hoje? — pergunta-lhe de repente vovó, levando a mão ao cabelo com uma expressão angelical.

Mamãe olha para ela sem saber o que dizer.

— Teresa?

— Teresa, isso. Ela não disse que viria hoje?

Teresa é a irmã mais nova de Mencía. Morreu já faz alguns anos de um câncer fulminante.

— Sim, já deve estar chegando — diz mamãe, entrando na onda.

Mencía olha para ela com cara de mau humor e estala a língua, em um gesto de irritação.

— Você está mentindo. Concorda comigo porque acha que estou caduca. Pensa que não sei que Teresa vive no Chile?

Afasto o olhar e reprimo um sorriso que mamãe, do batente da porta, capta no ar.

— Desculpe, achei que você estava perguntando por Inés — gagueja mamãe. — Que confusão — acrescenta, com expressão de desculpa —, parece que a minha cabeça está pior do que a sua.

Vovó solta uma gargalhada maliciosa. Em seguida se concentra na estampa do edredom de mamãe e alisa o rosto com uma expressão triste.

— Dói tanto — diz então, franzindo a testa.

— Talvez você devesse parar de tocar as ataduras.

— As ataduras? — murmura, movendo as pupilas como uma menina perdida em um bosque escuro.

— As do braço, vó.

Ela apalpa o braço e solta um suspiro cansado.

— Não, querida, o que me dói é que só restam sua irmã e você.

Não sei o que dizer. Como sempre, vovó bate de repente, jogando em cima de mim a lembrança de Helena e dos meses que faz que ela já não está conosco. Perco o olhar na janela coroada de azul-turquesa. O mar. Helena. O mar e Helena sempre ao mesmo tempo, sempre roçando-se com os dedos, brincando um com a outra, desafiando-se, enfeitiçados os dois. Desde que Helena se foi, vivemos de costas para a água, amaldiçoando-a em silêncio.

— Amanhã vai fazer um ano — diz Mencía, levantando o olhar e cravando seus olhinhos nos de mamãe.

Vazio. Abre-se o vazio entre as três, enquanto uma pontada de dor surda percorre minhas costas, cortando minha respiração. A lembrança de Helena passeia entre nós como um fantasma com sua bola de desacertos.

* * *

Helena era a mais velha. Sempre foi, inclusive antes de Inés e Bea nascerem. Cresceu apaixonada pelo pai, obscurecida por minha presença injusta, incomodada, me olhando de esguelha. Cresceu desde a maturidade precoce e afiada até se transformar em uma Helena silenciosa, bela em sua precariedade. E eu cresci com ela, amadurecendo também, vendo-a me odiar dia a dia. Perdi-a desde que a tiraram de dentro de mim e a vida a colocou contra mim. Avançamos, então, paralelas sobre o tempo, contra o tempo. Helena vivia para Martín e para o mar, em sua vida não havia lugar para mais nada. Saía com o pai para navegar desde muito pequena, flutuando os dois no azul como duas medusas mudas, duas portas fechadas do mesmo sótão. Voltavam radiantes, exaustos, coloridos daquilo que nunca compartilhariam comigo. Passaram os anos, e Helena começou a navegar sozinha. Saía na primeira hora, quando a luz do dia ainda estava longe e o silêncio da manhã não anunciava nada. Andava pela casa às escuras, tomava uma xícara de chá como café da manhã e descia de bicicleta para o cais, deixando-se deslizar rua abaixo envolta na paz da manhã. Conheci poucos amigos dela. Nenhum, eu diria. Tinha olhos azuis profundos e necessitados e uma cabeleira loura que o sal e a água tinham encrespado com os anos, formando ondas nas costas. Helena era bonita, uma dessas belezas deslumbrantes por serem alheias, taxativas. Desde pequena passava as horas pintando no chão diante da janela da sala. Sempre em silêncio, sem afastar o olhar da enorme mancha de oceano que se perdia até se encontrar com a primeira linha de céu. Pintava com o vício do mau fumante, uma imagem atrás da outra, o mesmo mar, o mesmo azul, às vezes um navio interrompendo a tarde, outras o sol, pouco mais que isto. Em casa éramos quatro e ela. Quando terminou o colégio, foi estudar na Alemanha.

— Quero ser pintora — anunciou em uma manhã de julho, horas depois de ter recebido a notícia de seu resultado excelente no exame de seleção. — Quero ir estudar em Berlim.

Martín e eu não soubemos o que dizer. Ele alimentava em segredo a esperança de que Helena estudasse Direito e fosse trabalhar com ele no escritório. Quanto a mim, confesso que estava desligada de minha filha. Fazia tempo que tinha decidido não elucubrar sobre suas possíveis decisões. Seu anúncio era dirigido ao pai, não a mim. Eu não contava.

Berlim. O que havia em Berlim? Por que tão longe?

— Porque lá não tem mar — respondeu, fitando o pai com olhos tristes. Havia em seu olhar um fundo de recriminação, talvez uma sombra de provocação. — Não posso continuar ancorada a tanto azul. Preciso enxergar.

E foi embora. Com sua partida, eu quis me aproximar dela. Foi difícil. Foi difícil começar, foi difícil a primeira carta que não queria sair. Durante dias eu dava voltas e mais voltas, procurando ancoragens sobre as quais escrever, tentando me lembrar de vínculos comuns que me aproximassem daquela filha que não me queria perto. Começava a escrever e minha voz se apagava, perdida entre as areias movediças de lembranças mal fundeadas e o branco nuclear do papel de carta. Certa noite, seis meses depois de sua partida, acordei de madrugada. Atrás dos vidros da janela, uma tempestade de raios secos agitava o porto e o ar. Levantei-me com o coração encolhido, fiz um chá e me sentei na sala para ver a tempestade. Martín estava viajando, em Lisboa, acho, e Bea e Inés tinham ficado para dormir na casa dos avós. Continuei com o olhar cravado na janela, hipnotizada pela tempestade, enquanto uma meada de angústia ia se formando em meu estômago a cada trovão. Respirei fundo, tentando me acalmar. Fechei os olhos. Contra a escuridão vazia de minhas pálpebras, minha Helena navegava sobre um mar escuro em um barco de velas rasgadas, serpentes azuis emaranhadas nos cachos brancos de seu cabelo, sorriso triste, entregue. De suas pupilas, a Helena mais menina me fitava com olhos de dor. Corri para o telefone.

Quando ouvi sua voz do outro lado da linha, não soube o que dizer. Fiquei calada, resfolegando como um motor cansado, procurando o ar que não tinha. Helena esperou. Imaginei-a na cama, confusa, meio dormindo na fria madrugada berlinense, provavelmente com vontade de desligar, muito tensa. Imaginei-a perguntando-se a que vinha aquela ligação, com que permissão, com que coragem. Eu a vi esperando, atenta à minha respiração, em guarda, contra mim, por todos os nossos anos juntas vivendo em mundos confrontados, desejando desligar e me desprender de seu passado e de seu destino. O que posso fazer para saber o que lhe dizer, menina?, quis lhe perguntar. Como fazer para que me escute? Para que me conheça? Para que entenda?

Senti uma nova náusea e notei então o sabor salgado de uma lágrima nos lábios. Água de mar. Helena e o mar. Então falei:

— Sou eu, Helena. Lía.

Lía. Meu nome. Lía. Mamãe já não, nunca mais. Também eu entre tempestades d'água salgada, também eu esperando respostas, precisando ouvir. Um raio crepitou sobre o oceano no horizonte, seguido logo depois por um trovão que fez tremer os vidros de todas as janelas da casa. As nuvens se abriram e a chuva varreu a escuridão. Então a voz de Helena envolveu tudo com suas duas palavras, levando com elas os silêncios mal paridos, abrindo uma brecha magnífica onde penetrar de uma vez. Duas palavras como dois olhos de menina. Eu necessitava tanto delas.

— Tudo bem?

Apoiei-me na parede. A voz de minha menina mais velha ressoou em minha cabeça, impedindo-me de ouvir qualquer outra coisa. Conforme passavam os segundos fui pouco a pouco me abrindo para a tempestade, me deixando chorar desde o estômago, alagando anos de maternidade torta, de não saber como. Helena. Continuei chorando por um tempo até que por fim consegui me acalmar. Ela me esperava, paciente já. Quando decidiu voltar a falar, sua voz quebrada me enrugou o peito.

— Estou grávida, Lía.

Grávida.

Demorei menos de 24 horas para chegar a Berlim. Durante as duas semanas que passei com Helena, ela perdeu sua filha e eu recuperei a minha. Conversamos pouco naqueles dias, envolvidas no frio da cidade. Não havia muito a dizer. A surpresa de nos descobrir passeando juntas sob aquele céu de chumbo, entre cafés, jantares e galerias, superava todo o resto. Passeando de braços dados, apagávamos o não vivido, as lembranças não compartilhadas. Meu braço no dela fechava um parêntese que nós duas tínhamos aberto com os anos, encerrando Martín em uma bolha de óleo fervendo que respingara em nós inoportunamente. Lembro-me daquelas duas semanas com Helena e me espanta agora saber que, sem perceber, ela tinha me escolhido para celebrarmos juntas o equador de sua vida. Às vezes tenho a sensação de ter passado só 15 dias com minha filha, de ter perdido o resto.

* * *

A dor cura, ou pelo menos isso dizia Helena. Aconteceram muitas coisas desde que as coisas começaram a acontecer, e eu não sei perdoar. Não consigo. Passo da euforia à escuridão. Embotada. Deprimida, não. Não mais. A depressão não é um estado, como eu tinha acreditado até agora. A depressão é uma cortina de contas negras que atravessamos às cegas, imprimindo-nos no pior daquilo que acreditávamos não ser. Ansiolíticos. Antidepressivos. Chás.

Ontem quis sair de casa. Chamei um táxi para que me levasse ao porto. Precisava de um pouco de ar, de água, sei lá. Quando o táxi chegou, saí para o patamar arrastada entre as muletas e o peso diabólico desta perna engessada que me ancora ao chão. Chamei o elevador. Não houve resposta. Por um momento não soube o que fazer. Esperei alguns segundos, tentando não perder o humor nem a calma. Voltei a chamar, mas a luzinha do botão do elevador continuava morta. Ouvi alguém que descia pelas escadas, dois andares abaixo. Crianças e uma mãe, talvez uma avó. Risadas cada vez mais surdas, o estalo quebrado da porta do edifício e depois silêncio. Perdi a vontade e a paciência e decidi voltar para casa. Quando cheguei à porta, me dei conta de que não pegara as chaves. Nem as chaves, nem o celular, nem a bolsa. Não era nem meio-dia e Héctor não voltaria até a noite. Fechei os olhos.

Risada. Uma risada seca e áspera começou a irromper em minha boca quando por fim me apoiei de costas na porta e me vi assim, encostada no corredor de meu apartamento de cobertura solitário como uma baleia desajeitada, esperando o milagre de uma vida prolongada. Risada, sim. A risada de uma louca emaranhada entre suas muletas e seus fantasmas, desligada de tudo menos de si mesma, à deriva no mar de ladrilhos azuis do corredor que se estendia até o elevador como um oceano cheio de perigos. Apoiei-me nas muletas e tentei andar, mas o corpo não respondia. Devagar, fui deslizando sem tirar as costas da porta até ficar sentada no chão frio, agarrada às muletas como um náufrago se agarra ao mastro de seu veleiro. Fechei os olhos de novo e uma ânsia de ódio me percorreu as veias: um ódio aberto, tórrido, uma rajada de sanha atravancada que foi se abrindo em leque em todas as direções ao compasso de meus suspiros abafados; odeio Héctor por não estar, e também por estar, por nunca saber chegar a tempo, por tanto tempo me sabendo sozinha. Odeio mamãe por não ter me ensinado a me virar sozinha, por não ter sabido me ajudar a amá-la, por se deixar maltratar por mim com seus olhinhos de mãe assustada, por ter medo de mim e por não enfrentar o que nos desune desde que papai se foi, abrindo uma brecha em nós duas. Odeio Lía por ser a caçula, pelo carinho daquelas filhas limpas que eu nunca tive e aquela bondade irrefreável e teimosa com que assume tudo, me acusando com cada gesto, com cada palavra não dita, não pensada. Ódio resumido, maltratado, ousado e compacto como as lágrimas que me arrancavam os soluços contra o eco surdo do corredor, estampando-se no azul do chão como a chuva num mar calmo. Chegaram então as lembranças, retalhos de vida a toque de caixa, coisas não feitas, amores não correspondidos, carinho por dar, por receber. Chegou o rosto tenro de papai, suas mãos fortes, aquele olhar sorridente e vital de homem com o qual ele apaixonava até as pedras, seus abraços abertos, cheios de promessas a meio cumprir, suas cartas marcadas com as quais nos deixava loucas, sua vida de malabarismo contínuo, enrugando as horas ao tempo, deixando-me sozinha, sozinha contra o futuro sem ele, algemada a mamãe pela vida toda. Papai.

Héctor me encontrou feito um nó de gesso e lágrimas secas encostada na porta ao voltar para casa nessa noite. Quando me colocou para dormir, vi em seus olhos uma expressão que não tinha visto nele até então. Não era ternura. Nem amor. Olhou-me como o menino que vê o rabo de uma lagartixa se mexendo depois de tê-lo cortado tentando caçá-la, com uma mistura de nojo e de pena.

Depois, já de noite, voltei a sonhar com Helena.

* * *

Lía entra e sai do quarto como a luz de um farol. Anda automaticamente entre nós. Faz tempo que navega sozinha. Desde que Helena nos deixou. Pergunto-me onde terá aprendido a calar tanto. De quem terá herdado este silêncio tão branco? Às vezes tenho vontade de esbofeteá-la para que solte, para que pare. Sacudi-la até ouvi-la gritar. Minha Lía.

Acha que não sei. Está enganada.

— Escrevo para que me escutem, vó — diz Bea, a pequena Bea, da outra cama, me olhando de soslaio.

Está mentindo. Bea, você está mentindo, como fazemos todas nós. Você não escreve para que a escutem. Escreve porque não a escutam. Não é a mesma coisa. Ou talvez sim.

Para ser velha é preciso ter aprendido a morder a língua com carinho. A fechar a boca a tempo. E a rondar a loucura para que as verdades sejam desculpáveis.

— Perdi alguma coisa? — pergunta Lía em uma de suas entradas repentinas no quarto.

Eu olho para ela e a língua espeta minhas gengivas como uma agulha sem ponta contra a madrepérola de um botão. Alguma coisa, não, quase chego a dizer. Tudo, Lía. Você perdeu tudo. E faz tempo. Ai, menina.

Segredos. Mentiras. E Flavia. Abandonam-me os quilos, os músculos, os ossos. A memória não. A memória continua aí, lembrando, inteira. Chegar ao final de sua vida tão carregada de lembranças não ajuda. Bea escreve não sei o quê nessa maldita máquina, e eu não consigo fazê-la parar. A doença não a detém. Tampouco a solidão. Não a detém o silêncio, nem o mar que continua arrebentando ao longe nas pedras da ilha e de seu farol, além da janela. A ilha. A do Vento.

— Quero voltar, antes de ir para o hospital — ouço-me dizer, antes de prender a língua entre as gengivas.

Bea deixa as mãos suspensas no ar. Lía para no corredor. A manhã se fecha. Sou uma velha louca que quer voltar a ver o mar.

— Aonde, vó?

— À ilha. Ao farol. Juntas. Todas.

Bea olha para mim com olhos de vidro. O silêncio é tão denso que posso ouvir a respiração entrecortada de Lía no corredor, talvez agora apoiada na parede.

— Vó...

— Como antes. Que Flavia vá também. Diremos a Jacinto que nos leve. O coitado não deve ter voltado a sair para o mar desde...

Bea prende o olhar na luz que entra em torrentes pela janela. Tem os olhos bonitos, quase negros. Contém uma careta de dor e se dobra sobre si mesma.

— Mas... você não pode sair assim. Se mal consegue ir da cama ao banheiro... E eu... não podemos...

— É claro que podemos. Jacinto nos leva.

— Não acredito que mamãe ache uma boa ideia, vó. Talvez depois que a senhora tiver saído do hospital...

Deixo passar alguns segundos. Lía continua respirando no corredor. Uma vela atravessa a janela. Alguém navega. Bea coloca as mãos no teclado. Procura com os olhos um cigarro.

— Não vou sair daquele maldito hospital, menina.

Lía entra justo neste instante, com cara de quem não ouviu nada, concentrada em estar alegre. Traz uma bandeja com café e croissants.

— Prontas para o café da manhã? — pergunta, com um sorriso de enfermeira experiente.

— Amanhã vamos todas à ilha. Quero me sentar embaixo do velho farol antes de morrer, Lía — falo, olhando-a nos olhos. — Todas. Nós cinco. Chame Jacinto. Ele nos levará.

Lía olha para mim sem perder o sorriso. Lía olha para mim. Lía sorri e em seu sorriso leio uma tristeza tão imensa, tão assustadora, que sinto um estalo no braço quebrado. Nossos olhares se encontram durante alguns segundos. Está cansada. Sabe que não darei o braço a torcer. Deixa a bandeja aos pés de Bea, senta-se, abraça-se, ainda com os olhos na bandeja, e em seguida solta um suspiro de resignação.

— Vai precisar se agasalhar bem, mamãe. Está prevista uma ressaca para amanhã — diz com a voz vazia, massageando lentamente os braços e cravando os olhos aquosos na parede antes de sair com passos vacilantes do quarto.

Enquanto a ouvimos falar com Jacinto por telefone, Bea e eu ficamos em silêncio. A manhã perambula com seus sussurros surdos pela casa, esmiuçada contra a voz pausada de Lía e alguma vela que desliza pela janela, entre o vidro e a longínqua silhueta recortada do farol que coroa de vento o sul da ilha. O silêncio de Bea é como o meu, está cheio de coisas, de recortes e retalhos que às vezes aparecem nos olhos. Pensa no farol. Em Helena. Naquela noite sobre a qual nenhuma de nós voltou a falar, aquela noite de mar revolto em que cessou a esperança, fechando-nos em nós mesmas como baús antigos.

— Ligo a televisão? — pergunta-me Bea de repente, ainda com o olhar perdido na janela.

— Não, menina. A esta hora só passa lixo. Além disso, me assusta ver tanta gente com tanta pressa aí dentro.

Bea solta uma gargalhada aberta e o laptop balança no seu colo como uma canoa na corrente.

— O rádio?

Fecho os olhos.

— Não suporto que não me olhem nos olhos quando falam comigo.

Volta a rir. Desta vez me uno a ela e ao fazê-lo cuspo no edredom um pedaço de croissant molhado de café, que ela saúda com um novo jorro de gargalhadas.

— Quero jogar alguma coisa.

Olha para mim com cara risonha.

— Muito bem. O que prefere? Gamão, cartas, xadrez...?

Rumino o silêncio como uma vaca aborrecida, até que, de repente, pareço me lembrar do que queria dizer.

— Não. Já sei. Podemos jogar segredos.

Ela me olha sem compreender. Por enquanto, engole os segundos de caduquice desmemoriada que há alguns meses eu manejo sem esforço.

— Segredos? Que jogo é esse? — pergunta minha pequena, agora um pouco na defensiva.

— Ai, Bea. Isto é mais velho do que eu. Não tem nenhum mistério. Você me conta um segredo e eu conto outro um pouco mais... secreto... que o seu, e assim até que... bem... até que uma das duas se renda ... Ou até que algum dos segredos coincida com o da outra.

Ela olha para mim como quem não sabe o que dizer. Silêncio de novo. Encalha nela mesma, rígida de dor, e para de respirar, à espera de que a pontada que lhe sacode as costas passe e a deixe voltar a ser ela mesma. Não perco a oportunidade:

— Muito bem. Eu começo — solto, depois de terminar o café com leite. — Vejamos... sim, já sei. Primeiro os mais leves, certo?

Bea continua tensa contra o travesseiro. A dor começa a diminuir. Passam apenas alguns segundos. Ponho-me muito séria e murmuro com expressão de chateada:

— Acabo de mijar na fralda.

Agora a risada de Bea se espalha sobre o edredom, entregue, quase alegre.

— Sim, menina. Sou uma velha mijona. Mas não é este o segredo.

Ela olha para mim com ar de surpresa.

— Ah, não?

— Não, boba. O segredo é que... eu adoro mijar nas calças!

Tanta é a risada de minha pequena que por um instante me preocupa que o herpes volte a lhe dar uma descarga de dor e a pegue de surpresa. Sorrio. Eu gosto de vê-la assim.

Sua vez.

— Muito bem — começa, ainda sorridente. — Pois eu, às vezes, quando estou sozinha em casa e subo para ver televisão no sótão... mijo nas plantas do terraço — confessa com cara de vergonha.

— Assassina — disparo, provocando novas gargalhadas. — E porca.

Entre risos e lágrimas, que agora caem na sua camisola, tenta dizer algo mais. Espero. Recupera a vez.

— Mas o segredo é... — Não consegue continuar. A risada a faz esbarrar na cabeceira da cama e o laptop volta a navegar corrente abaixo. — É que, quando me dá preguiça de ir até o terraço e mijo no recipiente onde colocamos a lenha, o Rulfo sobe como um louco para beber o xixi.

Olho para ela fingindo um ataque de horror, e balanço a cabeça. Fico bem no papel de avó espantada, noto no olhar dela. Dou-me mais alguns segundos de velha perfeita que agora se move entre a perplexidade e o nojo e, então, fingindo um ataque de memória cruzada, digo:

— Rulfo? Mas o seu marido não se chamava Arturo?

Rimos, desta vez em uníssono, as duas com os olhos fechados e nos deixando levar pela alegria da invalidez compartilhada. Rimos, sim, e na risada de Bea sinto que há um pouco de abandono, de comportas que começam a se abrir, de resistências se debilitando. Olho para ela de lado e, ao vê-la assim, recortada entre arroubos de riso contra o vidro da janela, sinto-a minha, presa fácil, ignorando que provavelmente dentro de um instante se ouvirá contar coisas que nunca achou que fosse capaz de dizer a ninguém, ouvirá coisas que jurará não voltar a repetir, abrindo-se para mim, sem chance de voltar atrás.

Hora de recomeçar o jogo. Não temos muito tempo, embora Lía continue na sala falando ao telefone com o simplório do Jacinto, tentando convencê-lo a nos levar amanhã ao farol, perguntando por aquela família de animais meio estúpidos com que a vida o castigou, sabe Deus por quê.

Não há tempo, não. Minha vez.

* * *

Chegar à casa de mamãe é sempre uma experiência previsível. O mesmo ruído de passos aproximando-se da porta do outro lado, aqueles passos suaves e ligeiros, quase correndo, como se empurrados pela culpa, mamãe ansiosa por não se fazer esperar, talvez achando que quem está do outro lado se anunciará zangado por ela não ter percebido sua chegada, por não ter sabido se antecipar. Há desculpa nesses passos. E medo. Talvez de não ser bem-vinda, sei lá. Há medo, sim.

Bati nesta porta milhares de vezes desde que tenho memória. Cheguei a ela alegre, derrubada, desancorada, capengante, cheia, furiosa. Os passos sempre soaram iguais, marcando uma fronteira entre o que trago comigo e o que esta casa guarda de mim. Há um umbral. Uma volta cotidiana ao antes.

Hoje mamãe não está me esperando. Venho sem avisar, sem querer. Não há passos ainda. Nas minhas costas carrego o meu presente, um presente que sinto quebrado, desfeito. Apoio-me no corrimão da escada e fecho os olhos. Chegam então as imagens, retalhos de cor voltados sobre si mesmos, descascando-me por dentro. Imagens.

Meu diário aberto em cima da mesa, as cartas da Sandra espalhadas no chão, fragmentos de fotos no corredor, dois anos de segredos despedaçados, e ao fundo Jorge, com aqueles olhos como duas brasas de nojo, me cravando contra a parede, nem sequer perguntando. E a voz dele. Também a voz dele, procurando a palavra contra o tempo e a vergonha. As mãos crispadas de Jorge. Os ombros tensos. A pele acesa, não de luz. Um silêncio obtuso, carregado do que virá.

Seus lábios ressecados desenhando-se em uma só palavra, perfurando a manhã:

— Fora.

Fora. Quatro letras. A primeira para o Final. A segunda para seu Olhar de Desprezo. A terceira para a Raiva que claudica pela casa como uma velha sem dentes. E a quarta para o menos real de um Amor que não compartilho com ele, um amor que não compartilho comigo. Fora.

O longo retorno à casa. Jorge com as unhas cravadas na cadeira enquanto avanço pelo corredor sobre o tapete de fotos e cartas rasgadas em direção à porta, perseguida, agora sim, por uma chuva de imundície que ricocheteia entre as paredes, me salpicando de impotência.

— Filha da puta. Como pôde fazer isto comigo? Não vai voltar a ver o menino nunca mais na vida. Hoje ele vai saber quem é a mãe dele. Você estragou tudo, desgraçada... Filha da...

O menino. Encho os pulmões de ar e volto para os buracos que encerram agora o meu pequeno Tristán como em um conjunto vazio. Vazio de mim. O nunca mais. O injusto do erro, também do castigo. Todos os anos que me esperam de visitas racionadas, de fins de semana roubados às obscuras manobras de Jorge para afastá-lo de mim. O ódio que provavelmente seu pai conseguirá lhe abrir à força de maldições, de verdades que em sua boca soarão como vaivéns opacos de uma péssima mãe. E depois todos os plurais dos olhos de meu pequeno e o singular de Sandra, a quietude que não terei, a serenidade que não saberei como ancorar em minhas horas com eles.

Palavras, sim. Arrependimento, não. Não sei onde buscá-lo. Não lamento um único segundo desses dois anos às escondidas com Sandra. Lamento o anterior. Também o que virá. Lamento este não poder chorar porque não sei por onde começar nem por onde procurar, este vazio sobre o qual pendo agora e este vão de escada diante da porta de mamãe que não deveria me ver chegar assim. Lamento não ter me jogado antes de cabeça na vida, não ter sabido me ver, nem me pensar, e também os quatro ladrilhos brilhantes que me separam da porta de mamãe e que não me atrevo a cruzar porque sua vida é dela, foi dela, e ela deixou que a tirassem, e porque temo que espere a mesma coisa de mim.

Abro os olhos. Levanto o olhar. Da porta, mamãe me fita, os braços ao longo do corpo.

— Inés — sussurra.

Não vejo seus olhos. Sua silhueta se recorta contra a luz que entra em torrentes da sala de jantar, ocultando seu rosto.

* * *

Vejo-a encaixada no vão, falando sozinha na escuridão da escada. Vejo-a como tantas vezes a imaginei, com o olhar perdido e com seu segredo, nosso segredo, arqueando-lhe as costas. Não consigo evitar um sorriso que dissimulo bem a tempo. Inés dá dois passos em minha direção, emergindo da escuridão e ficando exposta ao resplendor que me ilumina da sala de jantar. Tão magra minha menina, como um saco de ossos. E esses olhos verdes como duas manchas equivocadas que agora me buscam a contragosto.

— Inés — sussurro de novo contra as risadas surdas e alegres que chegam do quarto das doentes.

Inés volta a avançar alguns passos até ficar de frente para mim. Apoia a cabeça no vão da porta sem deixar de olhar para mim e por um instante tenho a sensação de que também ela reprime um sorriso. Em seguida vira o rosto para o corredor que leva à sala de jantar e respira pelo nariz.

— Que belo par de feras você tem aí dentro, hein, mamãe? — diz, desta vez, sim, com um sorriso triste. — Ninguém diria que estão doentes.

Devolvo-lhe o sorriso.

— Sua avó insistiu em irmos todas amanhã à ilha. Fez com que eu ligasse para Jacinto para convencê-lo a nos levar.

Uma suave piscada nos olhos do Inés.

— Ao farol?

— Sim. Ao farol. Quer ir conosco, nós cinco, antes de entrar no hospital, na segunda-feira.

— Nós cinco? — pergunta ela, com uma sombra de horror no olhar.

— Flavia — anuncio, sem levantar a voz.

Inés relaxa os ombros.

— Ah.

Uma nova onda de gargalhadas desencadeia-se sobre nós às minhas costas. Pego Inés pela mão e a faço entrar. Ela se deixa levar. Atravessamos a sala até a varanda e nos estiramos nas espreguiçadeiras ao sol. Ela fecha os olhos.

Espero alguns segundos antes de perguntar:

— O que aconteceu, filha?

Ela abre os olhos de novo e os crava no céu. Não olha para mim.

— Tudo, mamãe. Aconteceu tudo.

— Jorge?

— Sim.

— E Sandra?

— Não sabe de nada. Voltei para casa do jornal porque tinha deixado no escritório uns relatórios da bolsa. E... bem...

— Sei.

Ela esconde o rosto nas mãos.

— Mamãe...

— O quê?

— Não vou voltar para casa.

— Sei disso, filha.

— O que quero dizer é que...

— Pode ficar aqui todo o tempo que quiser.

— É estranho não ter para onde ir.

— Procuraremos um bom advogado. Tudo vai se ajeitar.

Ela tira as mãos do rosto e se vira para mim com olhos de surpresa.

— Papai?

Papai? Dou-me conta de que não, em nenhum momento pensei nele desde que vi Inés esgotada contra sua própria vida.

— Eu falei um bom advogado.

Rimos juntas, relaxando o silêncio que há dois anos nos une como nunca.

— Quero que saiba de uma coisa — digo, estendendo a mão, que ela estreita sobre seu regaço.

— Vai doer? — pergunta, do alto de seus 47 quilos de pele e ossos estendidos na espreguiçadeira.

— Lembra-se do que lhe contei? Daquele dia em que peguei minhas coisas e fui com Helena para a casa dos meus pais porque já não aguentava mais?

Ela reacomoda a almofada debaixo da cabeça, suspira e volta a cravar o olhar no céu, apertando minha mão.

— Refere-se ao dia em que decidiu estragar sua vida? — diz de repente, com a voz carregada de raiva, uma voz que não se ouve nela há anos. — Ou talvez eu devesse dizer o dia em que você parou de viver? Ainda não entendo como vovó pôde obrigá-la a voltar para casa daquela maneira. Que mãe faz uma coisa assim? Que mãe condena uma filha a viver a mesma merda que lhe coube? Não sei como você conseguiu perdoá-la, mamãe. Não entendo. E olhe para ela agora, refugiada em sua cama porque tia Flavia a odeia tanto que teve de quebrar a perna para se livrar dela. Olhe para ela, pedindo abrigo a você porque não tem para onde ir. A você, logo quem. Expulsou você da casa dela quando você mais precisou, mamãe. Como pode tê-la perdoado? Como aprendeu a não odiá-la? Ela deveria ter quebrado a cabeça, não o braço. Grande filha da puta, a boazinha da Mencía.

Uma vela branca passa acima do corrimão da varanda e uma nuvem passa diante do sol.

— Naquela noite fiquei grávida de você, Inés.

* * *

Segredos. Vovó joga como uma menina e me faz rir. Minha vez. Resta pouco por contar, ou provavelmente pouco para contar a vovó. Na idade dela há coisas que é melhor não saber. Isso é o que mamãe diz. Continuo calada, ruminando alguma verdade pela metade, alguma história ouvida ou inventada com a qual surpreender vovó, mas não me vem nada. Ela se remexe na cama, impaciente.

— Morreu esperando, menina — diz à queima-roupa, com um sorriso atravessado. De repente, parece se dar conta do que acaba de dizer e começa a fazer o sinal da cruz a toda pressa com cara de horror. — Jesus... Jesus, jesusjesusjesusjesus.

— É que eu não tenho mais segredos, vó — me desculpo com ar de chateada. — Não sei o que dizer.

Passam alguns segundos. Ouve-se mamãe abrir as janelas da sala e sair à varanda. Não está sozinha. Mencía e eu trocamos um olhar cúmplice e intrigado. Quem está com mamãe? Nenhuma de nós duas ouviu a campainha. Deixamos passar alguns segundos e então sim, então distingo a voz de Inés, que chega da varanda como um sussurro inflamado. Antes de conseguir voltar a falar, vovó ataca de seu posto de guarda:

— E então?

— Ai, vó, acho que vou ter que me render. Não tenho mais segredos.

Mencía pigarreia e ajeita outra vez as almofadas nas costas com um gesto cansado e uma careta de dor.

— Bem. Se já não restam dos levinhos, talvez devêssemos passar para a próxima rodada, o que acha?

A próxima rodada. De repente, não gosto da voz dela.

— Os feios, menina. Os segredos feios.

Fico tensa e, em seguida, o herpes volta a me açoitar como uma chuva de bicadas de corvo entre peito e costas. Os feios.

— Sua vez, Bea.

Pausa profunda. Deixo passar alguns segundos e volto a tomar ar.

— Quer que eu a ajude? — oferece-se ela, com uma expressão de bondade cristalina nos olhos.

Não sei o que dizer.

— Poderia me contar, por exemplo — começa entre pigarros —, por que, há um tempo, sempre que você fica doente vem para a casa de sua mãe para que ela cuide de você. Ou por que seu marido não apareceu no dia do meu aniversário. Ou por que você engordou tanto nos últimos meses, por que está tão largada, tão descuidada. Você não era assim, Bea. Olhe para você, menina. Olhe para o seu cabelo, e para essas unhas.

Quanto tempo faz que não se depila? Desde quando você fuma antes de tomar o café da manhã? Acha que somos cegas? Que diabos está fazendo aqui, com essa dor espantosa, e essa tristeza que não há avó que aguente? Pode explicar isso?

A dor cura, ou isso dizia Helena. Que curioso. Agora me dou conta de que não é de todo verdade. A dor cura tudo, menos a própria dor. Helena estava errada. Enganou-se. Por isso não está mais aqui. De sua cama, Mencía me encara com olhos de velha louca, e a voz não me sai. Está engasgada há dias, semanas, não sei. Não a encontro. Não sei como soa. Nem sequer sei se continua onde a deixei. E agora vovó me pede isso assim, à traição, contra a corrente.

— Venha, menina. Confie na velha Mencía.

Não posso, vó. Não posso falar do que não quero ter vivido. Não pode ser.

— Vamos, querida...

Porque se falar, se contar para você, será verdade, e minha vida não é isso. Eu sou a que você vê, vó, não a que não vê. Essa Bea não está, você não entende. E o que não se diz não existe, porque, uma vez ouvido, deita raiz como uma erva daninha, castrando a ilusão e a esperança. Hoje sou sua neta doente, Mencía, a filha de sua filha, nada mais. Ninguém mais. Não tenho forças para o que não quero. Nem sequer para inventar.

— Bea...

Não é fácil resistir aos olhos velhos de Mencía, e ela sabe disso.

— O que está acontecendo com você, menina? Não confia em mim?

Sorrio. Em você? Não, vó. Em você eu confio. É da vida que eu desconfio. Das verdades que não existem. Das mentiras que também não. De mim. De minhas vontades.

— Vamos fazer uma coisa, menina — ela diz então, com uma piscadela cúmplice. — Proponho um trato.

Nem sequer olho para ela.

— Se trocarmos a vez e eu contar um segredo pior que o seu, você fala?

Pior que o meu? Fixo o olhar na janela e fico surpresa ao me perguntar por que hoje há tantas velas cruzando o horizonte. Não é dia de regata. Uma mosca bate uma e outra vez no vidro. Pior que o meu, talvez. Mais vergonhoso, não.

— Combinado, eu conto.
— Promete?
— Prometo. Embora ache, vó, que desta vez você vai sair perdendo.

Ela me devolve um sorriso atravessado enquanto alisa o edredom sobre os joelhos. Pigarreia e leva o lenço à boca, em seguida bebe alguns goles d'água e olha para as próprias mãos. Espero. Não fala nada.

— Vó...
— Já vai, já vai... — ela replica com uma voz estranha, entre a irritação e o medo não sei de quê.

Passam os segundos. Mamãe conversa com Inés no terraço e ouço minha própria respiração se esconder nos meus pulmões.

— Chamava-se Cristian.

Fecho os olhos. Apoio as costas no travesseiro e um calafrio que não consigo definir me percorre. A voz áspera de Mencía volta para encher o ar doente do quarto de mamãe:

— Você devia ter uns 8 anos, talvez menos. Não me lembro. Vivíamos em Madri naquela época. Depois de Buenos Aires, seu avô esperava que lhe dessem uma embaixada e o novo destino demorava a chegar. Problemas de influências, você sabe. Seus pais e vocês já estavam aqui. Flavia não. Morava conosco. Andava metida em política e em suas coisas, sempre procurando confusão, nos mantendo diariamente com o coração na mão. Bem, você a conhece... imagine-a com vinte e tantos anos a menos. Era terrível. E hippie, completamente hippie. Argh.

Não consigo conter um sorriso. Imagino Mencía embaixatriz e Flavia hippie em briga contínua. Imagino os gritos, os sustos, o braço poderoso da avó se estendendo sobre os passos de Flavia como uma sombra pesada e incômoda.

— Chamava-se Cristian e era argentino. O pior animal que conheci na vida. Um morto de fome, filho de pais mortos de fome. Um índio. Conheceu Flavia em um comício, ou pelo menos foi isso o que ela me contou. Começaram a sair e começaram os problemas. Enganou-a, apaixonou-a e a tonta da Flavia perdeu a cabeça. Cristian não. Sabia o que queria, e nós também. Dois meses depois de conhecê-la pediu Flavia em casamento e ela aceitou. Quando nos deu a notícia, seu avô e eu decidimos jogar bem nossas cartas. Se era para haver casamento, tinha que ser um casamento digno da filha de um embaixador, e isso requeria tempo. Havia muito por fazer. Flavia, aliviada ao ver que não nos opúnhamos à sua decisão, relaxou e, durante os meses que seguiram, pareceu levar as coisas com calma. Não demoramos nem duas semanas para conseguir a brilhante ficha policial que aquele descarado tinha deixado para trás na Argentina. Também não foi difícil dar com o nome da esposa que tinha deixado lá, nem o de suas duas filhas. Esperamos. Os preparativos do casamento seguiam seu curso, um curso que eu me encarregava de adiar o máximo possível à espera de que acontecesse alguma coisa, de que Flavia visse a luz, de que viesse o desamor e aquele pesadelo terminasse por si. Esperamos, sim, mas nada parecia querer interromper aquele erro. Nada.

Mencía fala agora do antes, revivendo o que aconteceu. Soa mais jovem, mais mãe.

— Então veio o golpe, e os militares argentinos tomaram o país.

Sorrio. Ouvindo-a falar assim, qualquer um diria que vovó se lembra desse ocorrido como um clarão de alívio.

— Poucos dias depois, Flavia chegou em casa inflamada. Parecia endemoniada. Entrou na sala, ficou parada atrás do sofá e, em um arrebatamento atormentado, anunciou o pior. Cristian tinha decidido voltar para Buenos Aires. Não podia ficar em Madri de braços cruzados enquanto seus companheiros morriam e desapareciam nas mãos daqueles monstros. Ela tinha decidido acompanhá-lo.

Vovó se cala durante alguns instantes. Dói-lhe a lembrança, e também o braço quebrado. A partir de agora falará aos solavancos, como um violoncelo mal afinado. A partir de agora virá a parte feia. Não sei se quero que continue.

— Minha Flavia — continua Mencía. — Minha menina ia para Buenos Aires com aquele mentiroso morto de fome e tinha vindo nos pedir o dinheiro para a viagem. Seu avô desabou. Confesso que eu também. Não podíamos deixá-la ir. Tentamos convencê-la de que era uma loucura, de que iam para uma morte certa e de que, uma vez em Buenos Aires, nada poderíamos fazer para ajudá-los. Flavia não ouvia. Ela era assim e continua sendo. Quanto maior a dificuldade, quanto piores ficavam as coisas, mais ela teimava, mais parecia a Flavia contestadora, a menina de língua afiada sempre disposta a nos culpar pelos males do mundo, pelo nosso dinheiro, por não tê-la deixado nunca ser ela mesma, sempre contra, obcecada por demonstrar que não era como nós, que lhe importavam o sofrimento dos outros, as injustiças, as desigualdades sociais. Quando nos negamos a deixá-la partir, a casa se transformou em um inferno. Flavia desapareceu por três dias, e quando voltou caiu em um mutismo concentrado que pouco a pouco foi afundando seu avô em uma tristeza terrível. Nunca me esquecerei do silêncio daqueles dias. Vivíamos como três sonâmbulos em uma cela de castigo. Cada um na sua, vadeando num mar de culpas e de recriminações que não podia durar. Por fim, aconselhados por um bom amigo de seu avô, obtivemos um pouco de luz. Dissemos a Flavia que sim, que tudo bem, que lhes daríamos o dinheiro para a viagem com a condição de que Cristian fosse primeiro e de que, assim que ele se tivesse instalado na cidade e fosse capaz de responder pela segurança de Flavia em Buenos Aires, ela iria encontrá-lo. Flavia aceitou. Cristian partiu uma semana depois. Um dia antes de sua partida, me tranquei no escritório de seu avô e fiz uma ligação. Uma só. Soube que não haveria necessidade de mais que isso.

Além da janela, uma nuvem rodopia contra o sol. Sopra uma brisa suave. O céu é de um azul opalino.

— Dois agentes da Polícia Militar esperavam Cristian no aeroporto de Buenos Aires — continua vovó, depois de tomar dois goles d'água. — Sumiram com ele. Duas semanas mais tarde, encontraram seu corpo em um descampado da grande Buenos Aires. Estava irreconhecível. Flavia enlouqueceu e quis ir buscar o cadáver para trazê-lo com ela para a Espanha. Nós a internamos por algumas semanas em uma clínica. Nunca mais voltou a ser a mesma.

Toca o telefone na sala, rompendo o silêncio de horrores do qual não sei como escapar. Toca o telefone e fecho os olhos, incapaz de olhar para Mencía, que já tem o jogo feito e ganhou. Tento encontrar alguma palavra, algum fôlego com que começar a formar um sopro de frase, algo que soe humano. Tento pensar.

— Mas vó...

Mencía se vira e crava os olhos nos meus.

— O segredo, menina, e que Deus me perdoe, é que, depois de todos esses anos, se me visse de novo na mesma situação, juro que voltaria a fazer o que fiz. Sem pestanejar.

* * *

E amanhã ao farol. À ilha.

E amanhã mamãe. Outra vez.

Esta noite voltei a sonhar com Helena.

Chamava-se Cristian. Passaram-se tantos anos que muitas vezes não entendo por que continuo me lembrando dele com a exatidão com que ainda o vejo. Tinha os olhos cinzentos e o cabelo mais negro que já vi. Encaracolado. Suave. E ainda havia sua pele, um mapa de suavidade absoluta. Ter Cristian dentro era sair de mim para o mais meu, navegar agasalhada pela corrente fluida de seu não parar. Tê-lo dentro era como não ser eu.

Pediu-me que casasse com ele. Respondi que sim.

Cristian mentia para si mesmo. Eu também. Cristian queria um mundo melhor no qual pudesse sonhar com um à sua medida, longe da miséria que fluía dele; eu, um mundo no qual parasse de me ver de cima, distorcida, torta.

Quando o levei à nossa casa pela primeira vez, suspirei aliviada. Papai não gostou de Cristian. Olhou para ele sem querer vê-lo durante todo o jantar, como invocando sua ausência desde seus olhos tristes de diplomata cansado. Mamãe nem sequer tentou dissimular. Cristian lhe deu nojo desde que pôs os pés em casa. Viu a fome em seus olhos, aquela fome de menina pobre de *pueblo* da qual ela tinha conseguido fugir ao se casar com papai. Entendi então que a fome deixa marca. Até aquela noite eu não tinha sabido dar cara nem profundidade às palavras "fome" e "marca". A marca da fome.

Cristian era casado e tinha duas filhas que deixara em Buenos Aires. Sentia falta delas, é claro. Naqueles dias, todos pareciam sentir falta de alguma coisa; a maioria, da inocência que não conheceríamos.

— Une-nos a saudade — costumava dizer Cristian. — A saudade e a vontade de não perdê-la.

Unia-nos a fuga. O amor contra o conhecido. Uniam-nos o medo e a falta do destino próprio. Quando Cristian partiu, eu soube que não voltaria a vê-lo. Li isso nas mãos de papai, não nas dele. Cristian mal tinha linhas nas mãos. Eu deveria ter imaginado ao vê-las.

Imaginar. Isso é o que me resta. Isso e os sonhos. Cristian e Helena. Imaginar.

Passaram-se muitos anos, muitos. Passaram por mim. Por ele não. Continua igual: com aquele cabelo preto e aqueles olhos de bala chupada me olhando, eu de pálpebras fechadas, enquanto Héctor respira ao meu lado como um casco de navio encalhado na areia. Falo com ele em silêncio. Rimos. Compartilhamos a saudade do que não pôde ser.

Rio sozinha se me vejo de cima. Estou há 12 anos com mamãe, ajudando-a a viver dia a dia, atenta a cada um de seus movimentos, de seus suspiros, ajudando-a como ela me ajudou a desorientar minha vida com seu maldito telefonema. "Flavia, querida", começa sempre suas frases quando fala comigo.

Flavia. Querida. Ouço meu nome de seus lábios e minha pele se fecha. Sua voz. Imagino-a trancada no escritório de papai com o fone grudado na orelha. "Sim, Cristian Furlán, viaja amanhã. Sim, com certeza. Obrigada. Não imagina o quanto ficamos gratos a você por isso, Horacio. Ai, estas crianças, o que nos obrigam a fazer."

Vivo com a assassina de meu futuro há 12 anos. Vivo contra ela, me esforçando para não falar. Quando quis fazê-lo, quando podia, vieram os sedativos, um quarto branco e uma janela que dava para um jardim cheio de buganvílias de onde não se ouvia o menor ruído. Entrava e saía dos dias, incapaz de me concentrar em qualquer coisa. Muito sono. Muitos sonhos. Dois meses de isolamento. Quando voltei para a rua parei de lutar. Mamãe me embalou em seus braços. Refugiei-me nos de papai. Em seguida chegou o tempo, a desmemória, a demência, a memória de papai se debilitando no imediato, lembrando do mais longínquo, atrás, cada vez mais atrás, menos ele, menos referente. Discursos quebrados pela lembrança em retalhos que mamãe não controlava, incoerente papai em sua precoce senilidade. Não em sua consciência. Não.

Lembro-me daquele dia. A tarde vermelha pelo sol de setembro. Lembro-me do cheiro de limpeza entrando em rajadas do jardim recém-regado. Papai sentado de pijama em um banquinho no banheiro de hóspedes com a cabeça nas mãos, respirando, tentando continuar abrindo caminho para a vida com cada ofego. A porta aberta. Mamãe tinha saído para um de seus jogos de bridge. Brígida cantarolava na cozinha, ajudada por Ernestina. Riam.

Apoiei-me no batente da porta e o vi ali, agachado sobre si mesmo, o rosto afundado nas mãos. O chão estava cheio de papéis, e, junto a seus pés, uma caixa de madeira vazia. Olhei para ele em silêncio durante alguns segundos. Papai chorava como um menino perdido em um bosque fechado. Meu coração encolheu.

— Papai — sussurrei, me aproximando dele por trás e segurando seus ombros.

Senti um golpe ao tocá-lo. Levantou a cabeça. Entre as mãos tinha um papel amassado que manuseava agora sem pressa. Tentei erguê-lo, mas não consegui.

— Flavia... — foi a única coisa que disse, com o olhar cravado nos azulejos brancos da parede em frente.

— Sim, papai. Sou eu.

Então se virou. Devagar, muito devagar. Seu cabelo branco brilhou sob a luz fluorescente que ricocheteava no espelho. Olhou-me com olhos vazios.

— Flavia — voltou a dizer, estendendo a mão para mim e com ela o papel amassado. Peguei-o. Ele voltou a se virar e se encolheu todo.

Cristian Furlán. Data e lugar de nascimento. Casado. Duas filhas. Detido em três ocasiões por perturbação da ordem, por desacato, por posse de armas. Atualmente residente em Madri. Filiado ao Partido Comunista da Espanha. Filiado, integrante, suspeito, relacionado... Sujeito vigiado. Politicamente ativo.

Meu Cristian. Sua foto em branco e preto. De frente. De perfil. República Argentina.

Minha vista se turvou. Os azulejos brancos do banheiro engoliram tudo, me arrebatando a pouca ternura que o vivido tinha deixado em mim. Senti a mão de papai me segurar pelo braço e puxar, puxar como quem puxa a corda de um sino para romper o silêncio morto de uma tarde no campo. Tirei sua mão de cima, mas não consegui me mexer. Não sabia para onde. Não havia ordens a dar nem caminho a seguir. Só aquele ancião choroso que se balançava em sua demência enquanto murmurava uma e outra vez:

— Flavia... Flavia... Flavia...

Flavia. Flavia. Flavia. Meu nome. Dei meia-volta e fui para a porta sem querer. Não me lembro de ódio. Não me lembro de dor. De repente se fez silêncio e a distância que me separava da porta me pareceu eterna, impossível. Quando estava a ponto de sair para o corredor, a voz de papai chegou de trás como um rangido. Então sim. Então houve um estalo de dor que atravessou minhas costas como a metralha mal disparada.

— Foi ela, Flavia. Eu... eu não fiquei sabendo na época. Soube anos depois, mas já era tarde, muito tarde.

Ela. Eu precisava de um nome. Precisava saber. Olhei para papai como não tinha olhado nunca e me vi como nunca tinha me atrevido a me ver até então.

— Ligou para o Horacio, lembra do Horacio? O tio Horacio, seu padrinho? Sua mãe ligou para ele na véspera de Cristian voltar a Buenos Aires, à noite.

Senti uma pontada no peito. Depois um vazio. Papai não soube continuar calando.

— Estavam esperando-o no aeroporto. Mataram-no horas mais tarde.

Eu precisava de um nome. E também de ar.

Papai morreu pouco depois, de um derrame cerebral. Nunca voltei a falar sobre Cristian com ninguém. Nem sequer com mamãe. Já é tarde. Papai se foi e me deixou Mencía para que a visse envelhecer a meu lado, sozinha, decompondo-se contra o pior de si mesma pendurada no meu braço. Mamãe já não se lembra e eu já não tenho forças para continuar odiando-a. Com a idade comecei a hesitar. A entender. A vida é um jogo estranho e eu joguei mal minhas cartas. Isso teria dito Helena.

Helena. Amanhã fará um ano que ela foi embora. Vamos saudá-la no farol.

* * *

Vovó ronrona. Fala sozinha. Inventa coisas, histórias macabras de velha louca que provavelmente ouviu no rádio ou que desfiou entre o que lembra e o que acha que viveu. Fez-se silêncio, um silêncio surdo só interrompido pelas vozes apagadas de mamãe e de Inés na varanda. Que calma está a tarde. Que paz.

— Agora você, Bea — dispara Mencía de sua cama, limpando a garganta. — Sua vez.

— Vó...

Olha para mim com um sorriso dançando nos lábios finos e secos, que umedece com o lenço.

— Vó, nada. Eu confessei. Trato é trato.

Olho-a com irritação e ela aguenta meu olhar.

— Estou ouvindo.

Acendo um cigarro e ela começa a tossir. Não consigo evitar uma gargalhada. Mencía é como uma velha atriz acostumada a fazer seu número. Desta vez, não. Acendo o cigarro, dou uma tragada e solto a fumaça pelo nariz.

— Não há muito o que contar, na verdade.

— Eu sei.

— Então o que quer que eu diga?

— A verdade.

— Qual?

— A sua. A dos outros não me importa a mínima.

— Quem me dera saber qual é a minha, vó.

— É claro que não sabe. Se soubesse não estaria aqui. E tampouco estaria doente, menina.

— Talvez.

— Fale.

— Não quero.

— Não se atreve.

— Não me atrevo.

— Você parece uma covarde de merda, Bea.

— Vó...

— Quanto tempo faz que não tem marido?

Um segundo. Dois. Três.

— Digo eu?

Quatro. Cinco. Seis.

— Provavelmente, desde o dia em que o conheceu.

Sete. Oito. Nove.

— Provavelmente desde o dia em que aquele porco do namorado escritor que você teve antes a convenceu de que a única coisa para que você servia era ser secretária dele, revisar suas novelinhas baratas e acompanhá-lo às festas para ele exibir uma namorada rica.

Dez.

— Faz seis meses, vó.

— Seis meses?

— Seis, sim. Amanhã faz seis meses.

— Sua mãe sabe?

— Não.

— Sua mãe sabe de tudo. Como todas. Nós nos dedicamos a isso, menina. A saber. O que você imagina?

— Ela nunca me perguntou nada.

— Nem precisa.

— Pode ser que no meu caso, sim.

Mais silêncio. A risada de Inés. Que alívio ouvi-la rir.

— Estive fora por uma semana. Convidaram-me para um congresso em Valladolid. Fazia tempo que Arturo estava estranho. Voltava tarde para casa, não ligava para nada e ficava mais calado que o normal. Fazia semanas que não me tocava. Achei que alguns dias de distância nos fariam bem. Na primeira noite que passei em Valladolid tivemos uma estranha conversa por telefone. Falamos de nós, que as coisas não estavam bem. Não houve briga, mas tristeza, uma tristeza calada e assumida que naquele momento eu não soube interpretar. Pediu-me que não ligasse durante toda a semana, que precisava ficar sozinho, pensar, ouvir-se. Necessitava de tempo e espaço. E eu dei.

Mencía alisa o edredom sobre os joelhos e deixa escapar um suspiro. Em seguida toma dois goles d'água e solta um arroto.

— Quando voltei para casa, uma semana mais tarde, Arturo não estava.

— Sei — murmura vovó, baixando o olhar.

— Era de noite. Chovia. Lembro que, quando abri a porta da entrada, pensei: "Que frio está aqui." Acendi a luz, e a primeira coisa que me passou pela cabeça foi que tinha me enganado de casa.

Mencía levanta o olhar.

— Não havia nada. A casa estava vazia. Nem um móvel, nem um quadro, nem sequer uma planta. Nada.

— Nossa... — resmunga vovó entre os dentes, fechando as mãos sobre o edredom.

— Deixei a mala no chão e vaguei pela casa como uma sonâmbula. As lâmpadas pendiam do teto como gatos mortos. Muito frio. Fui de cômodo em cômodo, talvez esperando encontrar alguma coisa, algo que me desse uma pista, um sinal a que pudesse me agarrar para me ancorar no chão e não sair voando pelas janelas da sala, rua afora. Passeei pela casa como uma turista por um museu, desejando não estar.

— Ai, menina — diz, estendendo a mão, que eu não pego.

— Havia um envelope colado no espelho do banheiro. Só o vi na segunda vez que entrei. Abri-o. Dizia assim: "Devolvo-lhe intacto tudo o que você me ensinou a querer de você. Seu tempo e seu espaço. Não me culpe. Comece de novo. Não a mereço."

— Sim, nisso o advogado tem razão.

Sorrio. Nisso e em muitas coisas, Mencía.

— Passei toda a noite sentada em cima da mala, incapaz de pensar, de fazer, de falar. Ouvia a chuva. Lía o bilhete uma e outra vez, sem saber o que pensar.

— Bem, menina, em se tratando de advogados, todo mundo sabe que o negócio deles é enrolar a gente.

— Na manhã seguinte, liguei para Lucía.

Mencía me olha com ar de interrogação.

— Sim, vó. Lucía, a filha da Hermínia, minha amiga, a ruiva.

— Ah, sim.

— Pois bem, liguei e ela veio me buscar. Levou-me para a casa dela e fiquei lá umas duas semanas. Não saí da cama todo esse tempo.

— Sim, é claro.

— Por fim, no dia em que me vi com ânimo de voltar para casa e tentar começar a reorganizar as coisas por algum lugar, Lucía se ofereceu para me levar e ficar comigo o tempo que fosse preciso. Respondi que não. Precisava fazer isso sozinha. Antes de eu ir, ela me levou à cozinha, preparou um café e confessou que tinha uma coisa para me contar.

Vovó solta uma tosse rouca e enxuga a boca com o lenço. Em seguida leva as mãos à cabeça e faz menção de ajeitar as mechas de cabelo grisalho que formam redemoinhos no cocuruto. Fica alguns segundos calada e em seguida crava o olhar na janela, adiante de mim.

— E agora vem o segredo feio? Porque tem um segredo feio, não tem?

— Não, vó. Não é feio. Só dói, e eu não sei como fazer parar de doer.

— Então é porque é feio.

— Talvez.

— Havia outra, não? O advogadozinho estava com outra e você a ver navios. Ui — ela solta de repente, abrindo os olhos e me fitando com olhar incrédulo. — Não vai me dizer que Lucía...? Eu sabia. Quando você falou que ela era ruiva...

Generosa Mencía. Vovó sabe como me fazer rir. Finge-se de curiosa e fofoqueira, mas suas mãos continuam presas ao edredom como duas garras estofadas de veias infladas.

Acendo outro cigarro. Custa-me falar.

— Não.

— Ah.

— Não havia outra.

— Ora — sussurra Mencía com irritação. — Mas então o quê?

— Havia... há... outro.

Vovó não fala nada. Parece não ter ouvido. Sorri para mim com os olhos vazios, como se ainda esperasse me ouvir dizer alguma coisa.

— O que você está dizendo?

— Que Arturo me deixou por um homem.

— Ora. Não diga bobagens.

— Chama-se Sergio. Trabalham no mesmo escritório. Inclusive é filho de um sócio de papai.

Mencía pisca, tentando assimilar. Mãos fechadas.

— Que coisa — comenta. Não sabe o que dizer.

Inés volta a rir no terraço. Vovó e eu nos entreolhamos, estranhando. Quanto tempo faz que não ouvíamos essa risada?

— Segredo feio, menina. Muito feio — murmura Mencía com uma risada atravessada, balançando a cabeça. — E durante todo esse tempo você não contou isso a ninguém?

— Não.

Ela espera alguns segundos antes de falar:

— Ainda dói? — pergunta, quase com acanhamento.

— O segredo, vó, é que eu não fui capaz de colocar nem um único móvel em casa depois disso. Que não sei por onde começar. Que Arturo me devolveu meu tempo e meu espaço para que eu começasse do zero e eu me dei conta de que a minha vida é um conjunto vazio do qual eu não sei sair. O segredo é que eu tenho medo porque, assim como Inés, eu também não sei querer, nem pedir, nem merecer.

Mencía está prestes a me interromper. As veias das mãos parecem a ponto de explodir na pele.

— E o mais feio, que não vou poder repetir nunca depois de hoje, é que, apesar de tudo, do Sergio, dessa fuga rasteira que acabou com a minha vida, de tudo o que Arturo nunca me deu porque não podia, eu continuo vivendo naquela casa vazia porque... porque no fundo continuo esperando por ele, porque não é meu espaço nem meu tempo o que eu quero, mas os dele. Porque, com o passar das semanas, entendi que perdi meu melhor amigo, o único homem que me devolveu intacta ao que eu sou, o único que gostou de mim o suficiente para não me fazer mais dano do que eu fui capaz de fazer a mim mesma. Continuo esperando por ele para que me ajude a me dar um parêntese, vó. Um parêntese de mim mesma.

Fecho os olhos e continuo fumando às escuras, deixando que continuem passando os segundos sobre nós como passam as velas pelo vidro da janela, recortadas contra o azul apagado do mar. O silêncio me faz bem. Segredos. Vovó se livrou do seu. Provavelmente eu também.

— Chegue para lá — ouço-a dizer ao meu lado. Levantou-se e contornou as duas camas até chegar junto de mim. Dá-me uma leve cotovelada com o braço na tipoia e pela primeira vez me olha com cara de avó. Eu me afasto e ela se acomoda na cama comigo. Ajeita os travesseiros nas costas, envolve-me os ombros com o braço ileso e me puxa para si até que eu colo a cabeça em seu peito.

— Ele não vai voltar — sussurra ela de cima. Sua voz áspera ressoa em seu peito.

Não falo nada.

— Não, menina. Ele não vai voltar.

Fecho bem os olhos, com força, tentando conter as lágrimas e relaxar o nó que agora me fecha a garganta.

— Este é o segredo.

* * *

Lía. Pergunto-me por que mamãe escolheu um nome assim para mim. Helena diria que os nomes são como os números ou como os dias do mês, têm energia própria.

— Nunca faço nada importante nem no 16 nem no 18. Dias ruins para agir — dizia. Quando Inés se casou e decidiu ir morar com Jorge, a primeira coisa que Helena lhe perguntou foi o número do prédio do apartamento que estavam comprando.

— Dezoito, acho — disse Inés.

Helena ficou calada por alguns segundos.

— Nem pense nisso — disparou, cortante. — Dou-lhe cinco anos.

Inés ficou chateada com ela. Durante algumas semanas não se falaram.

Números. O mar e os números. Isso era Helena. A primeira vez que expôs em Madri quase suspendeu a exposição porque a galerista tinha decidido inaugurá-la num dia 12. Helena se negou. Quando a galerista quis saber por quê, falou que preferia não dizer mas que levasse em conta. No 12 nem pensar. No 11. Tinha de ser no 11 ou não haveria exposição. Finalmente, depois de muito discutir, a inauguração foi antecipada para o dia 11. Dos 22 quadros que Helena tinha escolhido para a exposição — tinham de ser 22, nem mais, nem menos —, vinte foram vendidos durante a primeira semana. Os dois restantes ficaram com a galeria.

Números. Amanhã é dia 9. Sol em Libra. Helena gostava do 9. Acho que me lembro de tê-la ouvido dizer que era seu número, sua carta. O eremita. Sozinha. Sempre sozinha. Muitos homens ao princípio, nomes que citava por alto, como não lhes dando importância. Seu namorado? Não, mamãe, é simplesmente um homem, nada mais. Eu me calava. Ela não dava espaço para mais perguntas. Simplesmente um homem. O que queria dizer com isso? Às vezes, entre exposições e meses de enclausuramento pintando, dava uma escapada e vinha passar um fim de semana conosco. Costumava vir sozinha. Raras vezes veio acompanhada de algum rapaz. Lembro-me de um. Chamava-se David. Acho que era jogador de polo. Ou seria de vôlei? O fato é que media quase 2 metros e olhava para Helena com olhos de peixe morto. Saíram para navegar nos dois dias que passaram conosco. No domingo, antes de levá-los ao aeroporto, e aproveitando que David estava no banho, tomei coragem e perguntei sobre ele. Helena pegou uma tangerina e começou a descascá-la. Sorria.

— Sabe o que eu gosto no David? Por que prestei atenção nele?

Preferi não me aventurar. Com ela nunca se sabia.

— Suas costas.

Fiquei feliz por não ter me aventurado.

— As costas?

Sorriu com uma expressão de menina que eu não tinha visto nela até então.

— São exatamente do tamanho das minhas telas, Lía.

Não entendi e ela percebeu. Suspirou.

— David é como todos os rapazes que conheci até agora. Uma tela em branco.

Peguei também uma tangerina e comecei a descascá-la sem saber realmente o que fazia.

— A única diferença é que este é uma tela de verdade. Tem as medidas certas.

— Medidas certas?

— Você não entenderia

Imaginei que não.

— Suponho que não.

— Vou simplificar. Sabe aqueles 2 metros de homem? Pois bem. David foi o primeiro que me pediu que o abraçasse por trás quando dormimos juntos, porque a escuridão lhe dá medo.

Eu não soube o que dizer.

— De qualquer forma — acrescentou, colocando metade da tangerina na boca e me olhando com um sorriso nos olhos —, não se preocupe muito. Não vai durar. Nós nos conhecemos em um dia 10, portanto não convém fazer muitos rodeios. Mais duas semanas, três no máximo.

Não costumava se enganar. Não, não se enganava. Às vezes me dava medo, sobretudo quando falava a verdade.

— Sou feliz, Lía — anunciou uma noite por telefone. Estava ligando de Sidney.

— Que bom, filha. Eu gosto de ouvi-la dizer isso — respondi, caindo, como tantas outras vezes, em uma de suas repetidas armadilhas.

— Eu também gosto de me ouvir dizer isso. Dou-me conta de que não fui feliz até agora. Nem uma vez. Em que foi que gastei todos esses anos?

Estremeci. Soube o que vinha a seguir.

— E você? Alguma vez você foi feliz, Lía? E não me venha com a história de que desde que nos teve, blá-blá-blá, certo?

Fiquei calada alguns segundos. Helena não esperou mais.

— Não, Lía. Não foi. Se tivesse sido feliz se lembraria.

— Bem, tive meus momentos.

— Sabe de uma coisa?

Calei.

— Acho que você não foi feliz porque nunca se deixou viver a infelicidade de verdade. Não se permitiu tocá-la. Ficou entalada no meio do poço, com os pés a poucos metros da merda e com o olhar cravado na luz que via lá em cima.

Verdades. Helena.

— Mas quero que saiba de uma coisa.

Saber? Mais? Tantas vezes fiquei tentada a desligar o telefone na cara da minha filha mais velha. Tantas.

— Diga, Helena.

— Embora às vezes eu ache que continuo apaixonada pelo papai...

Fechei os olhos. Preferi ouvi-la no escuro.

— ...você é a única mulher por quem eu daria a vida.

Sorrio agora ao me lembrar daquela ligação. Helena era um relâmpago. Caía, explodia e desaparecia até chegar com uma nova tempestade, nos dando sua vida em pequenas porções, talvez consciente de que só assim podíamos engoli-la: hoje uma ligação, amanhã um cartão-postal, um e-mail, talvez uma visita de dois dias roubados entre viagens. Desde minhas duas semanas em Berlim, nunca mais voltei a vivê-la em tempo integral. Tropeçava, vivia as horas, os segundos, com uma intensidade doentia, formando redemoinhos contra o tempo. Talvez já soubesse. Talvez eu também. Não quis me ouvir. Poucos dias antes de sua morte, ligou de Londres. Estava no aeroporto.

— Sabe de uma coisa, Lía? — começou, sem nem sequer dizer alô.

Sorri. Eu estava no terraço. A tarde estava esplêndida. Não me incomodei em animá-la a prosseguir.

— Alguma coisa me diz que dentro de pouco tempo vou largar a pintura.

Uma brisa repentina fez revoar a revista que eu tinha nos joelhos. Pairava um cheiro de mar.

— Acho que já pintei tudo o que tinha que pintar. Acabaram-se as cores.

Quis sorrir, mas não consegui.

— Ora, Helena. Por que está dizendo isso? Não será porque está cansada?

Ela não disse nada.

— Talvez devesse tirar uma folga. Você não parou o ano todo. Por que não vem para casa um fim de semana? Verá como vai lhe fazer bem. Além disso, faz muito tempo que você não sai para navegar. Jacinto não para de perguntar por você.

Helena soltou uma gargalhada seca.

— Ah, Lía. Você é mesmo muito mãe. Falo que alguma coisa me diz que sou uma pintora com prazo de validade e você aproveita para vir com a história de que estou estressada e de que o que preciso é passar um fim de semana com você.

Ri.

— Não seria mais fácil que me dissesse "ouça, Helena. Estou com vontade de vê-la. Você me deixa abandonada e sinto saudade de você. Arranje um tempo e venha me visitar um fim de semana"?

Não me deu tempo de dizer nada. Tive de rir.

— Sente mesmo saudade de mim?

— É claro, filha. Muita.

Durante alguns segundos ouvi uma voz abafada anunciando um voo em inglês e o chiado que tantas vezes acompanhava nossas conversas sempre que Helena ligava de algum aeroporto.

— No próximo fim de semana vou estar aí. Prometo.

Essa foi a última vez que falamos por telefone. No fim de semana seguinte apareceu em casa como uma rajada de luz.

Não imaginávamos que tinha vindo para se apagar.

DOIS

É um vazio, um golpe de vento que engasga os pulmões toda vez que você respira. Como um beliscão, às vezes suave, às vezes agudo e traiçoeiro. Não é nem um antes nem um depois. É o que não deve vir. Sonhos não articulados por falta de tempo, não de imaginação. É ser testemunha de plantão. É um rangido na alma, exatamente isto: o momento em que sabemos que temos alma porque a ouvimos ranger.

É a morte.

É a morte de uma filha.

É a morte de uma filha cujo cadáver nunca apareceu, me embutindo na pior das perguntas: "E se não? E se não foi? E se não foi e ela continua viva em alguma parte?"

É invocá-la em segredo.

É não descer nunca ao mar por medo de ver no meio das pedras algum sinal, algum rastro dela.

É continuar nadando de costas contra as ondas, às cegas, sem medo de tocar o intocável. Aprender a viver com um suspiro de angústia ao despertar pela manhã. Não está. Minha filha não está. Saiu para navegar e desde então não existe. Que mãe se conforma com isso? Helena e sua ausência. Eu não sei falar de morte. Helena não está.

Foi-se. Literalmente. Exatamente.

Disseram-me que era mais fácil assim. Que, se é para perder um filho, melhor que seja de repente, inesperadamente, que não haja tempo para prever, que a dor não consiga abrir um espaço entre ele e você pela porta da doença. A morte de um filho é inexplicável. Nenhum pai é capaz de imaginá-la, por mais que lhe contem, por mais testemunhos e confissões em primeira pessoa que tentem lhe fazer chegar. Não é possível. Não é imaginável. Incapacita a mente.

Se for acidente, o tempo para e a vida lhe cai das mãos como um cofre meio cheio, espatifando-se no chão, feito em pedacinhos. Você dedica o resto de seu tempo a colar pedaços, montando um quebra-cabeça imenso na mesa da sala enquanto o que resta vai lhe devolvendo pouco a pouco um rosto que você não reconhece, que não lhe interessa.

Se for doença, o tempo gasta e suja, matando contra o relógio.

Mas se for acidente e não houver corpo para velar, resta sempre a imaginação. Só a mãe de um filho ausente sabe: a combinação entrelaçada de luto, ausência e imaginação cria monstros.

Certo dia, há dois anos, depois de me ouvir falar por telefone com Helena, Flavia me disse que o que mais invejava em mim era a relação que eu tinha — e ainda tenho — com minhas filhas.

— Principalmente com Helena — acrescentou, um pouco a contragosto, desviando o olhar para que não pudesse fitá-la nos olhos.

Sorri ao ouvi-la falar assim. Quem ia me dizer, vinte anos antes, que minha menina mais velha, aquele iceberg de olhos brancos e mãos de arame que durante tanto tempo tinha me transformado no espelho da pior de suas sombras, era, desde as duas semanas que tínhamos passado juntas em Berlim, minha melhor amiga?

— Que estranho, não? Vocês sempre se deram mal — continuou Flavia, como se não falasse com ninguém. — E de repente, assim, sem mais nem menos...

Sem mais nem menos. Ora.

Sem mais nem menos não, Flavia.

Helena nunca me perdoou como mãe. Provavelmente, na sua idade já era consciente de que nunca aprenderia a fazê-lo. Na madrugada em que liguei para ela em Berlim e me disse que estava grávida, eu não soube ouvir o que ela não estava dizendo. "Lía", foi isso o que disse. Lía. Minha filha decidiu então me rebatizar com meu próprio nome e me despojar do papel que eu não tinha sabido representar para ela. Incapaz de deixar de odiar sua mãe, teve de trocá-la por outra, teve de matá-la para deixar Lía entrar, para me deixar entrar.

Porque não há filha capaz de pedir a uma mãe que a ajude a se desfazer de seu bebê. Nem sequer quando sua vida está em perigo.

A uma amiga, sim. A Lía, sim.

Sem mais nem menos não, Flavia.

Ajudei-a, é claro.

Morta a mãe, veio a amiga. Não houve nada que perdoar. Nenhuma recriminação. Lía e Helena. Reinventamo-nos. Soubemos fazê-lo e funcionou. Ninguém entendeu.

E Martín começou a me odiar.

Há meses vivo convencida de que é impossível entender a morte de alguém como Helena. Impossível conceber a existência de um ser como ela. Há pessoas assim, é verdade. São poucas e parecem humanas demais, de vida grande demais para a pequenez do vivido. Esta era Helena. Quando falava com ela, eu tinha a sensação de estar compartilhando alguns minutos preciosos com alguém que havia chegado à vida sabendo, com as cartas marcadas, sempre disposta a dar uma lição com aquela alegria que me roubava o fôlego e com as verdades generosas e à queima-roupa que lhe apertavam o coração e das quais ela nem sequer era consciente.

Desde que ela se foi, ninguém mais me chama de Lía. Não com sua voz. Não de um aeroporto entre o eco de vozes monótonas anunciando voos. Desde que ela se foi, não consigo encontrar a minha. Minha voz. A da amiga.

"Mar malvado. Filho da puta", ouço-me pensar com um sorriso de vergonha, afastando em seguida os olhos de uma enorme vela branca que cruza o horizonte mais próximo e que não demora a se perder céu adentro. Uma vela. Escondendo-se atrás do farol.

— Mar malvado. Filho da puta — sussurro, sem me dar conta, enquanto partimos e vamos nos afastando pouco a pouco do pequeno embarcadouro, rumo à ilha.

Sentada à minha esquerda, mamãe me olha de esguelha e sua mão ilesa procura a minha às cegas. À minha direita, Beatriz se encolhe em seu casaco de lã vermelho com a cabeça apoiada em meu ombro e o olhar perdido no teto de céu que nos vê avançar sobre as ondas a cavalo nas cansadas costas de Jacinto e do velho *Aurora*. Diante de nós, Flavia e

Inés, com o perfil cinzelado contra um penacho de nuvens que se afastam pelo leste em direção ao norte. Têm os olhos cravados na ilha. No farol. E medo, também têm medo. Desde que saímos do embarcadouro nenhuma das cinco olhou para a água. Na verdade, já faz muito que vivemos todas de costas para o mar. Umas mais do que as outras.

Costas. Hoje Jacinto nos empresta as suas ao leme do *Aurora*. Sobre sua cabeça surge ao longe a lanterna do farol, como uma pinta no céu. O bom Jacinto, sempre a postos. Desde que Helena se foi, ele deixou de estar. E o fez sozinho, afastando-se do que restava de nós e recolhendo-se no *Aurora* e em sua vida de porto com sua mulher, seus filhos, sei lá mais o quê. Apagou-se. Decidiu calar. Mamãe diz que ele não voltou a sair para o mar depois. Dedica-se às suas coisas, aos seus.

— Você está bem? — pergunto a Bea, que parece se encolher de repente contra mim, cavada agora por alguma dor no peito ou nas costas. Quase nesse mesmo instante sinto a mão retorcida de mamãe segurar a minha, reclamando, como não, qualquer mostra de atenção que possa extorquir. Quando me viro para ela, não consigo reprimir um sorriso. Embutida até os tornozelos em seu imenso casaco de visom, e com os fios de cabelo branco e grisalho dançando sobre a cabeça, parece uma velha louca fugida de algum asilo de anciãos maltratados. Solta minha mão e leva a sua à boca para recolocar a dentadura e amaldiçoar o dentista porque pela enésima vez voltou a colocá-la mal e lhe dói. Quando termina de ajustá-la, olha para mim e sorri com cara de má. Uma rajada de vento forma redemoinhos em seu cabelo no alto da cabeça. Então, e apesar do balanço desajeitado do velho *Aurora*, levanta-se com surpreendente agilidade e fica semiapoiada no parapeito enferrujado, olhando para a ilha cada vez mais próxima, com seu visom ao vento e os dentes mal colocados. Do seu banco, Flavia nem sequer se vira para olhá-la. O vento aumenta por segundos, e os 40 e poucos quilos de Inés ameaçam sair voando pela amurada e perder-se no mar. Tanta fragilidade.

São quase 17 horas. Apesar deste sol bendito, o vento do levante pega forte. Navegamos em silêncio.

Há quanto tempo?

De repente, o *Aurora* cabeceia num solavanco que nos faz sacolejar à traição e, durante um segundo, milésimos de segundo talvez, nós cinco cravamos os olhos nas costas encurvadas de Jacinto, que parecem se curvar ainda mais sob o peso de tantos olhares. É um instante alongado, como só a invalidez sabe alongar o tempo. Há outro depois. Este mais breve. Entre a espuma e o amarelo nebuloso do sol, os olhos de todas se encontram a meio caminho, chocando-se no centro do barco. Há uma teia de aranha. Há o que todas nós sabemos. E há também uma dor imensa que carregamos como um saco velho nas costas infladas de Jacinto e de sua normalidade, de seu saber viver o cotidiano simplesmente. Há um espelho nessas costas e nesse homem calado de vida simples sem o qual esta viagem não poderia se realizar. Um espelho, sim. E cinco medusas entrevadas pedindo passagem para o outro lado, ricocheteadas entre seus rancores, suas marcas e seus desmandos contra a sensatez de um timoneiro cujos olhos não vemos, de um homem que não tem nada que calar e que por isso se cala. Sorrio ao perceber um estranho brilho na careta cúmplice de Inés do outro lado do *Aurora* e ao ouvir a voz de Helena, que volta a remontar o tempo. Também seu riso aberto.

— Somos um bando de desajustadas — ela disse numa tarde de inverno, enquanto passeávamos pelo porto. Eu acabava de lhe contar sobre Inés e Sandra e ela se deu um tempo antes de voltar a falar.

Olhei para ela sem compreender. Não perguntei. Com ela não era necessário.

— Estou falando de nós. Da vovó, da tia Flavia, de você, de Bea... de Inés.

O sol estava prestes a se esconder atrás do farol e nos detivemos, nos apoiando contra o parapeito enferrujado da calçada para vê-lo desaparecer.

— Sabe de uma coisa?

Suspirei.

— Você sabe que não.

Riu. Quando ria, me diminuía anos.

— Às vezes, quando saio para navegar com Jacinto, penso em como teria sido sua vida, a de todas nós, se você tivesse se casado com um homem como ele.

O sol se ocultou nesse momento e o horizonte pestanejou, dourado.

— Como ele?

Helena cravou o olhar no céu.

— Sim, Lía. Como ele. Um homem normal.

Esperei, mas ela não continuou. Depois de alguns instantes, senti que virava a cabeça em minha direção e me encolhi no casaco.

— Jacinto teria feito você feliz, Lía. Teria aguentado todas nós.

Eu não soube o que dizer.

— Ele não teria dado espaço para que nos perdêssemos tanto. Além disso...

Não tive tempo de decidir se queria continuar ouvindo.

— Vovó o adora. E ele também adora ela — acrescentou, com uma risada maliciosa.

Virei-me para ela. Entreolhamo-nos. Nesse momento amei-a tanto que quase comecei a chorar.

— É o único homem que conheço que sabe serenar a vida, Lía. Um homem do mar, uma corda à qual todas nós poderíamos nos ter agarrado a tempo.

Da lembrança renovada daquela tarde com Helena, a tela que entre nós cinco tecemos nas pesadas costas de Jacinto parece se desmembrar em mil cores, salpicada agora pela espuma fria das ondas. Helena não tinha razão. Maltratadas, sim. Nós cinco que restamos. Nós que continuamos. Disfuncionais, diria Martín. Há nas costas do timoneiro um espelho quebrado, costurado e recosturado a bofetadas, redemoinhos e cicatrizes. "Não é bonito, querida", ouço-me pensar sobre o rugido das ondas, "mas é o nosso."

Uma segunda cabeceada do *Aurora*, e o farol se esconde atrás da calva de Jacinto, que captura um raio de sol, devolvendo-o ao vento. Respiro fundo, deixo que o ar do mar encha meus pulmões de sal. Uma corda que nos amarre, Helena? E a vida? O que nos resta, a não ser isso?

Sorrio de novo, agarrando-me ao parapeito do barco. Quase tinha esquecido o vaivém do velho *Aurora*.

* * *

O velho *Aurora* cabeceia como um cavalo obediente. O-velho-*Aurora*-cabeceia-como-um-cavalo-obediente. Rumino a frase como uma vaca gorda esparramada no pasto. Não tem gosto de nada. Bela frase para uma velha desmemoriada. Onde terei lido essa bobagem: "como um cavalo obediente"? Enfim, que diferença faz? A verdade é que, na minha idade, a gente pode se permitir certas coisas que outros não podem. Que outros não entendem. Corrijo então. É que, apesar de arrotar de vez em quando e de mijar nas calças quando me dá vontade, de que os nomes e as datas às vezes se revolvam na memória um pouco fora de tempo, ainda me sinto capaz de reviver a linguagem. Assim começo de novo.

O velho *Aurora* é mais jovem do que eu, o filho da puta. E não cabeceia. Quem disse que os barcos cabeceiam? Este híbrido de barco a motor e canoa desmantelada nunca cabeceou. Dá saltos sobre as ondas e fode as costas da gente. E faz enjoar. Então é preciso se segurar bem ao que se encontra à mão para não sair voando pela amurada e terminar com o visom na salmoura. Meu Deus, quem vai sair voando de um momento para o outro, se não for amarrada ao parapeito, é a Inés. Ai, será que não se enxerga? Será que ninguém colocou um espelho na sua frente para que veja seus olhos de menina morta e os ossos que saltam por toda parte como se fosse uma marionete desconjuntada?

Entre cabeceada e cabeceada dou uma olhada para a sacola onde viajam os sanduíches e as duas garrafas térmicas. Também para a outra, a que Inés aperta entre suas perninhas com o ramo de girassóis. Como eu gosto de girassóis!

— Como eu gosto de girassóis — digo a Lía, levantando um pouco a voz. Jacinto vira a cabeça e olha para mim com um sorriso calmo. Que olhar tão íntegro o de Jacinto, que saúde. Devolvo-lhe o sorriso, apesar deste maldito vento que entra nos pulmões da gente e arranca as palavras a bofetadas. Lía se vira e me olha de baixo, certamente sem ter entendido o que eu disse. Deve ter ouvido alguma coisa sobre pulmões, porque se levanta, se aproxima de mim, agarrando-se ao parapeito imundo, e abotoa bem o meu casaco até o pescoço, me enrolando no visom como uma múmia peluda com o braço na tipoia.

— Não vá pegar um resfriado, mamãe — diz, depois de levantar minha gola e passar a mão no meu cabelo. — Só nos faltava isso, você pegar alguma coisa um dia antes da operação.

Jacinto nos olha de esguelha. Jacinto faz tudo de esguelha, como se estivesse pela metade ou como se seu estar fosse sempre um sem querer. De repente me pergunto se alguma vez o vi sorrir. Sua mulher, sim. Sorrir combina com aquela bruxa, quase tão bem quanto parir crianças defeituosas, infestando a ilha de pequenos monstros. Sim, Lía ouviu alguma coisa sobre os pulmões, porque segura minha mão e me senta ao lado de Bea como se eu fosse uma dessas velhas loucas que alguém estaciona no corredor do hospício para que as ilegais da limpeza lhe façam a cama e troquem os lençóis mijados. Em seguida sinto o tremor do corpo doente de Bea se apertando contra o meu. Minha pequena.

— Como você está? — digo gritando, incapaz de me mexer em minha masmorra de visons esfolados.

Bea encosta em mim e não responde. Provavelmente a viagem não está lhe fazendo bem. O herpes se enroscou entre o peito e as costas como uma sanguessuga gigante, partindo-a em duas.

— Quer que eu conte um segredo? — digo com um sorriso, tentando me fazer ouvir por cima do vento e do chapinhar das ondas nas quais agora o *Aurora* ricocheteia como uma maldita bola de loteria, anunciando que já entramos na corrente sobre a qual em alguns minutos desembarcaremos na ilha.

Bea levanta os olhos. Não diz nada.

— Dos bons, dos levinhos — digo com uma piscada, tentando tranquilizá-la.

Ela ri e cabeceia. Isso. Minha neta pequena, sim, cabeceia. Este maldito barco ricocheteia. Aí está a diferença.

Aurora. Bonito nome.

— Você é minha neta preferida — falo no seu ouvido aos gritos. — Sempre foi. Inclusive antes de Helena ter... nos deixado.

Olha para mim com olhinhos desconfiados e esboça uma ameaça de sorriso que fica no ar como uma pluma órfã.

— Não acredita em mim? — grito, tentando tirar dois pelos de visom que me ficaram grudados nos lábios.

— Todo mundo gostava muito de Helena — ela responde, com uma careta entre triste e resignada.

Ai. Se continuar assim, esta menina não vai chegar muito longe. Embora tenha razão. Todos nós gostávamos muito de Helena. A danadinha se fazia gostar com tanta ausência repetida, tanto ir e vir... e aqueles olhões azuis que partiam a gente ao meio antes de crispar-se de amarelo-limão e riso.

— Eu prefiro você. Helena era muito parecida com a Flavia — digo, em uma de minhas tantas demonstrações de caduquice precoce. A verdade é que não tenho consciência de ter dito isto. De ter pensado sim, mas não me lembro de ter me ouvido articular alguma palavra. Incontinente. Estou incontinente. Preciso ir com cuidado.

É evidente que falei. Evidente que Bea me ouviu.

Ela me olha nos olhos. Ah, eu não me lembrava desse olhar na minha pequena. Onde terá aprendido a olhar assim?

— Helena era igual a você, vó. Não chateie. Por isso vocês duas discutiam tanto.

Olhe só a pequena. Olhe as mentiras da pequena, a visão ofuscada da pequena. O que saberá esta coitada sobre ser parecida com alguém? Discutir? Helena e eu? Tento me lembrar, mas não encontro em minha memória centenária imagens de nenhuma discussão com minha neta morta. Tenho de tentar me lembrar melhor. Ou talvez não.

— Da Flavia só tinha os olhos.

Sorrio. Temerária, minha menina.

— Só? E você acha pouco? Por acaso nunca parou alguma vez para observar os olhos de sua tia? São olhos de fera engasgada.

Bea começa a rir, e eu com ela.

— Este é o segredo? — diz, quando por fim consegue se acalmar e segura meu braço. — Que, das duas netas que lhe restam, eu sou sua favorita?

Não consigo evitar. Incontinência.

— Duas? — pergunto, com voz de atriz aborrecida, retorcendo os lábios em direção a Inés. — Melhor dizer uma e meia, querida.

— Vó, por favor.

— Não, este não é o segredo, é claro.

— Sei. Temia isso.

— O segredo é que, bem...

Bea se ergue, ajeita as costas no espaldar do assento e me olha com preocupação.

— Acabo de mijar no visom!

A risada de Bea é tão franca, tão contagiosa e tão cheia de inocência que Lía se une em seguida a nós, mesmo sem saber do que estamos rindo, porque tanto Bea quanto eu não conseguimos falar. Jacinto se encolhe um pouco, e Flavia e Inés riem, mas continuam na delas, com o olhar cravado no farol, que agora o *Aurora* rodeia para entrar pela pequena enseada até o embarcadouro de madeira encravado na pedra. Bea segura de novo a minha mão e a estreita com força, como quando era pequena e alguns dias eu a acompanhava ao colégio. Quando faltava pouco para chegar, apertava-me a mão em silêncio, morta de medo, com os olhos cravados no chão. Sempre calando, esta menina. Sempre engolindo tudo sozinha, ossos e espinhas sem pigarrear, como Lía. Só vendo como são parecidas, as malditas. Uma vivendo como uma sonâmbula em um apartamento vazio que não se atreve a decorar, talvez comendo no chão, dormindo no chão. Esperando no chão. O quê? Que um marido volte para casa e a reconstrua com sua amizade, que mobílie sua vida com seus dotes inatos de decorador de interiores, que lhe dê alguma coisa de presente, uma frase, um prego e um martelo com que começar a pregar a tampa da gaveta dentro da qual possa se esconder para não continuar sendo ela. Que seu pai a veja como uma filha que conta, que veja nela a menina que parou de crescer de repente quando Helena se foi. Seis meses vivendo assim, sozinha entre paredes em branco e pisos de madeira gasta, escondida atrás dos achaques, somatizando a morte de uma irmã que ela não soube encarar, que não sabe onde colocar. Seis meses empurrando a vida, arriscando a saúde ruim. E Lía, a boa Lía, incapaz de chorar, nenhuma lágrima, a bruta, desde aquela noite, nem um único suspiro de angústia. Nada. Calada como uma puta. Mascarada, quebrada, esfolada, deslocada. Parou de esperar faz um ano, justo hoje faz um ano. Minha Lía envelhecida contra si mesma e sua própria bondade, órfã da filha mais velha, com um marido cujo ódio doentio nem sequer conta mais. Sofrendo em silêncio. Pergunto-me quem diabos terá dito a estas mulheres que sofrer em silêncio as faz melhores. Como enfiar nestas cabeças que o silêncio não engrandece, que isso é mitologia grega? O silêncio limita, transtorna, emudece, adoece. Nós, as velhas, sabemos bem disso. Pensando bem, e depois de todo o vivido, que paradoxo ter de chegar à minha idade para entender tantas coisas. Que paradoxo tanta lucidez cercada de tanto silêncio.

— Sabe de uma coisa, menina? — digo a Bea, que agora tem o olhar cravado no pequeno embarcadouro de madeira que já aparece entre as pedras.

— Vai doer? — responde, sem gritar e sem olhar para mim. O vento aumenta e o *Aurora* já não ricocheteia contra as ondas. Balançamos.

Não consigo evitar uma risadinha maliciosa, que, para não perder o costume, voltou a fazer minha dentadura desencaixar na boca.

— Não, filha, não mesmo.

— Ah, bom — responde sem soltar minha mão.

— Acho que esta velha já pode morrer em paz.

Bea se vira de repente para mim e me olha agora com ar de susto.

— E sabe por quê?

Não diz nada.

— Porque se aos 90 anos, caso chegue a essa idade decentemente enraizada em seu são juízo, você se dá conta de que não tem nada melhor a fazer na vida do que não fazer nada, é porque você fez bem as coisas, menina.

Bea não consegue entender o que tento lhe dizer. Não me surpreende. Tem os olhos vendados. O *Aurora* para junto ao cais, e Jacinto o amarra ao poste meio podre que sobressai do deque como uma unha preta e mal cortada, estacionando-o de ré até esbarrar na madeira.

Então se faz silêncio. Nenhuma das quatro se mexe. As costas de Jacinto se tensionam contra si mesmas. Flavia se vira para olhar para mim. Inés também.

— Vamos, mamãe? — diz Lía ao meu lado, fazendo menção de pegar a sacola do lanche enquanto com a outra mão me ajuda a levantar.

Fecho os olhos. A ilha. Respiro fundo e me apoio em Lía para passar com cuidado do bamboleio traiçoeiro do *Aurora* ao embarcadouro.

Bea continua segurando minha mão.

* * *

Subimos pelo caminho de pedra que nasce no cais e que sobe desenhando uma ampla curva até desembocar na plataforma plana e careca que leva ao farol. Subimos devagar, entre as muletas e o gesso de Flavia, minhas pontadas, o passo irregular de Mencía e a fragilidade cristalina de Inés. Mamãe e Flavia se adiantaram um pouco. Ficamos as duas netas tomando conta de vovó, que parece encantada. Subimos em silêncio pela curva, assustando os lagartos pretos ao passar. De repente, um deles para no meio do caminho e nos confronta. A verdade é que tem um tamanho considerável. Paramos durante alguns segundos, à espera de que o bicho vá embora e nos deixe passar, mas o pequeno monstro continua ali, imóvel, nos cravando no chão com seus olhos negros e brilhantes como os de um demônio. Então Mencía se adianta devagar e crava os olhos no animal, que por sua vez aguenta seu olhar, erguendo as costas como um lutador de luta livre com cauda de vestido de noiva. Inés e eu nos entreolhamos, sem saber o que fazer. À nossa frente, mamãe e Flavia continuam avançando aos tropeções, imersas em uma conversa pouco animada. Vovó se agacha devagar até ficar a poucos centímetros do lagarto, que continua sem se mexer, e de repente ela solta um arroto que eriça a crista do animal; o bicho desaparece correndo entre as rochas em menos de um segundo.

— É preciso falar na língua deles, como com todo mundo — explica com um suspiro de resignada vitória. — O bom de ter chegado à minha idade é que a gente acaba aprendendo a utilizar muitos registros e, sobretudo, a perceber qual usar com cada um — murmura com um sorriso. E, antes que possamos acrescentar qualquer coisa, olha para Inés com uma expressão de estranha inocência e diz com voz grave: — Você é anoréxica e ninguém se atreve a lhe dizer isso porque são todas umas estúpidas e umas covardes, e porque, ao que parece, preferem passar pelo mau bocado de ter que escrever isso na sua lápide do que lhe dizer isso agora, quando ainda está em tempo de fazer alguma coisa.

Inés olha para Mencía com olhos frágeis e solta um suspiro profundo. Fecha os punhos e engole em seco.

— E não me diga que me cale, pois sou sua avó e ainda posso lhe dar umas bofetadas se for preciso — volta a disparar Mencía, desta vez com um tom de voz ligeiramente mais agudo.

Eu prefiro nada dizer. Inés e vovó nunca terminaram totalmente o processo de se encontrar. É uma bicicleta de dois lugares que por alguma razão nunca chegou a funcionar. Encrenca desde sempre. Alguma peça quebrou em algum momento e nenhuma das duas fez nada para consertá-la. Depois aconteceu a tragédia de Helena. Desde que ela se foi, Inés não encontra seu lugar no novo papel de irmã mais velha, de filha mais velha, de neta mais velha. Não se dá conta de que ninguém lhe pede nada, de que ninguém espera nada dela.

— Por que você dormiu esta noite na casa de sua mãe, menina? Por acaso não tem casa? — pergunta Mencía com voz áspera antes de dar uma escarrada e antes que Inés tenha tempo para alguma coisa.

Decididamente, vovó está perdendo as estribeiras, de modo que finjo uma ameaça de dor que me parte em duas e que me corta a respiração para procurar uma trégua que não se anuncia bem-vinda. Inés custa a se controlar, enquanto Mencía está lançada ladeira abaixo e desfruta como uma menina da velocidade da descida.

— Não, vó, não tenho uma casa para onde voltar — dispara Inés, fechando os olhos, parando de caminhar e vindo em minha ajuda.

— Por quê?

Inés dá as costas para Mencía e crava os olhos nos meus. Esqueço-me de continuar fingindo ao ver a expressão de raiva, ódio e angústia que atravessa o olhar de minha irmã do meio. E sua voz. Tanta voz para tão pouco corpo.

— Porque Jorge me pôs na rua.

Um segundo de silêncio. Dois.

— E porque me deixou sem nada, vó. Sem casa, sem o Tristán.

— Mas... — começa Mencía, olhando para ela por trás, com cara de quem não ouviu bem.

— Porque fui uma mãe filha da puta, uma mãe que preferiu viver um amor a fundo apesar do risco, apesar de tudo que podia perder, que fodi com a minha vida como você fodeu com a sua e a de suas duas filhas, vó. Não, não tenho para onde ir. Por isso dormi esta noite na casa da mamãe, porque sempre tem uma cama para mim, porque ela sempre está ali, porque me espera, me perdoa... porque é incapaz de pôr a mala na minha mão e me obrigar a ficar calada, a baixar a cabeça e a voltar para o inferno de um casamento de merda, como você fez quando ela a procurou para que a amparasse do filho da puta do papai.

O queixo de Mencía treme.

— Eram outros tempos, menina. Você não sabe de nada.

Inés dá meia-volta e funde os olhos nos de vovó, que se encolhe com um braço entre retalhos escuros de visom.

— Merda, não sei. Os tempos não mudam, vó. As pessoas não mudam. E o passado também não. Por que dormi esta noite na casa da minha mãe? Boa pergunta. E a senhora? Por que está há mais de duas semanas refugiada na casa da mamãe? Com que direito lhe pede uma cama depois de tê-la mandado com uma menina de 2 anos pela mão de volta a uma vida que sabia ser horrível? Com que coragem a senhora se olha no espelho toda manhã, depois de ver o que fez com suas duas filhas? Olhe para elas. Aí estão, caminhando diante da senhora, uma refugiada em seu gesso e nesse tornozelo que não faz mais que quebrar uma e outra vez para poder se livrar da senhora, para não ter que cuidar da senhora, porque não a suporta, porque a culpa de todo o feito e desfeito; a outra, calada e cuidando da senhora como a melhor enfermeira, atenta aos seus desatinos, a suas manipulações, a suas carências de velha caprichosa e egoísta, porque para ela tudo dá na mesma desde que Helena se foi. Sim, vó. Dá na mesma. Para mamãe, desde aquela bendita viagem a Berlim, a vida foi Helena e o mar. O resto não contava. Agora vive em círculos ao redor desse não contar que formamos, um conjunto vazio para o qual ela não quer olhar.

Faz-se silêncio. Nós três ficamos caladas e paradas. Três gaivotas sobre um mastro. Flavia e Lía também pararam de caminhar. A tarde está quebrada em azul. Mencía fala. A lâmpada que coroa o farol aparece agora por cima de sua cabeça, dando-lhe um aspecto de virgem estranha, futurista.

— Não vou lhe dar uma bofetada porque, apesar de eu estar entrevada, você parece tanto um farrapo que não quero me arriscar a ser trancada em alguma masmorra acusada de homicídio — lança com um sorriso travesso nos olhos. — E porque, se você não se aproximar, eu não a vejo — acrescenta, com uma expressão de maldade. — Mas, antes que caia esta maldita dentadura que o dentista cretino amigo da Flavia vai ter que pregar com uma porca de caminhão, vou lhe dizer uma coisa, menina.

Inés olha para mim durante um breve instante e em seguida volta a olhar para vovó, que toca o braço na tipoia por debaixo do casaco e contém uma falsa careta de dor. Em seguida passa a mão no cabelo, levanta o queixo e diz:

— Caso essa tal Sandra não seja de se confiar e, agora que você perdeu tudo por ela, desapareça de sua vida e se saia com alguma enrolação, de que você deveria tê-la consultado, de que não está preparada ou alguma estupidez do gênero...

Um segundo. Uma gaivota. Um grasnido. Um lagarto desliza entre duas pedras.

— Mato-a com o braço que me resta.

Inés abre pouco a pouco a boca e com um gesto mecânico a tapa com a mão, uma mão fina e transparente que vovó fixa com o olhar, um olhar horrorizado, enojada.

— Não seria a primeira vez — conclui Mencía em voz baixa, olhando para mim de repente com uma sobrancelha arqueada.

Não suporto seu olhar.

— Como é que a senhora sabe...? — começa Inés, sem tirar a mão da boca. — Quem foi que lhe contou...?

Mencía olha para ela com irritação. Em seguida volta a olhar para mim e estende a mão para que eu vá até ela, coisa que faço em seguida. Quando chego ao seu lado, obriga-me a virar e olhar Inés nos olhos.

— Olhe para ela, menina. Esta é a única irmã que lhe resta. O que está vendo?

Não tenho tempo de responder. Inés continua tentando assimilar que o segredo que compartilhava com mamãe não é mais segredo. Parece considerar possibilidades a toda velocidade, calcular datas. De repente não sabe se deve se zangar com mamãe por não ter sabido calar ou com vovó por ter sabido fazê-lo. Está perdida.

— Um catálogo de efeitos colaterais da vida, isso é o que você está vendo, menina — explode a voz de Mencía, soltando uma gargalhada que ricocheteia nas pedras que margeiam a curva da estrada como um coro de cigarras roucas.

* * *

— Um catálogo de efeitos colaterais da vida — dispara vovó entre gargalhadas.

Isso sou eu.

Tenho 47 quilos. Um metro e setenta. A pele seca ao redor dos olhos. A vida seca ao redor da pele. Cabelo castanho, nem curto nem comprido. Casada. Um filho. Pouco passado.

De repente vovó para de rir. Enxuga a boca com um lenço de papel que tira do bolso do visom e fecha os olhos. Bea olha para mim e nós duas ficamos quietas. Um pouco mais à frente, Flavia e mamãe recomeçaram a caminhada e parecem voltar a conversar.

— Hi, hi, hi — solta vovó, sem abrir os olhos. — Hi, hi, hi, hi.

A risadinha de Mencía não demora para se transformar em uma réstia de gargalhadas mal mastigadas que nem Bea nem eu sabemos como encaixar. Vou até ela e, juntas, nos aproximamos de vovó.

— Vó... — diz Bea, segurando-a pelo braço e sacudindo-a levemente. — Vó, você está bem?

— Hi, hi, hi — é a única coisa que diz Mencía, incapaz, ao que parece, de articular qualquer coisa além dessas gargalhadas estranhas que são como pequenos suspiros para dentro. — É que... hi, hi, hi — volta à carga, incapaz de falar.

Parece uma criança. Tia Flavia e mamãe se aproximam de volta pelo caminho com passo atropelado. Flavia bufa com mau humor. Dói-lhe a perna. E as axilas, por causa da muleta. Também os olhos, irritados por um vento que já não sopra.

— Vai acabar mijando de novo no visom, vó — diz Bea com ar de preocupação, baixando a voz. — Acalme-se.

— É que... olhe para nós — solta por fim Mencía entre gargalhadas e suspiros com os quais tenta recuperar o fôlego. — Olhe... — grita de repente, apontando com o braço pendurado para as filhas e netas enquanto tenta se acalmar e enxuga as lágrimas do rosto com o lenço de papel ensopado. — Que quadro formamos, hi, hi, hi. A velha com o braço quebrado e o casaco de visom; você e seu herpes ou o herpes e você, já não sei o que vem primeiro — sussurra, olhando para Bea. — Flavia e sua perna de gesso; você — diz para mim — com mais osso do que carne e um mau humor que qualquer um a derruba; e para terminar — conclui, virando-se para Lía com gesto teatral — minha pequena Lía, a enfermeira austríaca que com certeza morre de vontade de injetar algum veneno em todas e poder aproveitar o vazio que nem sequer Helena lhe deixou ao partir.

Nos instantes que se seguem, todas nós nos entreolhamos. Sem nos dar conta, formamos uma espécie de círculo ao redor de Mencía, que agora volta ao ataque, se desmontando de rir entre dentes que vão e vêm e pelos de visom que vai tirando da boca com os dedos. Durante um décimo de segundo, tenho a exata sensação de que nós quatro pensamos a mesma coisa.

Cinco mulheres na ilha. Sozinhas. Doentes. A mais velha, que deve se internar no hospital no dia seguinte para operar o braço e que, na verdade, é a instigadora da excursão, cai durante a caminhada de subida ao farol e bate a cabeça numa pedra qualquer. Triste acidente. Morte natural. A imagem da cabeça de Mencía se espatifando numa pedra do caminho passa entre as quatro como um hálito maldito, nos rondando como uma serpente carregada de maçãs.

De repente, a risada espessa e borbulhante de Bea explode no ar frio da tarde como a primeira rajada de uma queima de fogos. Bea explode, e com ela vem também mamãe. Risada. Risada em três gerações, em três dimensões. Risada reconhecida, reconvertida em alívio para mim, que não sei por onde começar, que músculo ativar para me unir a elas. A pedra no rosto de Mencía se desvanece. Jorge vai com sua imundície salpicando as paredes do corredor às minhas costas, me perseguindo até a rua sobre o mar de fotos rasgadas e páginas de meu diário. Risada, sim. A que tia Flavia não consegue decifrar desde sua careta de dor e daqueles olhos azuis como gelo mal derretido nos quais sempre foi difícil encontrar vida.

— Precisávamos ter ido a Fátima! — solta vovó entre gargalhadas, tentando segurar o visom, que já meio se arrasta pelo caminho. — A Lourdes! Com as garrafas térmicas e com o coitado do Jacinto, hi, hi, hi, hi!

É demais. Tanto que Flavia não consegue evitar um sorriso e um pequeno sobressalto que, se não me engano, é uma ameaça de gargalhada, embora com ela a gente nunca saiba. Mamãe se dobra sobre si mesma e parece ter parado de respirar. Bea chora já sem tempo para rir. Mencía continua disparando maluquices, sem nos perder de vista nem por um segundo. Pela forma de nos controlar com o olhar, por suas piscadas pontuais e sua pose de avó vencida pela risada inocente e feliz que só nasce em boa confiança e no carinho feminino e familiar, eu apostaria que lhe chegou algum vislumbre da tentadora e macabra imagem que durante um breve instante serpenteou entre as mulheres do círculo.

Retomamos a caminhada. As risadas vão se acalmando pouco a pouco até que por fim se faz o silêncio. Agora me cabe caminhar ao lado de tia Flavia. As outras voltam a se atrasar. Por fim, uns 30 metros à nossa frente, o velho farol se levanta no ar como um dedo branco. Flavia para, resfolegando, apoiada nas muletas.

Ficamos olhando para o farol enquanto as vozes das outras chegam cada vez mais próximas de trás. Continuam rindo.

— O que você vê? — pergunta-me Flavia, sem afastar o olhar do farol. Sorrio. Se lhe disser a verdade, achará que estou louca.

— Um dedo — respondo, baixando a voz. De repente quase me dá vergonha ter dito isso.

— Um dedo, como?

A risada de Mencía chega já próxima. Estão a poucos metros de nós.

— Um dedo fino com uma unha recém-esmaltada.

Flavia não se vira.

— OK. Mas que dedo? O indicador? O anular? Um dedo de homem? De menina?

Ai, tia Flavia não muda. Procura respostas. Sempre. Depois, se as respostas não forem o que espera ouvir, procura um culpado em quem descarregar o castigo por sua pergunta malfeita.

— Não sei.

Suspira com uma expressão de aborrecimento e de cansaço mental. Reacomoda-se sobre as muletas e solta um gemido como o de um gato velho.

— Eu vejo um anular carregado de anéis, um dedo de mulher de meia-idade, casada várias vezes, provavelmente viúva. Um dedo robusto, branco, bem situado na mão. Um dedo...

— Acusador — interrompe Mencía atrás de nós, com voz fatigada. — Um dedo acusador, isso é o que é.

Acusador. Que estranho, até agora eu jamais tinha visto no farol nada mais que uma singela construção de luz, um ponto que interrompia o horizonte azulado do mar e o céu das janelas da sala e dos quartos da casa de mamãe e pelo qual Helena sentia adoração, se não obsessão. Um dedo acusador, diz vovó. Talvez tenha razão.

— Um bom dedo médio com uma lâmpada gigante em cima — acrescenta Mencía com um sorriso aberto. De repente me passa pela cabeça que talvez a ilha se atreva a apontar com o dedo, com esse dedo iluminado, iluminando, para cima, desafiante. Olho para as mulheres da família e nos vejo como cinco alienígenas recém-aterrissadas em um planeta estranho, talvez mais avançado do que o nosso porque tem dedos enormes com os quais acusa Deus de filho da puta por ter nos deixado sem Helena, por ter ficado com ela inteira, corpo e alma, o pacote completo. Helena costumava dizer que quando morresse queria que suas cinzas fossem espalhadas do farol da ilha. As únicas cinzas que pudemos espalhar naquela maldita tarde foram as de uma tábua da popa do *Sigfried* que mamãe conseguiu pegar graças aos contatos de papai na guarda costeira. Queimamos a tábua na lareira da casa de vovó. Era uma tábua muito grossa e demorou para queimar. O verniz e a umidade geraram uma fumaça preta que quase nos sufocou. Papai não quis estar presente. Foram várias horas de lareira em silêncio. Cinco mulheres observando as chamas como esperando uma resposta, uma imagem. Qualquer coisa. Mamãe nem sequer pestanejava. Estava bonita como não voltei a vê-la. Vovó tinha envelhecido vinte anos de repente. Tinha ficado velha. A tábua queimava na lareira e além das janelas o azul do céu era tão cristalino e a luz da tarde tão clara, tão fria, que tínhamos a sensação de ter caído do calor e da cor outonal em um pequeno parêntese de inverno onde podíamos preparar beberagens e conjuros num sabá. Bea chorava. Chorava como a gente ri, aos borbotões, deixando-se chorar sem travas, com o corpo, com as mãos e com os olhos. Bebíamos um chá aiurvédico que Flavia tinha trazido de sua casa e que, conforme explicou, nos manteria lúcidas e calmas.

Horas antes, o *Sigfried* tinha sido localizado perto da ilha, virado como uma baleia moribunda, com o grande mastro partido pela metade como um triste cabo de vassoura. Horas antes, Helena já não era Helena. Depois de 28 horas de busca e de espera, daquela terrível tempestade que das janelas da sala de mamãe parecia brotar do próprio inferno, das ondas negras açoitando navios, rasgando amarras, alagando ruas e calçadas... depois do vento que apagava a luz, a voz, os olhares, daquele vento do qual a ilha não se lembrava havia quase trinta anos, igualmente repentino, igualmente maldito... depois vieram o silêncio e a tábua do *Sigfried* desgastada pelas chamas na lareira da avó. Mamãe andava entre nós como uma sonâmbula, com um sorriso ausente nos lábios e cara de esgotamento. Não parava de perguntar se queríamos mais chá.

— Mais chá, Flavia? Mais chá, Bea? Mais chá, mamãe? Mais chá, mais chá, mais chá? — repetia a cada cinco minutos com a mesma voz oca, como de louca. Mais chá. E assim seguimos nós cinco, esperando que aquela maldita tábua acabasse de queimar para poder ter algo sólido para jogar ao vento do farol, como Helena queria, cada uma tentando entender o incompreensível, desabando em silêncio contra o sol que penetrava em pequenos fiapos pelas grossas cortinas de veludo violeta de vovó. Não se falava sobre nada, e eu não sabia como chorar. Sentia-me totalmente desaprendida, apanhada de surpresa, na intempérie. Pensava em Helena, tentava me lembrar de minha última conversa com ela horas antes que decidisse ir para o mar a bordo do *Sigfried*, apesar das previsões e das nuvens escuras que, como placas de chumbo, desfilavam mais à frente do farol, e do conselho preocupado de papai. Sobre o que tínhamos conversado? Rastelava minha memória tentando recuperar alguma imagem, alguma frase, uma expressão, enquanto ao meu lado Bea chorava inteira, solta, pesar na veia; e de repente senti vontade de esbofeteá-la, de que parasse de uma vez, de que me deixasse um pouco de espaço para tentar sentir, de que por uma vez a irmã mais nova desse de presente um pouco de ar à do meio, para que pudesse respirar. Procurei mamãe com os olhos, mas foi inútil. Ela tinha parado de olhar.

Lembro-me de alguns segundos de silêncio tenso e lembro-me também de que a tábua se partiu em duas, envolta em uma grande labareda e em uma escandalosa crepitação. Lembro-me da cara de susto de Mencía e da pele morena de tia Flavia brilhando contra o fogo. Uma brasa acesa saiu disparada em direção ao chão e caiu diante de mamãe, que a recolheu com a mão e devagar, muito devagar, devolveu-a à lareira sem o mínimo gesto nem expressão de dor. Voltou para o seu lugar, alisou com suavidade a palma ferida, e pegou o bule do chá.

— Mais chá, Bea? Mais chá, Flavia, querida? Mais chá, mamãe? Mais chá, mais chá, mais chá?

Mais silêncio.

Um segundo depois, mamãe se virou para mim, sorriu-me com uma doçura que nunca serei capaz de perdoar, e me disse:

— Mais chá, Helena?

Então sim. Então senti uma leve pontada que me abria por dentro, enroscando-se aos meus pulmões, garroteando meus braços e pescoço, imobilizando minha mandíbula. E ouvi um rangido. Físico. Audível. Rouco. Como o da madeira ao se partir. Ar. Mamãe me tirava o ar com seu olhar, arrebatando-o de meus pulmões, me sugando a vida ali em frente, com seu bule na mão. Procurei ar. Abri a boca e o que ouvi foi algo parecido com uma palpitação, com uma náusea seca.

Em seguida veio o pranto. Senti o abraço de Flavia e a notei humana, surpreendentemente acolhedora e branda. Ninguém mais me abraçou naquela tarde.

— Acusador — repete Mencía ao meu lado, colocando seu dedo médio bem diante de meus olhos, onde calcula que deve estar o farol. Sorrio.

— Não é um gesto muito elegante, vó. Não em uma mulher de 90 anos — digo com falso aborrecimento.

Ela sorri.

— Com certeza — replica, com uma gargalhada forçada. — É o que sempre me fazem os netos daquela bruxa da mulher do Jacinto quando os encontro pela rua. Quando ela não está vendo, ou finge que não está vendo, os degenerados apontam o dedo para mim assim.

— Não sei por que a senhora odeia tanto a mulher do Jacinto, vó.

— Porque é uma invejosa, por que mais seria?

— Invejosa?

— Uma cadela, isso é o que ela é. Uma cadela parideira que não fez nada na vida além de trazer ao mundo aqueles cabeçudos criminosos e assassinos. No dia em que Jacinto não estiver, vamos ver que sorte caberá à gorda.

— Mamãe, por favor — Flavia a interrompe, com voz de pouca paciência. — Não consigo acreditar que você ainda continue cismada com Rosário.

Mencía crava os olhos no farol.

— Cismada, eu? Ora, o que você sabe sobre estar cismada, filha? Além disso, essa puta nem sequer merece que percamos tempo falando dela. Um dia ela vai receber o que merece — conclui, arqueando uma sobrancelha e começando a andar em companhia de Bea e de mamãe, deixando a mim e Flavia para trás.

Retomamos também a caminhada, Flavia com a cabeça baixa, atenta ao caminho e aos buracos que aparecem entre as pedras para não enfiar as pontas das muletas neles e tropeçar. A suave brisa traz de repente um estranho cheiro de inverno. A escassos metros à nossa frente, mamãe para de repente, fecha os olhos e levanta a cabeça, suspirando fundo.

— Cheira a inverno — diz com a voz apagada.

Sim. A inverno.

Ao meu lado, Flavia também para. Parece estar ruminando alguma coisa há alguns minutos, falando consigo mesma, discutindo às escondidas com as outras tantas Flávias que gritam em sua cabeça. Dá um golpe seco com a muleta no chão e ouvimos fugir um lagarto preto.

— Vou deixar Héctor.

Mamãe volta a suspirar fundo com os olhos fechados.

— O mês de outubro é sempre azarento — diz de repente, sem abrir os olhos.

Helena dizia que outubro era o crupiê trapaceiro. Debaixo do primeiro copo, o inverno. Debaixo do segundo, o Averno. Debaixo do terceiro, o inferno. Se lhe coubesse escolher em outubro, ou se, pior ainda, fosse outubro que escolhessem em seu lugar, você estava fodida.

Viro-me para olhar para tia Flavia, que parece abobalhada, com os olhos cravados em mamãe.

— O que foi que você disse?

— Que vou deixar Héctor. Hoje, esta tarde. Assim que chegar. Que vá embora. À merda.

Vovó olha por cima do ombro de mamãe, achando que agora Flavia não a está vendo. Engana-se.

— Sim, mamãe — grita Flavia. — Que Héctor e sua maldita compaixão vão para o inferno. Que se mandem de uma vez e me deixem em paz.

Mencía olha para ela sem dizer nada. Ajeita o visom nos ombros com um gesto automático e pigarreia.

— Se é o que você quer, filha... — diz com suavidade, a voz um pouco quebrada. Que boa atriz, a nossa Mencía. — Mas... você pensou bem? Está cansada, menina, e quando a gente está doente e cansada, decide mal e tudo parece pior do que é. Talvez devesse esperar.

Flavia olha para ela como se estivesse vendo um morcego gigante pendurado no gancho de um açougue.

— Mamãe, é você mesmo?

— Além disso, Héctor não é mau sujeito. Reconheço que não é nenhuma maravilha, mas pelo menos sabe se **comportar e** cuida de você. À sua maneira, mas cuida.

— Mamãe...

Continuamos caminhando, agora as cinco juntas. Dentro de alguns minutos chegaremos à base branca do farol.

— O quê? — responde vovó, depois de alguns segundos de silêncio tenso. É medo o que sua voz insinua?

— Estou velha, mamãe. E você, mais ainda.

— Sim. E isso é bom ou ruim?

— Isso é o que há.

— E daí?

— Que venho odiando você há tanto tempo que chegou um ponto em que me esqueci de onde começou tudo. Que me esqueci do porquê. E também da vontade. De repente me dou conta de que se você não está em casa, a casa não tem sentido. Que vivo contra você sempre e que isso alimenta minha vida. Sua ausência me desloca, me desarrazoa, não tenho um farol de onde possa irradiar minha falta de luz.

Faz-se silêncio. Os segundos balançam com o vento. Bea respira com dificuldade, e mamãe a ajuda a dar os últimos passos até a pequena plataforma de cimento que cerca o farol. Mencía caminha agarrada à sua gola de visom pelado, agora um pouco às cegas, como se acabassem de lhe acertar um tiro na perna.

— Quando você sair do hospital, mamãe, quero que volte lá para casa — anuncia Flavia com voz áspera. — Mesmo que eu continue com esta coisa na perna, dá na mesma. Héctor já não estará, isso eu garanto. A verdade é que, do meu jeito, sinto sua falta.

Mencía para de repente justo antes de chegar ao corrimão branco e enferrujado que acompanha a pequena plataforma de cimento úmido da base do farol.

— Fico contente de ouvi-la falar assim, filha — murmura com a voz quebrada.

Flavia não diz nada. Mencía pigarreia, tentando lhe dar tempo durante alguns instantes. Não espera mais.

— Sabe por quê?

Olho para Bea, que por sua vez lança um daqueles olhares com que pergunta sem palavras: "Vai doer?"

— Por quê?

— Porque, no fundo, depois de todos esses anos, sei que não me enganei com você, e talvez para uma mãe não haja melhor presente do que este. Você é uma infeliz, Flavia. Sempre foi e sempre será, à minha custa. A verdade é que nunca me importou. Doeu, sim, mas esse é um dos riscos de ser mãe. Na minha idade, já erro pouco. Sei que tenho em você uma filha infelizmente desgraçada, uma filha já velha que continua viva porque desde que me lembro está convencida de que eu sou a causa de todos os seus males. Sim, Flavia, você é uma pobre infeliz, mas Deus sabe que nunca a amei menos por isso. Nunca.

Mamãe se vira e leva bem devagar a mão à boca, como uma autômata. Está com os olhos abertos. Dois poços de horror em espiral.

— E mais — continua a avó. — Tomara que, no tempo que ainda nos resta juntas, você seja capaz de entender que é quem mais amei no mundo. Mais do que seu pai, mais do que sua irmã, que Deus me perdoe e ela também. Amei tanto que fiz por você o que não se faz por ninguém, filha.

Flavia chega à borda da plataforma com um suspiro, deixa as muletas apoiadas no corrimão e se senta. Crava os olhos no chão de pedra enrugada.

— Eu sei, mamãe.

Vovó perde o olhar no azul anil do mar e responde para o vento:

— Não, Flavia. Não sabe. Se soubesse, provavelmente a esta altura estaria mais louca do que está.

Tia Flavia fecha os olhos. Inspira e solta o ar em um longo sopro que ricocheteia no chão de pedra. Mamãe continua com a mão grudada na boca e Bea procura às apalpadelas o chão da plataforma e se senta devagar, sem afastar a vista do horizonte. Tapa os ouvidos com as mãos.

Passam os segundos entre os grasnidos de duas gaivotas e o vento que as embala sobre as pequenas cristas brancas das ondas. Passam instantes de vento. De tanto passado nas costas. O farol se eleva sobre nós, não mais como um dedo nem como uma fonte circular de luz branca que o sol anula. Agora pesa em cima de nós com sua sombra densa e alongada, esmagando-nos de cima.

— Não deixei de sonhar com Cristian nem uma única noite, desde que você fez o que fez, mamãe.

Uma das duas gaivotas se lança em picado das alturas e mergulha na água.

A outra a observa de cima e solta um grasnido estridente que rompe a calma da tarde.

* * *

— Não deixei de sonhar com o Cristian nem uma única noite, desde que você fez o que fez, mamãe.

É a minha voz.

É a minha voz que enche o ar com aquilo que eu nunca quis me ouvir dizer. É a lembrança da voz demente de papai chorando contra os azulejos brancos do banheiro. É Lía e seus olhos vazios. E Jacinto, também Jacinto, com suas costas tranquilas, nos acusando de loucas com aquela maldita serenidade que teríamos de arrebatar-lhe a navalhadas. É este maldito farol ao qual não deveríamos ter voltado. É também Cristian. E Helena. As ausências de ambos. Os sonhos cruzados. E agora é mamãe. Sua voz. Mencía.

— Eu também não, filha.

Lía se concentra na sacola dos sanduíches e nas garrafas térmicas e começa a abrir uma espécie de toalha no chão molhado da plataforma. Pratos de plástico, copos de plástico. Chá quente.

— Chá, mamãe? Chá, Bea? Chá, Inés? Chá, chá, chá? — repete com voz suave de enfermeira, passando entre nós com a garrafa térmica como uma aeromoça das antigas. — Temos sanduíches de frango com abacate, de peru com tomate, de atum e...

— Cale-se, Lía — dispara mamãe sem mais, a voz afiada como uma faca.

Lía olha para ela durante alguns segundos como se a tivessem despertado de repente da sesta. Em seguida crava os olhos em suas mãos, na garrafa térmica e na bandeja de plástico cheia de sanduíches de pão preto, e fica olhando entre piscadas.

— Venha aqui, menina — diz mamãe, dando uma palmada sobre o cimento da plataforma. — Venha, sente-se comigo.

Lía olha para mim. Não sei se me vê. Coloca a garrafa térmica e a bandeja no chão, aproxima-se de mamãe com passo lento e senta-se ao lado dela. Mamãe lhe passa o visom pelos ombros, compartilhando-o com ela.

— Frio? — pergunta.

Lía nega com a cabeça.

— Calor?

Segunda negativa.

— Sabe que dia é hoje, querida?

Lía se vira e olha para ela com um sorriso perdido.

— Claro. Domingo, 9 de outubro.

— Isso eu já sei, tola. Mas que dia é?

Lía dá um tempo antes de responder.

— Hoje faz um ano.

— Um ano do quê?

— Do que aconteceu a Helena.

— Resposta incorreta, filha. Tente de novo.

Lía olha para mim com um gesto vago. Há em seus olhos um frágil pedido de auxílio, uma pequena faísca de pânico que ela tenta compensar com um sorriso desajeitado.

— Mamãe, por favor...

— Tente de novo — insiste mamãe.

— Muito bem. Hoje faz um ano que Helena saiu para o mar e não voltou — diz Lía de uma vez, como uma menina apanhada em falta acusando uma colega. — Está contente?

Mamãe a agarra pelo braço por debaixo do visom e a atrai para ela. Lía resiste e as duas cambaleiam.

— Você está ficando louca, filha. E ver isso me faz sofrer. Sabe por quê?

Lía não diz nada. Atrás delas, Bea destapou os ouvidos e olha para o mar, envolta em uma luz serena que, como eu, agora Inés também percebe nela.

— Por quê, mamãe?

— Porque com sua irmã já tenho a cota completa. Se você é mãe e sai uma filha louca, é culpa dela, mas se forem duas, se as duas acabam doidas, tenho todos os requisitos para que lá em cima não me tratem muito bem.

Sorrio, tentando conter uma gargalhada. Mamãe é terrível, isso ninguém pode negar.

— Faz um ano desde o que aconteceu com Helena, como você diz — continua mamãe com voz paciente, como se falasse com uma criança. — Faz 12 meses que sua filha mais velha foi embora, sua filha pintora, sua amiga.

Silêncio.

— E faz 12 meses que não sabemos onde você está. Onde você está, Lía? Para onde você foi? Onde ficou a Lía delicada e viajante? Onde sua risada? Onde os passeios diários pela praia, as compras, as viagens, a ópera, a cor? Onde, Lía? Você praticamente não voltou a sair de casa desde aquele dia. Da sala para a varanda e da varanda para a sala. E a rua? E os outros? E...?

— Martín não fala comigo, mamãe. Desde aquilo que aconteceu com Helena.

Mamãe não se altera. Continua olhando para o mar com seu copo de chá quente na mão.

— Martín é um filho da puta recheado da mesma coisa por dentro.

Lía solta uma pequena gargalhada seca.

— Sim.

— E eu outra, por tê-la obrigado a voltar com ele quando você buscou refúgio lá em casa.

Inés se vira para olhar para ela.

— Mas para você tanto faz, não é verdade, menina?

Lía dá de ombros e busca às cegas o copo de chá ao seu lado. Não o encontra.

— Tanto faz — arranca Mencía —, porque você continua acreditando que sua filha só está desaparecida, ausente, porque continua pensando que se não a encontraram é porque ela não estava lá. Simples assim. Talvez algum navio a tenha resgatado durante a tempestade e a tenha levado para longe, inconsciente e desmemoriada, e talvez algum dia ela recupere a memória e volte para casa para que você possa dormir tranquila e pare de se culpar por ter lhe pedido para passar aquele fim de semana na ilha porque sentia falta dela. Você, que não foi capaz de derramar nem uma única lágrima por ela, a boa amiga, que continua esperando que lhe devolvam o que ninguém tirou de você, mordendo a língua de raiva por não tê-la impedido de sair naquela tarde de tempestade com o *Sigfried*, o barco que você, minha querida menina, insistiu tanto em comprar. O que você chama de "aquilo que aconteceu com Helena" sua mãe resume em poucas palavras, querida.

Ai. Esse "ai" é a única coisa que me permito pensar antes que mamãe volte ao ataque, desta vez com um fio de voz que não parece a sua. Bea se encolhe, apoiando as costas no corrimão, e Inés solta um suspiro, mas não se mexe.

— Helena se afogou naquela noite, filha. Morreu comendo sal de mar até arrebentar por dentro e afundar no meio das ondas como um pobre animal, dilacerado e azul. E você não estava lá para ajudá-la. Provavelmente gritou enquanto se afogava, pedindo sua ajuda, a de sua mãe. E você não a ouvia. Não podia, Lía. Nem você nem ninguém. Helena morreu sozinha no mar. Não podia ser de outro modo. Chamando você. Despedindo-se, sofrendo como você não poderá chegar a imaginar nem em seus piores pesadelos.

De repente o silêncio é tão espesso, tão denso que, sem pensar, olho para o céu esperando encontrar um manto de nuvens negras de tempestade. A eletricidade que nos percorre é uma corrente de expressão antissocial, gaga. Agora uma pequena brecha abre passagem entre a solidez rochosa da calma da tarde, uma brecha como um rugido, como um pequeno tremor que parece emergir do próprio mar, seco e rígido, quase espumoso. Sob o visom de mamãe, vejo Lía se balançar ligeiramente, talvez tentando ajeitar melhor o casaco nas costas. Mamãe me olha por cima do ombro de Lía com ar de assustada e indica, com a cabeça, que me aproxime. Em seguida me levanto, pego as muletas e faço menção de ir até elas, mas nesse instante Lía começa a tremer como uma folha embaixo do visom ao mesmo tempo que aquela brecha de vento viciado, aquele estalo surdo que eu acreditava ter ouvido desaparecer segundos antes, arranca de novo de baixo como o rugido distorcido de uma fera, até que me dou conta de que o áspero ruído também procede do visom, de Lía e de seus pulmões quebrados, crepitando na brisa da tarde cada vez com mais força enquanto a silhueta apavorada de mamãe me lança olhares de socorro que não tenho coragem de atender.

E então um uivo rasga o dia, um uivo de fera ferida que retoma o voo e que ricocheteia no dedo acusador do farol como um balão cheio de merda, estourando em cima de nós cinco e nos cobrindo de 12 meses de seca, de brônquios partidos, de noites de insônia, de silêncio surdo, de espera inconfessada de uma mãe não entregue, incrédula, em guarda contra o injusto, contra o inexplicável. E depois do uivo, um grito de ódio, de não querer, de não é verdade. A voz trôpega de Lía:

— Não.

O "não" de Lía é um "não" longo e queixoso como a dor infinita de uma viúva jovem, uma ânsia derrubada que pouco a pouco vai se transformando em pranto, um pranto truncado, desacostumado, mas pranto afinal. E nesse "não" nós nos encontramos todas gritando com ela, agasalhando-a a cinco mãos, imóveis irmãs e filhas, apanhadas em nossos próprios "nãos" mal paridos, mal resolvidos. E com o pranto chega também o balanço, o reajuste do ritmo mais físico, aquele embalar para a frente e para trás, voltando ao mais inocente, abraçando-se sobre si mesma como uma anêmona retraída, ferida, toda muco e baba tentando encontrar ar onde não há, não querendo estar nem parecer. Lía balança como um navio na tempestade, revivendo a dor da ausência, amando Helena pela última vez, despedindo-se talvez, ou talvez não.

Do parapeito enferrujado, vejo apenas um enorme casaco de visom que se balança como uma besta estranha, um urso desajeitado que se balança no vento pesado que agora parece soprar com mais força. Lía está apoiada em mamãe, que passou o braço são pelo seu ombro e por fim conseguiu que chore contra ela, contra algo físico e vivo, agarrando-a com a pouca força que resta para que não vá embora, para que não saia voando da ilha e mergulhe na água como aquela gaivota absurda que não voltou a aparecer há muitos segundos.

— Não vai voltar, filha — ouço-a dizer a mamãe com mais carinho do que voz. — Helena não vai voltar.

Lía apoia a cabeça no vão do pescoço de mamãe. Não vejo seu rosto. Ouço-a, sim.

— Por que estamos todas tão sozinhas, mamãe?

Sozinhas.

Entreolhamo-nos. Mães e filhas, irmã e irmã, tia e sobrinhas, netas e avó. Sozinhas. Estranha palavra. Tão circular, tão fechada em curva perigosa e com má visão. Letras que brincamos de dividir entre nós. Ao acaso. O *s* incrustado nos ossos sem músculos de Inés, flanqueado por seus sonhos e sua escassa realidade. O *o* para a infinita coragem de Mencía e suas cartas sempre marcadas. Um *z* para que Lía desabe finalmente, nos arrastando com a vida que lhe resta. Um *a* para Bea e seus falsos desamparos, e um outro *s* para que eu serpenteie entre todos os plurais que me conformam e consiga aprender de uma vez por todas a imaginar no singular, a imaginar-me inteira. Para que consiga parar de sonhar com os que já não estão. Para que consiga começar a sonhar também acordada.

Mamãe joga a cabeça para trás e crava os olhos no céu, que agora começa a se apagar pelo oeste. Um grupo de nuvens brancas avança do sul. O tempo vai mudar.

— Sozinhas? — pergunta para ninguém.

Passam alguns segundos. O mar quebra agora com mais força nas pedras, mais abaixo. Mamãe fala de novo sem se virar. Para o mar. Para Helena.

— Doentes sim. Perdidas também. E quebradas.

As nuvens brancas deslizam sobre o sol poente. A luz é laranja, grená, linda.

— Sozinhas não. Pelo menos não até que eu morra, meninas. Não quero voltar a ouvi-las dizer isso nunca mais. Nenhuma. Nunca — conclui com firmeza.

Não nos movemos. Começa a escurecer. Um brilho ilumina durante um instante uma solitária nuvem negra que nenhuma das cinco viu se formar bem diante de nós. Depois outra. Uma piscada.

— É o farol — diz Mencía, apoiando-se em Lía para se levantar. — Hora de ir, meninas.

Bea faz menção de ir recolher as coisas do lanche, que continuam intactas no chão úmido da plataforma, mas Mencía estala a língua e indica, com um gesto, que deve esquecer.

— Deixe aí. As gaivotas comem. Pegue só as garrafas térmicas e os girassóis. O resto, esqueça.

Seguimos as cinco de braços dados pelo caminho de pedra que desce em curva até o embarcadouro, onde o *Aurora* e Jacinto nos esperam como dois cães velhos, cada um à sua maneira, em silêncio, respirando juntos embora não ao mesmo tempo. Sozinhas, não. Talvez um pouco mais vivas.

Ao chegar ao cais, mamãe se coloca diante do *Aurora* e dá um girassol para cada uma quando saltamos para o barco, e vamos nos sentando nos bancos enferrujados, uma ao lado da outra. Mencía sobe por último, Jacinto solta as amarras e, depois de deixar seu girassol num canto sobre a coberta, coloca-se diante de nós, nos dando de novo suas costas inteiras de barqueiro tranquilo e pedindo velocidade ao *Aurora*.

Mamãe acaba de se sentar no banco ao lado de Lía, que em seguida apoia a cabeça em seu ombro, fecha os olhos e se aperta contra ela com o girassol no colo. Bea começa a perguntar alguma coisa, mas Mencía olha para ela com cara de aborrecimento e dispara:

— Se for me perguntar o que é para fazer com os girassóis, ou por que dei um para cada uma, pode economizar a pergunta porque não sei.

Bea fecha a boca e eu contenho um sorriso. Sei que mamãe não acabou de falar.

— Porque eu gosto dos girassóis, por isso — cospe entre os dentes.
— E porque lembram Helena, sempre procurando a maldita luz de seus faróis.

E, com gesto firme, fecha bem a gola do visom, e a ouvimos resmungar:

— Aquela danada.

* * *

Esta é a diferença: o barco ricocheteia e machuca suas costas, e Lía cabeceia contra meu ombro. Ou seja, os navios não cabeceiam e as mulheres são umas cabeças-duras.

E Helena, uma danada que nos deixou todas manetas, merda.

— Não está com frio, mamãe? — vem, do meu ombro, a voz frágil e esgotada de Lía.

Nego com a cabeça. Não mais.

A verdade é que, apesar de tudo, reconheço que sempre me senti segura no *Aurora*. Depois de todos esses anos, as costas do bom Jacinto continuam inteiras, largas e pesadas como uma vida chata ou uma má notícia das de antes. É que eu gosto deste vento, deste mar. Sentir o cabelo ao vento sem ter de imaginar que volto a ter 20 anos e a vida adiante. Eu gosto de ser velha, cheirar a velha e ter a sensação de que não tenho nada melhor a fazer do que não fazer nada e cuidar para que estas coitadas não se quebrem nos próximos anos. Isto é vida. E eu gosto do cheiro de ferrugem deste parapeito que a desgraçada da mulher do Jacinto não voltou a pintar desde sei lá quando. E do meu visom, eu também gosto do meu visom, porque faz com que me sinta protegida... e digna, embora sobrem casaco e visom por toda parte. Embora se arraste. Embora fique grande em mim. Que me importa, a esta altura.

Porque a esta altura sobra quase tudo. E o que não sobra, cai.

Se não é assim, é porque alguma coisa falhou.

E eu posso ter feito muita bobagem, é verdade. Mas falhar, o que se denomina falhar, nem pensar.

Tenho 90 anos, um braço quebrado e todas as minhas meninas comigo, navegando juntas de volta para casa. Tenho o mar e faz tempo que deixei de ter pressa. E não tenho nenhuma fé no futuro.

Só alegria. Só companhia.

Hoje é um grande dia.

SEGUNDO LIVRO

OLHOS DE INVERNO

UM

92 anos. Trinta e três mil quinhentos e oitenta dias. Vovó voadora. Em um avião. Eu. Não pensava que fosse sair mais de Menorca. Na minha idade, poucas coisas conseguem fazer com que a gente se mova. Bem poucas.

    Quase dois anos desde nossa última ida à ilha e ao farol, a bordo do *Aurora*. Longos meses esses que foram chegando desde que Lía gritou para o mar a morte de Helena, cortando a voz de todas nós. Ao meu lado, me olhando de soslaio enquanto finge dar uma olhada no azul esbranquiçado que forra a janelinha, Flavia solta um suspiro. Tanto tempo de mãe com ela. Fecho os olhos e consinto que brinque de adivinhar.

    Adivinhar. Ontem tocou o telefone. Como todo dia.

    Então Flavia se trancou na cozinha. Sussurrava.

    Meia hora mais tarde saiu com o rosto avermelhado e um falso sorriso nos lábios, um desses que desde menina lhe cai mal.

— Vamos para Barcelona amanhã, mamãe.

Não perguntei.

— Era Lía. Fez reserva para nós no voo de 1h30. Tristán quer ver você.

Não, não perguntei. Eu gosto de ouvir Flavia pronunciar assim o nome da irmã, sem pensar.

— Diz que ele continua estável. Estão ainda esperando para ver como reage à medicação.

Passaram alguns segundos. Vi uma mosca perseguir sua sombra no vidro da janela. Zumbia.

— Bea chegará amanhã também, diretamente de Madri. Com certeza Tristán vai adorar nos ver todas juntas.

A mosca tropeçou numa mancha e caiu no chão, atordoada.

— Você vai ver. Encontrou um quarto em um hotel maravilhoso. É novo. Tem poucos quartos e uma biblioteca fantástica. Mas não me pergunte onde fica. É surpresa.

Os dentes. Perguntei-me onde tinha colocado os dentes. Não queria lhe devolver o sorriso assim, vermelho entre gengiva e gengiva.

Isso foi ontem. Ontem foi há muito. No último ano houve muitos ontens, embora a idade me diga que nunca são muitos. Flavia volta a me olhar de soslaio de seu lugar. Eu não gosto de aviões. Assim não.

— Por que está me olhando, Flavia?

Ela retorce as mãos e faz sinal para a aeromoça, que se aproxima com ar de entediada.

— Sim? — pergunta com voz de funcionária.

— Um pouco d'água para a senhora, por favor — pede minha menina mais velha em seu melhor tom.

A aeromoça olha para mim e vejo em seus olhos a mesma pergunta que tenho visto nos de muita gente nesses últimos anos: "Água para a senhora? Para quê, se lhe restam dois dias? Para que tanto velho andando pelo mundo, nos tirando lugar, vivendo demais?"

— E um canudinho, por favor — arremata Flavia, baixando o olhar.

Brigitte — que é, como consigo ler na plaquinha que leva no peito, como se chama a já não tão jovem — olha para Flavia como se acabassem de despedi-la.

— Para ela também — desculpa-se Flavia, apontando para mim com a cabeça.

Brigitte volta os olhos para mim e está prestes a dizer alguma coisa, mas, como ainda me viro bem nas distâncias curtas, cumprimento-a com um sorriso sem dentes pelo qual deixo escapar um pequeno fio de saliva.

— Arghh — ela faz, dando um passo para trás.

— É melhor trazer dois — diz Flavia, com expressão cansada.

Brigitte sai pelo corredor como uma coelhinha assustada, tapando a boca com a mão. Flavia toca meu braço e me dá um ligeiro apertão.

— Ela tem unhas de arara — digo, levantando a cabeça.
— Mamãe, por favor.
— É verdade.
— OK, bem... falta pouco. Estaremos em Barcelona dentro de vinte minutos. Lía vai nos pegar no aeroporto.

Lía. Às vezes não me lembro das coisas. Outras, lembro-me de imagens que não identifico como minhas. Flavia e Lía fingem não perceber, irmanadas em sua ignorância benévola. A verdade é que as faço rir e elas agradecem por isso. Mas há coisas das quais não me esqueço, das quais não me esquecerei nunca. São minha vida, o grande e o pequeno, o mais e o menos meu. E o que dói. Listas de coisas que não acabam nunca, que se dividem como caudas de lagartixa, sempre vivas. Prontas.

1. A expressão de Inés quando saiu à sala de espera do hospital horas depois de o pequeno Tristán ter sido internado na emergência. E sua voz. E seu corpo encolhido como um quebra-cabeça de dor. Lembro-me daquela tarde como se estivesse acontecendo todo o tempo, intempestivamente. E do que se seguiu. Tudo. As vozes. O medo. Repito tudo diariamente, desde que me levanto até que adormeço entre os nomes dos meus, dos que estão e dos que se foram. Depois, Flavia me vê murmurar pela casa e afasta o olhar, achando que rezo, a coitada. Flavia, sim, reza. E mente.

2. Os olhos de Tristán do outro lado da janela da câmara de isolamento horas antes do primeiro transplante. Olhos crus, pouco formados. Enormes. De inverno. Sorriam.

Entre tubos e fios, meu pequeno olhava para o vidro com aqueles dois poços velados. No corredor, Inés e Jorge andavam de um lado para o outro, às vezes abraçando-se como bons amigos, juntos no medo, também no cansaço.

3. As petéquias. Estranha palavra. Na primeira vez que a ouvi de Inés me fez pensar em um grupo de tias solteironas de povoado manchego.

Petéquia: mancha pequena na pele, resultante de efusão interna de sangue.
Sinais.
Leucemia.

O avião balança, e a aeromoça se agarra com as unhas em um encosto qualquer.
— Está morrendo, não está?
Flavia tensiona as costas.
— Como?
Turbulência. Uma tempestade sacode o litoral de Barcelona.
— Tristán. Está morrendo, não está? Por isso estamos indo.
— Mamãe, não comece...
— Você mente tão mal quanto o seu pai, menina.
Flavia não fala nada. Aperta a mandíbula e fixa o olhar no encosto do assento em frente.
— Aqui ninguém está morrendo, mamãe — ela diz entre os dentes.
Coloco os meus antes de falar:
— Aqui todos morremos, filha. — Deixo passar dois segundos e espero que engula em seco. — Ele está nos deixando, não é?
Flavia fecha os olhos, baixa a cabeça, segura minha mão e a aperta como se quisesses quebrá-la.
Quem dera.

* * *

Os aviões varam o ar e Tristán está indo. Seis anos de vida, e Inés se agarrando ao pouco que resta de seu menino. Que merda.
— Que merda. — Mamãe olha para mim com expressão de pesar. Sinto sua mão na minha, pequena e apertada como um pássaro quebrado. — Desculpe, mamãe.
Ela suspira e acaricia meu rosto, me pegando de surpresa.
— Quer que eu desculpe pelo quê? Por você mentir tão mal?

Não saberia dizer. São muitas as coisas que alguém pensa diante da morte de um menino.

— ...ou por você não conseguir parar de pensar por que não eu, em vez do Tristán?

Tantas coisas.

— Tantas coisas.

Passam alguns segundos enquanto o avião avança, varando as espessas nuvens negras que agora nos envolvem como uma taça de cristal entre algodões. Mamãe segura meu braço, tão suavemente que quase não sinto.

— Por acaso acha que eu não me pergunto a mesma coisa?

Não sei o que responder. As perguntas de mamãe continuam me dando medo. Ela gosta de armadilhas.

— É claro, mamãe. Como todos.

Aperta-me o braço com sua mão de pássaro.

— É uma merda.

Sorrio sem querer. Como eu gosto de ouvi-la falar assim. Tomara que não mude, embora às vezes eu queira matá-la.

— Todas se perguntam por que continuo viva aos 92 anos e esse anjinho morre aos 6, mas, por mais que digam, nenhuma de vocês daria a vida por ele.

Sabia que viria uma resposta assim. Tão à queima-roupa. Tão mamãe.

— Pode ser que você tenha razão.

Ela suspira e se vira para a janela.

— E pode ser que eu não goste de tê-la.

A aeromoça vem até nós com uma bandeja de plástico azul entre as unhas laranja. Mamãe tem razão. São unhas de arara.

— Mas o pior é que eu também não daria minha vida pelo Tristán — ouço-a balbuciar. — Nem por ele nem por ninguém. Mesmo que só me restem cinco dias. Ou cinco minutos. Nem mesmo por você.

* * *

Do alto da escada rolante, vovó e Flavia são facilmente confundíveis com um cego e seu guia, embora não se saiba dizer quem é quem. Faz só

15 dias que estive aqui, acompanhando Inés e Jorge — sim, Jorge também — na ansiedade. Quando cheguei ao hospital e vi Tristán, estive a ponto de desabar. Já tão pouco criança.

— Reservei lugar para você no voo de amanhã — disse ontem mamãe com um fio de voz. — Vovó e Flavia chegarão quase à mesma hora que você. Vou buscá-las no aeroporto.

Tentei não pensar, mas mamãe adivinhou minha fuga.

— Ele está morrendo, Bea.

Ele está morrendo, Bea. A voz de mamãe ancorou em meu ouvido como uma onda d'água suja. Não falamos muito mais; eu, para não começar a chorar ali mesmo, e ela, porque tinha pouco tempo. Inés a esperava na lanchonete do hospital. Jorge acabava de chegar para substituí-la, e mamãe e ela queriam aproveitar a tarde para fazer algumas compras e ir ao cabeleireiro.

— Ao cabeleireiro? — Não consegui dissimular uma chispa de surpresa que mamãe recebeu com uma risada quase inaudível.

— Sim, filha. Vou levar Inés ao cabeleireiro. Não quero que ela continue se abandonando desse jeito.

Eu não soube o que dizer.

— Preciso que você me ajude com sua irmã, querida. Ela parece um saco de ossos. Não come nada, e o que come, vomita. Ontem me disse que faz quatro meses que sua menstruação parou.

Levantei o olhar e dei com a monstruosidade arredondada do Bernabéu do outro lado da janela. Senti um enjoo passeando pelo meu estômago.

— É claro, mamãe. Não se preocupe.

Isso foi tudo. Quando desliguei, corri para o banheiro e vomitei. Era a terceira vez nessa manhã.

Do alto da escada rolante voltam os enjoos, que tento controlar respirando fundo. Vovó e tia Flavia estão de costas para mim junto a uma das esteiras de bagagem. Quando chego perto delas, espero alguns segundos antes de cumprimentar. Eu gosto de vê-las assim, tão uma só depois de anos de contas mal saldadas, de curtos-circuitos reparados às pressas, de tão pouco carinho. Ao ver o casaco de pele de Mencía lembro-me de repente da excursão à Ilha do Vento. Há quanto tempo aconteceu? Novamente vejo vovó com os cabelos ao vento e aquela risada de cigana rancorosa enfrentada ao sal do ar, agarrada à sua bengala, alegremente mijada.

— Querida — tia Flavia me cumprimenta de repente, estreitando-me entre seus braços. Não me lembro ter estado entre seus braços antes. Nesses últimos meses, muitas coisas mudaram. — Que alegria vê-la — diz ao meu ouvido com um sussurro contrito.

Ficamos abraçadas por alguns segundos, desacostumadas ao abraço comum, nos descobrindo pulsar. Em seguida ela se afasta e me olha de cima a baixo.

— Como Madri lhe faz bem, menina — diz com um sorriso orgulhoso.

Noto então a mãozinha de vovó no braço e viro a cabeça para olhar para ela. Seus olhos brilham mais do que nunca, entre a velhice e a confiança. Incombustível. Incombustível Mencía, e seus olhos inquirindo nós todas com sua cor de mar.

— Mentirosa — lança para Flavia, com um gesto de má atriz.

Nem Flavia nem eu temos tempo de dizer nada.

— Você está horrível, menina. Olhe para você. Encurvada como uma macaca. E essa cor. Já se viu? Eu não disse que viver sozinha não ia dar certo? Basta olhar para você.

Flavia solta um suspiro de irritação.

— Mamãe, por favor.

— Não, Flavia — digo, antes que vovó continue disparando. — Ela tem razão. Estou há alguns dias com uma gastrite terrível. O estômago está me matando.

— Aí está — repreende Mencía, sobressaltando as duas ao mesmo tempo que aponta com a bengala para uma mala enorme de couro que avança tropegamente pela esteira como uma baleia encalhada em uma calçada.

— Mas, vó — me ouço dizer —, aonde vai com essa mala? São só dois dias.

Flavia revira os olhos.

— Dois dias, dois dias... — resmunga Mencía sem perder a mala de vista. — Como se nota que você tem a idade que tem, Bea! Você nem imagina as coisas que uma velha pode precisar em dois dias. Além disso... — começa, batendo com a bengala no tornozelo da garota que está à sua frente na fila para que a deixe passar —, quem sabe se dois dias não se transformam em duas semanas?

Enquanto vovó dá meia-volta, olho para Flavia, interrogando-a com o olhar. Segundo palavras de mamãe, Mencía não sabe que Tristán está indo embora.

— Prefiro que não saiba — disse ontem ao telefone. — Não quero que sofra demais. Na sua idade talvez não aguente.

Antes que Flavia me devolva o olhar, a voz de vovó me golpeia, vindo de cima de seus ombros ossudos cobertos de pele.

— Tristán está morrendo, Bea. É melhor que ele não a veja com essa cara quando chegarmos ao hospital.

* * *

Tanto calor. Não gosto de aeroportos. Lembram-me Helena e suas ligações apressadas balançando-se entre o murmúrio dos alto-falantes anunciando voos, embarques e atrasos de qualquer canto do mundo.

— A verdade é que, se pudesse escolher, eu gostaria de morrer em um aeroporto e na primeira hora da manhã — disse ela numa de nossas tardes de chá. Entre risadas. Sempre atacava entre risadas. — Achariam que eu estava dormindo e ninguém me incomodaria. É o único lugar onde a partida é a única certeza.

As palavras de Helena chegam em retalhos. Ainda. Os tons de sua voz. Seu entusiasmo pela vida. Achei que perder uma filha era o mais difícil, o insuperável. Ontem entendi que não. Quando o médico falou que Tristán não consegue mais continuar lutando, que está indo, e vi Inés se afastar pelo corredor como um veleiro por um rio seco, assim, sozinha, tensa como uma vela de pedra, soube que não, que minha filha do meio não tem cota de dor, que sofre o que eu sofri multiplicado por mil, por 1 milhão, porque Tristán é a única coisa que ela tem, sua única Helena, e porque só pôde amá-lo por seis anos. O resto, os anos de vida que Tristán poderia ter, terá de imaginá-los. O que podia ser e não ser. O que podia fazer e não fazer. Tristán se apaga com 6 anos. O resto não existe.

Achei que a morte de Helena tinha apagado tudo até aquela tarde na Ilha do Vento. Achei que já não havia mais vida. Órfã de filha. Órfã agora de neto. Logo mamãe também irá embora.

Então ficarei louca.

* * *

Flavia para junto à porta do táxi com expressão de susto, tentando tomar ar. O mormaço é quase sólido, embora não pareça afetar mamãe. Ela olha em volta com ar de pressa.

— Exageradas — balbucia com aborrecimento ao ver Flavia. — Reclamam de tudo.

Bea me olha de esguelha, com um sorriso triste que reconheço em seguida. É assim que sorri quando hesita em silêncio. Está com uma cara ruim.

— É o estômago, mamãe. Está me matando — disse assim que nos abraçamos em frente ao desembarque de voos nacionais. — Estou mal há dois dias.

Hesita. Bea hesita e não quer falar. Sempre foi assim.

— A aeromoça tinha unhas de arara — diz mamãe de repente. — Não é, Flavia?

Solto uma risadinha cúmplice. Mamãe não toma jeito.

— Quase todas, mamãe.

— Ah, estas aeromoças — dispara o taxista. — Se a senhora visse as figuras que eu levo às vezes no táxi, enlouquecia.

Mamãe olha para ele com cara de estar vendo uma orca na banheira.

— Aqui faz um frio terrível — balbucia com ares de vítima, segundos depois que o táxi arranca. Vai sentada na frente. Não tirou o casaco. O taxista olha para ela como se visse o fantasma de sua sogra e estala a língua. Depois começa a rir.

— Onde já se viu! — murmura com o palito entre os dentes. Mamãe arruma o cabelo no espelho que tira da bolsa. — Senhora, como consegue andar por aí com um casaco de pele com este calor? Sabe quantos graus está fazendo lá fora?

Mamãe termina de arrumar o cabelo e guarda o espelho. Abre de novo a bolsa, tira os dentes e os coloca, diante do olhar atônito do taxista. Então se volta para nós e, com voz irritada, pergunta:

— Pagam a este maluco por palavra ou por quilômetro?

Faz-se silêncio. O taxista desliga o ar-condicionado e liga o rádio. Vamos direto para o hospital.

* * *

Se Helena estivesse aqui, não teria sossegado até conseguir que mudassem Tristán de quarto. O 13. Quem teve essa ideia? O 13 anuncia mudanças radicais, diria. O 14, problemas de saúde. Quando a doença espreita, é preciso pular para 17. A morte ronda.

Encontramo-nos com o médico na lanchonete. Precisávamos comer alguma coisa antes de subir, embora Lía tenha sido a única que conseguiu engolir algo, um sanduíche de queijo. Nós outras só conseguimos beber uma xícara de chá. Temos medo. Medo de ver. Quando entrarmos no quarto de Tristán não haverá volta.

O Dr. Arenal se levanta para nos cumprimentar com expressão alegre. É um bom homem, vê-se pelas suas mãos e pelos olhos. Diz Lía que ele navega e que se casou três vezes. Sua esposa atual é radiologista. As anteriores também eram médicas, também deste hospital. Acho que era Helena que dizia que os hospitais são como El Corte Inglés, que a maioria dos médicos e enfermeiras se casa entre si, como as vendedoras e os vendedores dos departamentos. Aquela que está com ele na mesa deve ser a esposa. Não me agrada. Usa pérolas e um relógio de ouro maciço que certamente não tira quando dá consulta. Ela também vem cumprimentar. Que se vá.

— Fico contente em vê-las novamente, senhoras — diz o médico.

— Apesar de tudo. Faz dois dias que Tristán não para de perguntar por vocês.

Não sorrimos. Lía engole em seco e Bea baixa o olhar.

— Quanto tempo lhe resta, doutor? — pergunta Flavia. Treme-lhe o queixo.

Arenal suspira e olha para a das pérolas.

— É difícil dizer. Dois dias consciente, talvez três. Depois entrará em coma. Embora, com as crianças, a gente nunca saiba.

Passam alguns segundos. No balcão, duas garçonetes riem de uma piada que acaba de lhes contar um enfermeiro que espera seu café. Filhas da puta.

— Por quê? Por que não se pode fazer nada?

O doutor coloca as mãos nos bolsos do jaleco e se encolhe um pouco. Calculo que tem uns 40 e tantos. Quantas crianças já terá perdido?

— Tristán não responde aos antibióticos. Não há forma de cortar a pneumonia. Se fosse bacteriana ou viral, já a teríamos controlado, mas a dele é fúngica. É impossível saber qual o fungo que a causa, e, apesar das transfusões de plaquetas, ele não gera defesas suficientes para combatê-la. Perdeu um pulmão e a metade do outro. Continua respirando por puro milagre.

— Pelo menos não está sofrendo — diz a das pérolas. — Deram um nível três de morfina. Não há dor.

Sim. E você o que sabe, cadela?

Faz-se um silêncio denso. As garçonetes explodem de novo em gargalhadas e Bea, cada vez mais pálida, leva dissimuladamente a mão ao estômago.

— Bem — diz o doutor, com ares de compromisso —, preciso deixá-las. Vou subir. Se precisarem de mim, por favor, não hesitem em me chamar. Inés tem o meu pager.

— Obrigada, doutor — diz Lía, sorrindo um pouco. — Obrigada por tudo.

O doutor e sua terceira esposa dão meia-volta e se dirigem de volta para sua mesa. Bea mal consegue controlar os enjoos, e eu tenho muitas perguntas me martelando as gengivas.

* * *

— Doutor? — ouço vovó dizer de repente, quando os décimos de segundo de silêncio começavam a se amontoar na mesa como tijolos de aço. Levantei os olhos e, por um instante, os enjoos desapareceram. A voz de vovó me deu medo.

O médico se virou para nós. Sua acompanhante também.

— Sim?

— Como consegue... como consegue viver com tanta criança morta nas suas costas? — perguntou Mencía, com um sussurro de pesar.

Flavia escondeu o rosto entre as mãos. Mamãe nem sequer ouvia. Cansada demais.

O médico olhou para vovó com expressão amável, esboçando um sorriso tímido, quase envergonhado.

— Vivo mal, senhora... vivo mal.

Vovó assente e franze os lábios, e nesse momento a companheira do médico se adianta e, com voz talvez um pouco mais aguda do que caberia esperar em uma mulher de seu porte, intervém com uma frase pouco feliz:

— Compreenda, senhora, que não podemos nos envolver emocionalmente com nossos pacientes. Se fizéssemos isso, não aguentaríamos, acredite.

Vovó olha para ela com uns olhos que conheço bem. Ai.

— Entendo.

A médica suspira e sorri.

— Gosta de crianças? — pergunta Mencía.

A doutora fica um pouco tensa, mas não deixa de sorrir.

— Adoro.

— Tem filhos?

— Não. Ainda não é hora — responde a mulher, olhando com expressão cúmplice para o médico, que agora parece ter ficado alerta.

— E me diga, conhece o Tristán?

— Sim, claro. Conheço quase todos os pacientes de meu marido.

Lía parece voltar a si ao ouvir o nome de Tristán. Flavia afasta um pouco as mãos do rosto. Meus enjoos voltam.

— Fico feliz pela senhora. Se algum dia se atrever a ter um filho e a morte o levar, queira Deus que encontre um médico capaz de não chamá-lo de paciente quando falar dele.

A médica se curva um pouco sobre si mesma como se acabassem de lhe dar um murro no estômago. Olha para o marido procurando uma ajuda que não encontra.

— E outra coisa — vovó volta ao ataque. — A senhora mente pior do que ela — diz, apontando para Flavia com o queixo. — A senhora não gosta de crianças.

A médica dá um passo para trás, leva a mão ao lóbulo da orelha e toca a pérola com dedos nervosos.

— Agora vá embora. A senhora ocupa demais. Tempo demais e espaço demais.

O Dr. Arenal está imóvel. Ela, boquiaberta. Mencía olha para mim e franze o cenho enquanto seu queixo treme. Raiva. Fazia muitos, muitos anos que eu não a via assim. Está arrasada.

— E lave seu jaleco. Está sujo.

Flavia solta um soluço que soa como o latido afogado de um cão velho. Mamãe extravia o olhar nas janelas e nas árvores secas que resistem milagrosamente atrás. À sombra.

Então vovó crava seus olhos nos meus, aproxima a boca da minha orelha e seu sussurro me desnuda contra a brancura das paredes úmidas da lanchonete, revirando meu estômago.

— E você está grávida.

* * *

Deviam proibir os hospitais, diz mamãe. Ela tem razão. Deviam proibir os hospitais, a dor, as feridas abertas e mal fechadas, a perda, os diagnósticos, as despedidas, o amar. No elevador, mamãe murmura suas orações e Bea se mantém calada. Subimos mais e mais, contra o relógio. Cheiro de frio.

Inés sai ao corredor assim que nos vê pela janela do quarto. Deus do céu. Lía aperta meu braço e eu me recomponho inteira, procurando a integridade às cegas.

Quando a abraço não a encontro, embora agradeça por isto. Olhando-a nos olhos, me dou conta de que se a encontrar será pior. Ela não chora. Fica grudada no meu ombro como um selo antigo, leve, rendida. Inés.

Bea e ela se abraçam instantes mais tarde, sob o olhar perdido de Lía. Eu não queria ser mãe em um momento assim. Nem irmã. Do corredor ouço a voz de Jorge, que ecoa entre outras vozes que chegam atropeladamente abafadas de outros quartos. Mamãe espera apoiada na parede, olhando tudo, até que Inés se desfaz do abraço de Bea e vai até ela como uma sonâmbula. Ficam uma diante da outra, olhando-se com olhos que dão medo.

— Tristán não para de perguntar pela senhora, vó. Ainda bem que veio. Não sabíamos mais o que dizer a ele.

— Tristán, sim, sabe o que é bom — diz mamãe, com um sorriso de menina malcriada.

Inés suspira.

— Sim, vó. Tristán teve que aprender muito em pouco tempo.

Mamãe engole em seco e se agarra à bengala com as duas mãos. Se chorar, será a primeira vez que a verei fazer isso.

— E o que o menino acha da mulher do Dr. Pântanos?

Inés ri.

— Provavelmente a mesma coisa que você.

Mencía deixa a bengala encostada na parede.

— E que você.

Desta vez Inés solta uma gargalhada que surpreende a todas. Tão desconjuntada. Tão incerta. Como uma menina aprendendo a rir.

— Eu amo você, menina, muito.

O nó que me aperta a garganta começa a se desfazer. Eu amo você, muito. Menina. Nunca tinha ouvido de mamãe essas palavras. Nunca com essa doçura.

As costas de Inés se enrugam como celofane. Ossos, tendões, cartilagens, veias e artérias reorganizando-se segundo a segundo, seguindo um padrão automático, milenar. O corpo regenerando-se célula sobre célula, orbitando-se, encontrando-se.

— Me abraça, vó? — ouço Inés perguntar com um fio de voz.

Mamãe olha para ela e revira os olhos em um arrebatamento de comicidade pontual.

— Com dentes ou sem dentes?

Silêncio. Lía me olha do vão da porta do quarto com os olhos embaçados. Bea baixa a cabeça. Ao longe, alguém vomita fogo de vísceras quebradas e secas. Tristán.

— Me abraça?

O gemido de Inés fica suspenso no teto do corredor como um pêndulo, hipnótico. Centenas de ecos ressoam nas paredes, nas portas e janelas que interrompem o corredor, ecos de abraços dados durante tantos anos, abraços de pais, de mães, avós, tias... de carinho. Ecos singelos.

Mamãe avança um pouco, estende as mãos e segura as de Inés entre as suas.

— Se abraçar você, vou desabar — diz Mencía. — E você comigo. Ainda não é o momento, menina. Resta muito por fazer.

Viro a cabeça, e Bea tapa a boca com a mão. Mamãe traz Inés até nós, e juntas nos dirigimos para a porta, onde Lía se abraça contra o frio do hospital.

Dentro, Tristán parou de vomitar e Jorge está sentado na beirada da cama. As persianas estão quase fechadas e uma penumbra azulada envolve tudo. Ouve-se a respiração difícil de Tristán, um gemido monocórdio que encolhe seu pulmão a cada dois segundos. Jorge levanta o olhar ao nos ouvir e nos cumprimenta com a mão. Tristán está com o rosto virado para a janela, escondido atrás da máscara de oxigênio. Mamãe me dá a mão e Bea me segura pelo braço enquanto nos aproximamos devagar da cama. Ouve-se alguém gritar, uma mulher, e segundos depois duas enfermeiras passam correndo diante da porta, seguidas de um médico. Entre os lençóis de Tristán, tubos que querem uni-lo à vida pela virilha, pelo nariz, pelo peito e pelos pulsos como uma marionete esquecida em um sótão. Jorge indica com um gesto que o pequeno está descansando e que não façamos barulho. Uma a uma, damos nele dois beijos e um forte abraço e, entre sussurros, Jorge diz que vai descer para comer alguma coisa na lanchonete. Parte como uma rajada de dor. Tropeçando contra o que não quer viver.

* * *

Começa o pior.

Mamãe senta-se na beirada da cama e coloca a mão no braço de Tristán. Em seguida se inclina sobre ele e beija sua cabeça. Bea se agarra a mim.

— Querido — diz mamãe. — Já chegamos. Aqui está o seu fã-clube. Quando vai começar a dar os autógrafos?

Durante alguns instantes não acontece nada. Depois, Tristán mexe um pouco os pés e gira devagar a cabeça até nos envolver com seu olhar. Aqueles olhos.

Bea aperta minha mão. Tanto, que estou a ponto de gritar.

— Bem, vou ser sincera — diz Mencía. — A verdade é que estávamos passando por aqui e de repente ouvimos um rugido que nos deixou apavoradas. Perguntamos ao Dr. Pântanos se tinham começado a aceitar animais no hospital e ele disse que sim, que haviam trazido um filhotinho de hiena chamado Tristán.

Engulo em seco. Não consigo fazer mais nada.

— E então — continua vovó — encontramos sua mãe, e ela disse que o filhotinho às vezes se transforma em menino porque é mágico, e muito, muito valente, e que se não se transformasse em menino não poderia comer compota de maçã, que é o que mais gosta no mundo.

Silêncio. Tristán olha para ela e, depois de alguns segundos de respiração assistida, levanta a mão e a coloca sobre a dela.

— E onde o filhotinho está agora? — pergunta. Não perdeu a voz, aquele timbre doce que lhe redesenha os poros.

— Ah — diz mamãe. — Isso é segredo. Ele só vem quando você está dormindo. E nem sempre.

— E ele conhece a Lara Croft?

Mamãe suspira, flagrada em falta. Ou isso é o que achamos.

— Aquela ordinária do focinho feio?

Tristán começa a rir entre ofegos. De onde as crianças tiram o riso nos hospitais? Onde o encontram?

— Você gosta, não é, bichinho? Argh, com tantas garotas bonitas por aí e você vai gostar logo da mais cachorrona.

Mais risadas. Sinto o coração tão encolhido que provavelmente caberia na mão de Tristán.

— Não ia olhar para a brega da mulher do Dr. Pântanos, não é? Notou como é magrela? E aquela cara de avestruz?

Tristán se retorce de riso, uma risada rouca que sai em erupções das profundezas da máscara. De repente se acalma e fica sério.

— Minha cabeça está doendo, tata.
— Ah, sim? Quanto? Vejamos, de 1 a 10.
Ele fica alguns segundos pensativo.
— Hum, 7.
— Sete? Só 7?
Sorri.
— Não, mais, mas, se eu disser, a enfermeira vem e eu tenho que ficar sozinho. E eu não quero.
— Pois então não vamos dizer nada. Que se dane a enfermeira.
Mais risadas.
— Mas se não deixar que a tia Flavia e a tia Bea lhe deem um beijo como deve ser, vou chamá-la.
A mão de Bea dói na minha.
Tristán abre os braços para Bea e Flavia, que em seguida se aproximam e o cobrem de beijos. Ele se deixa beijar, encantado. Sempre se deu bem com as mulheres.
— Você vai ficar para sempre, tia? — pergunta a Bea, que leva a mão ao estômago.
Flavia se antecipa:
— Claro, querido. Para sempre.
— Mas para sempre de verdade ou de fim de semana?
De verdade ou de fim de semana. Se fechar os olhos, ouço Helena. Ela teria dito a mesma coisa.
— Depende de como você se comportar — diz Bea por fim. — Se você se comportar bem, fico para sempre, sempre.
— Então se comporte mal, bichinho. Assim ficaremos você e eu sozinhos — diz Mencía, soltando uma risadinha malvada, com a qual o faz rir novamente.
— Combinado, tata.
Faz-se um silêncio estranho que só o gemido cansado de Tristán rompe. Mamãe se vira e crava os olhos nos de Inés, que nos observa do fundo do quarto com um meio sorriso que eu não saberia decifrar.
— E agora você tem que ficar bem e descansar um pouco até que o papai volte. Vamos com mamãe ao hotel para que tome banho e durma uma sesta. Voltaremos para visitá-lo antes do jantar para lhe dar boa-noite, você quer?

Tristán assente.
— E quem vai dormir comigo esta noite, tata?
— Seu pai. Hoje é a vez dele. Seu fã-clube vai sair para se divertir.
Ele não diz nada. Demora alguns segundos para voltar a falar:
— Tá. Mas vocês vêm mesmo?
Mamãe segura a mão dele.
— Prometo que sim.
Tristán olha para ela pouco convencido.
— Juro pela Lara Croft.
Ele sorri e volta a assentir.
— Combinado.

* * *

— Alguma vez você imaginou que viveria uma coisa assim, mamãe?
Por um instante, com os olhos fechados, voltei a ouvir Helena. Suas perguntas a contraluz. O mesmo fio cortando o silêncio a talho fino. A voz não. Inés.
Abro os olhos e o primor da biblioteca do hotel Neri me distrai um pouco. Inés está sentada ao meu lado na grande poltrona de veludo carmesim. Estamos esperando Flavia. Mamãe insistiu durante o jantar em que Flavia devia dormir conosco no apartamento que Inés e Jorge compartilham perto do hospital, embora tivéssemos reservado quarto para três.
— Mas, mamãe, Lía reservou quarto para nós três — queixou-se Flavia, enquanto mamãe, com cara de extraterrestre, olhava para o pedaço de bolo *sacher* que estava no prato.
— Isto é um *sacher*?
A garçonete sorriu das alturas.
— Sim, senhora.
— E você quantos anos tem, menina? — perguntou-lhe Mencía.
A garota demorou alguns segundos para responder:
— Dezenove, senhora.
— E como se chama?
— Cora.

— Bonito nome.
— Obrigada.

Mamãe voltou a olhar para o prato e soltou um suspiro de aborrecimento.

— E me diga, menina Cora. Isto é um *sacher*?

Bea tapou o rosto com o guardanapo, fingindo um breve ataque de tosse. Flavia decidiu pigarrear.

— Sim, senhora, já disse que sim — respondeu a jovem com ar de chateada.

— Eu sei que você disse. Só queria lhe dar uma segunda chance.

Silêncio. Cora estava incomodada.

— Sabe quantas vezes a gente pode ver um verdadeiro *sacher* em 92 anos, Cora?

— Mamãe, por favor. Não é hora — pediu Flavia com resignação, olhando de esguelha para Inés.

Mencía se encolheu um pouco e soltou um leve suspiro.

— Tem razão, filha.

Em seguida levantou o olhar para a garçonete e sorriu para ela.

— Desculpe, menina. Você não tem culpa.

Cora relaxou por fim, voltou a sorrir e fez menção de dar meia-volta.

— Mas não deve ter essas unhas de lagartixa se quiser viver de gorjetas, menina. Elas dão medo.

Bea soltou um bufido de trás do guardanapo, e Inés piscou como uma lebre apanhada no meio da estrada. Risadas na mesa ao lado.

Apesar de mamãe, foi um jantar tranquilo, entretecido de silêncios e terrenos pantanosos que todas nós evitamos. Nada de hospitais, nada de Tristán, um pouco de tudo o que não nos diz respeito e um pouco do que pretendemos evitar. Já no café, quando Flavia me perguntou se o hotel impôs algum problema para colocar uma cama adicional, mamãe olhou para nós com cara de desentendida.

— Adicional? — perguntou, com repentino receio.

— Sim, mamãe. Bea, você e eu dormimos em um quarto. Lía e Inés ficam no apartamento.

Mencía olhou para ela por alguns instantes.

— Você está louca.

Ai. Eu sabia que não ia funcionar.

— Mas, mamãe... — começou Flavia em tom cortante.

— Mas mamãe, nada. Esta noite você vai para o apartamento com Lía e Inés. —Virou-se para mim e lançou um olhar afiado. — Você acha que vou passar a noite com sua irmã? Não sabe como ela ronca?

Vejo Inés sorrir. É alguma coisa.

— Vovó.

Essa foi Bea. Por sua voz, algo me diz que não acha muita graça em ficar a sós com mamãe.

— Vovó, sim. A sua. Além disso, esta noite você e eu temos que nos contar algumas coisinhas, não, querida?

Bea afastou o olhar. Mais segredos. Como esta menina é parecida comigo.

— Nós já nos contamos tudo, filha — disse mamãe, virando-se para Flavia. — E tempo, propriamente dito, não me resta muito.

Má frase. Mau momento. Inés esticou o sorriso e Flavia aproveitou para assassinar mamãe com o olhar.

— Como quiser. Então é melhor irmos. Já é muito tarde.

— Mamãe?

A voz espatifada de Inés tropeça de repente nas lágrimas do lustre que coroa a grande mesa central da biblioteca.

— Sim, filha. Diga.

— Não consigo chorar, mamãe.

Não quero ouvir isso. Esta noite não. Por favor.

— É normal, querida. Não se preocupe.

— Normal?

— Eu demorei anos para chorar a morte de sua irmã.

— Sim, mas você é você.

As lágrimas do lustre desenham sombras no chão. Cortinas de contas pretas.

— Sim. Tive que aprender a chorar Helena para saber.

Inés se concentra no baile de sombras que inundam o chão.

— E eu, mamãe? Como sou? Em quem vou me transformar depois disto? Sem Sandra, sem Tristán...

As cores quentes da biblioteca do hotel giram como uma grande roleta. Inés e eu saltamos entre os números, tentando não tropeçar. A roleta por fim se detém. O 13. Preto. Esquecemos de apostar.

— Não posso lhe dizer isso, querida, porque não sei. Você vai superar a perda de Sandra. Todas nós superamos. Os amores e desamores deste tipo nos impregnam no limite certo. O tempo os reorganiza e não há ferida interna. Sandra a amou muito, filha, mas este último ano acabou com as duas. E não pense que a estou justificando. Simplesmente a entendo. Nem todos estão preparados para aguentar a mesma pressão. Talvez a vida volte a uni-las, quem sabe.

— Talvez.

— Quanto a Tristán...

Inés se encolhe na poltrona. Mirrada, mirrada, minha menina do meio, como uma árvore de cidade.

— Depois do primeiro transplante, quando tudo correu bem e voltamos para casa — sussurra com sua voz abatida —, jurei que aproveitaria com ele como não tinha feito até então. Que o que vinha era um presente. E foi o que fiz. Aproveitar o convívio com ele me esquecendo de todo o resto: de Sandra, do meu trabalho, do mar, de você... os últimos seis meses foram mais de uma vida. Fui tão feliz, mamãe!

De repente me dou conta de que prefiro a morte de Helena ao sofrimento maduro de Inés. Tento respirar e não dá. Alguém se aproxima pelo corredor.

É Flavia, que vem resmungando.

— Mamãe.

— Diga.

— Quero voltar para a ilha.

Flavia entra na biblioteca falando horrores de mamãe. Deve ter sido muito feio o que Mencía disse, para ela ficar assim. Muito feio tudo isto. Muito feia a vida. Não quero que Tristán morra, nem quero voltar para a ilha com Inés. Não quero a vida depois de meu neto, nem as forças de que necessitarei para cuidar da fragilidade de minha filha. Onde diabos Deus se meteu?

— Quero espalhar as cinzas de Tristán junto ao farol. Vamos?
E onde diabos vou me meter?
— Sim, querida. Vamos. Prometo.

* * *

Ainda me surpreende ver vovó viver. A vida não. Agora espero a má surpresa da morte. A minha. Em vida.

Espero um milagre que não vem. Segundo a segundo, minuto a minuto, rezo o que não sei, perdida nas mil dobras e armadilhas da espera, da esperança. Eu não sei perder, nem penar. Ninguém me ensinou a morrer assim por dentro, tirando forças de onde não entendo para dar a Tristán. Ele não pergunta. Não sei se sabe, embora seus olhos vejam além dos meus. Apesar da dor, não se esquecem de sorrir. Castanhos, castanhos seus olhos como duas pinceladas de inverno em bonança. Azul agora a pele de meu menino que se vai, vindo.

Mamãe e tia Flavia conversam ao meu lado. Flavia inflamada contra vovó. Sempre. Flavia fala e mamãe assente com um sorriso enquanto Jorge me conta ao telefone o que não muda. Tristán está estável, diz. Adormeceu falando da viagem que vai fazer com Mencía quando sair do hospital. Um ligeiro calafrio me percorre. Agora são ligeiros, como pequenas pontadas que não ulceram. Uma longa viagem com Mencía é, sem dúvida, a viagem.

Jorge está com a voz corroída, maltratada por todos estes meses de inferno. Já sem ódio contra Sandra, tampouco contra mim. Não lhe cabe. Já bom amigo de quem sou agora. Desde que Tristán começou a navegar rio acima contra a morte, Jorge se tornou homem e pai, um pai inegável, indiscutível, desprendendo-se da família que nunca teve e reinventando-se em família para Tristán. É estranho. A vida nunca nos uniu. Durante os anos em que estivemos casados, tropeçávamos entre nossos vazios sem pensar muito. Conformes, desprezados. Foi a morte chegar com sua sombra maldita e o vazio se encheu de planos a dois: horas, dias, meses de emergência ao lado de Tristán. O embalsamado mundo dos hospitais, este micronada que tudo turva, criando uma falsa bolha de realidade em que ambos aprendemos a nos amar na necessidade. Não mais julgamentos, não mais rancores. Talvez venham depois, não sei. Mas duvido. Levamos já muitos abraços, muitos dias aguilhoando juntos. Dor excessiva a que nos une.

— Tenha uma boa noite — digo, despedindo-me dele.

Tenha uma boa noite. Como todas as noites em que cabe a ele ficar no hospital. E ele me manda um beijo como quem coloca uma carta na caixa errada porque sabe que, antes ou depois, a carta chegará. E entende que meu "tenha uma boa noite" não passa de um "que ele aguente até a manhã, pelo amor de Deus. Que não morra enquanto eu estiver fora". Jorge entende isto, sim. Como Tristán, ele também teve de aprender muitas coisas em pouco tempo. Como Tristán, procura em Mencía o carinho e o calor que sua família nunca quis lhe dar, todos esses anos de silêncio que nem seus pais nem seus irmãos souberam perdoar. Nem sequer por Tristán. Nenhum telefonema. Nenhuma visita. Nada. Estranho observá-los. Ele agora tão suave, tão cristalino. Ela, furiosa com o mundo por não ser como imagina. Tão odiosa às vezes, tão imensa outras. Jorge e Mencía. Quem diria? A avó o trata como um filho. Cuida dele, mima-o e o abraça como nunca fez conosco. Ele se deixa levar, esquecido já o ódio que os agasalhou durante anos, esquecidas as punhaladas certeiras da avó desde que nos casamos, esquecida a lembrança. Vendo-os juntos, respiro tranquila. Quando Tristán se for e ele se negar a desabar, Mencía saberá parti-lo em mil pedaços até ouvi-lo chorar. Em seguida o levará à sua guarida e lhe mostrará o quebra-cabeça de dor em que ficou imersa sua vida e o empurrará para a frente. Confio na senhora, vó. Não me falte.

* * *

Cama de casal na suíte do Neri. Uma cama enorme como uma balsa de algodão. Vovó está no banheiro. Ouço-a se agitar lá dentro, fazendo sei lá o quê. Da janela, a fonte octogonal da praça resplandece sob uma lua apagada, e ao fundo o pórtico da igreja se esconde entre as sombras das pedras e das centenas de buracos de bala que o tatuam. Deito-me na cama e apoio as costas no travesseiro. Acendo um cigarro, aproveitando que vovó não está.

— Bem — diz Mencía por fim, abrindo a porta do banheiro e assomando um rosto melecado de uma massa azul.

Mentiria se dissesse que me alegra vê-la. Temo o que vem aí.

Ela olha para mim durante alguns segundos sem dizer nada, cravando os olhos no cigarro que levo à boca. Não consigo afastar a vista da massa azulada que a recobre, e ela se dá conta.

— Por acaso imagina que esta cútis é pura sorte, menina? — dispara, ainda sem abrir a porta de todo.

Sorrio. Típico dela.

— E você o que faz fumando no meu quarto?

— Nosso quarto.

— Suíte.

Faço menção de dar uma tragada no cigarro, mas, ao vê-la na porta, sinto a mão no ar, incapaz de controlar o músculo do braço. Ela veste uma espécie de camisa de pijama de homem arroxeada pela qual aparece uma fralda branca e estufada que acaba em umas patinhas finas terminadas em pantufas xadrez com os dedos para fora. Nunca tinha visto nada parecido.

— Mas, vó...

Ela olha para mim com cara de quem não está entendendo, pega a bengala que deixou junto à porta e a apoia no chão com as duas mãos.

— O quê?

Tapo a boca.

— Muita suíte e muita conversa fiada, mas a privada é tão grande que quase caí dentro.

Se encontrasse alguém que me fizesse rir como Mencía, eu recuperaria a fé em muitas coisas.

— E a toalha arranha.

— Será que não é a senhora que arranha, vó?

Ela olha para mim arqueando uma sobrancelha.

— Não mais do que a sua língua, hi, hi, hi.

Não consigo evitar o riso, embora saiba por experiência que ela está tentando me despistar. Espera que eu baixe a guarda.

— Flavia diz que tenho patas de galinha. Você acha isso?

— Sim, vó. A senhora tem patas de galinha. Flavia tem razão. Embora a verdade seja que acho que a fralda não ajuda muito.

Mencía afasta a camisa e observa a fralda. Em seguida levanta uma perna e me mostra a pantufa, mexendo os dedos do pé.

— Hi, hi, hi.

— Está linda. Tenho certeza de que Flavia também lhe disse isso.

Coloca então o pé no chão, apoia-se na bengala, crava o olhar no meu estômago com aqueles olhos pequenos e escuros que nunca auguram nada bom.

— E você de quanto está?

Pronto.

Viro-me para a janela.

— Não vou ter.

— Não diga bobagens. Perguntei de quanto está, não o que vai fazer com ele.

Dou uma tragada no cigarro, procurando tempo. Ela não me dá.

— Com ela, quero dizer.

Com ela.

Raiva. De repente me sacode uma raiva que controlo a tempo. Sabia que isto tinha de vir. Sabia que não queria que viesse. Agora entendo por quê.

— E a senhora, o que sabe? Só estou de dois meses e três semanas. Prestes a completar três.

— Vi muitas gravidezes, garota. Por sua forma de vomitar, é menina — sentencia, aproximando-se devagar da cama e deitando-se ao meu lado com um estalar de ossos que parece encher tudo.

— Tenho hora para depois de amanhã. Já marquei com o psiquiatra e com o anestesista.

Ela suspira.

— Muito bem. É assim que eu gosto. Que você faça as coisas com a cabeça. Além disso, ainda é jovem e pode ter mais filhos quando quiser. Gala pode chegar em qualquer outro momento.

Viro a cabeça sem afastá-la do encosto. Uma pontada de enjoo revira minha barriga.

— Gala?

Meu Deus. O que mamãe deve ter passado com uma mãe como esta.

— O pai não sabe — é a única coisa que passa pela minha cabeça dizer. — Não penso em contar a ele.

— Alguém lhe perguntou sobre o pai?

Ela olha para mim. Silêncio.

— Só faz seis meses que nos conhecemos e... bem, não acho que seja a hora.

Ela não fala. Continua me cravando o olhar no estômago, que agora grunhe como uma vara de porcos.

— Alguém lhe perguntou pelo pai?

Ai.

— Não.

— Então não diga bobagens. Se não quer ter a Gala, não a tenha. Vá à tal clínica e que raspem tudo. E ponto final. Mas não me venha com a história de que o namorado não está preparado, ou que faz muito pouco tempo que se conhecem, ou que ele é casado, ou qualquer outra dessas idiotices que passam pela cabeça das mulheres nos momentos mais covardes. Se não quer sua filha, tire-a, e já. Está certo. Conte comigo.

Pausa profunda. Às vezes vovó é tão humana que não confio. Ela sorri e põe a mão sobre a minha.

— E por que está com medo de tê-la?

A pergunta, é claro.

— Não sei, vó.

— Mentirosa.

A pontada volta. Uma ânsia se anuncia em algum canto do que guardo.

— O que vou fazer com uma menina, vó?

— Amá-la, o que mais poderia ser?

— Não saberia como.

— Mentirosa.

— Eu sozinha, não.

Coloca a mão no meu ventre e se cala.

— E quem lhe disse que você ia cuidar dela sozinha? E sua mãe? E eu?

— Sei disso, vó, mas não seria a mesma coisa que criá-la com um homem ao lado. Uma criança precisa de um pai — respondo, quase automaticamente. — Não seria a mesma coisa.
— Graças a Deus.
— Não posso.
— Não quer.

Silêncio. De repente ela se levanta com um grunhido. Não me viro para olhá-la. Sinto a ânsia cada vez mais formada, mais sólida. Vejo vovó passar na minha frente como uma garça enrugada e fecho os olhos, tentando respirar fundo, enquanto a ouço abrir o armário e tirar alguma coisa de dentro. Quando os abro, vejo-a enfiada em seu casaco de pele, com a cara azul e os dedos aparecendo pelas pantufas. Não olha para mim. Percorre o trecho que separa o armário da porta do quarto apoiando-se na bengala, como um esquimó em fuga.

— Mas aonde você vai?
— Aqui faz um frio danado, menina. Quero descer.
— Descer? Para onde? Desse jeito?

Apoia a mão no trinco da porta e, sem se virar, dispara:
— Para a praça. Quero me sentar na mureta da fonte.

É um farol, um dos tantos com que Mencía nos manipula desde que me conheço por gente.
— Como quiser.

Ela suspira. Abre a porta e sai para o corredor. "É um farol, é um farol, é um farol", repito-me como quem se agarra a um mantra de última hora para não cair em um precipício.

— Ah, e se eu cair dentro, não venha me ajudar. Com o que pesa este fardo de pele, com certeza não demoraria nada para me afogar. Avise a recepção e eles que se encarreguem. Não quero pôr minha vida nas mãos de uma mentirosa covarde como você.

Fecho os olhos. Maldita seja. Entre o rugido que ronca no meu ventre e o murmúrio abafado da água da fonte, ouço o passo trôpego de vovó se afastar pelo corredor e sei que não, que Mencía voltou a sacar todas as suas armas e que a noite vai ser longa. Demoro alguns segundos para me levantar, calçar as sandálias e sair correndo atrás dela. Conhecendo-a, sei que alguns segundos podem ser fatais.

Não me engano.

* * *

— Tomar ar — respondo à moça da recepção quando me pergunta aonde vou, com cara de não estar entendendo.

— Senhora, não acho que...

Estas garotas me cansam.

— Esta senhora não lhe paga para achar nada, pode ter certeza.

Pelo canto do olho, vejo-a ficar vermelha e desaparecer pela cortina que fica atrás dela e que provavelmente esconde algum paletó de grife com vontade de sair em algum guia chique.

A praça está calma e em silêncio. Ouve-se o burburinho da água na fonte e cheira a mijo. Em uma das esquinas, alguém dorme: um desses sem-teto e sem-vergonha que no verão dormem pelos cantos para fazer os outros se sentirem mal. Bea está demorando muito. Vamos ver se finalmente vai me dar atenção ou vai ficar olhando pela janela. Pelo menos não sinto mais frio. Nem calor. Sopra uma brisa úmida que me lembra ou alguém ou alguma coisa, embora eu não tenha vontade de recordar o quê. Finalmente a porta do hotel se abre e ouço os passos de Bea. Já estava demorando, a maldita. Não me volto para olhá-la. Ela que me procure.

— Você não pode sair assim, vó.

— Assim como? Com este casaco ou com uma neta mentirosa como você?

— Chamaram-me a atenção na recepção.

— Pois não penso deixar nem um centavo de gorjeta.

— Não se deixa mais gorjeta nos hotéis, Mencía.

Ah. Como eu gosto que me chamem pelo meu nome. Fazia tempo que não o ouvia na boca de ninguém.

— Assim vão as coisas. Para todos, sem gorjetas. Deus não dá mais gorjetas, o desgraçado. Não mais gorjetas. Se desse, Tristán não estaria morrendo.

Merda.

— E assim vai tudo para você, menina.

— Assim como?

— Mal.

— E você tem o segredo para que vá melhor, não é?

Não preciso olhar para ela. Sei que baixou a guarda.
— Não, mas sei o que lhe dá medo, e Gala não tem culpa.
Se não responder antes de cinco segundos, está rendida.
Doze. É minha.
— Sei disso.
— Então?
Ela suspira. Faz menção de colocar a mão na água.
— Nem pense nisso. Não é água. É xixi.
Agora sorri. Que doce o sorriso de Bea. Se ela pudesse se ver.
— Quero conhecer Gala, menina.
— Quem dera você fosse o pai, vó.
— Com esta pinta?
Ri. Bea ri, e sua risada se espalha pela praça como uma bênção. Prenhe de bons augúrios.
— Não tem por que acontecer também com você, menina.
Sua risada se congela e ela leva a mão à barriga.
— A vida não pode ser tão cadela para repetir com vocês o que está fazendo com Inés e Tristán. Não pode.
— Me dá tanto medo, vó. Eu não aguentaria. Não sei como Inés consegue aguentar tanto.
— Você vai saber quando for mãe. Eu vou estar com você. Todas nós. Inés também.
Silêncio. Água.
— E pare de se sentir culpada, porque Gala não merece isto. Nem Tristán. Isto é a vida, Bea, um poço sem fundo de entradas e saídas, de chegadas e partidas. Você não pode fazer nada para mudá-la. Nem tente. Deixe esse trabalho para outros.
Baixa a cabeça.
— Nós os velhos não somos mais sábios do que vocês, nem estamos mais curtidos, nem mais cansados. Sabemos que o tempo nunca dá explicações, que as decisões não são mais do que isso, decisões, nem erros, nem acertos, sabemos que vamos morrer e atentamos contra a injustiça porque nos aborrecemos. A velhice é triste. E grande.
Bea pouco a pouco se aproxima de mim e apoia a cabeça no meu ombro. A dor pesa. Mas a dúvida pesa mais.

— Eu logo irei também, Beatriz. Já estou cansada de tanta agitação e tanto frio. E não me falham nem a memória nem o coração, querida, só os esfíncteres e a vontade. Tenha a sua menina e desafie o mundo, para ver como se sai. Se não for bem, nós a abrigaremos, e, se você acertar, celebraremos pelas duas, por você e por ela. Inés será a primeira, você vai ver.

De repente, a figura que dorme na esquina se levanta trôpega e se aproxima de nós com passo vacilante. É uma mulher. Suja, com o cabelo emaranhado e jeito de poucas esperanças. Quando chega à fonte, coloca as mãos na água e a joga no rosto. Boceja, coça o braço e então olha para nós.

— Tem um cigarro? — pergunta com olhos perdidos.

— Não, sinto muito.

Continua olhando para nós, tentando enfocar. Sem êxito. Insiste.

— Vamos, tia...

A velhice e o desafio. E a vitória.

— Olhe, senhorita, faz muito, muito tempo, que parei de fumar. Mas, se quiser, posso dizer o que tenho.

Bea levanta a cabeça e olha para a mulher, que não diz nada.

— Tenho esta fralda mijada, estas pantufas que minha filha comprou para mim há um ano e que tive que cortar porque acabava com os meus pés e este casaco de pele que não dou nem a Deus.

A moça dá dois passos para trás, cambaleando.

— Tenho uma neta com um filho de 6 anos que está morrendo de leucemia não muito longe daqui. Esta outra que está grávida e que quer abortar porque meteu na cabeça que se tiver a menina vai estar traindo a irmã. Tenho duas filhas que, na verdade, não batem muito bem. E frio, muito frio, sobretudo neste maldito hotel aí, que não está preparado para as velhas com patas de galinha como eu.

A sem-teto vai se retirando pouco a pouco, sem parar de olhar para mim nem um único instante. Devo dar medo, mas não ligo a mínima.

— Tenho vontade de matar, de estripar, de esfaquear os médicos do mundo por serem inúteis, por serem capazes de conseguir não se envolver, por deixarem morrer um menino que tem uns olhos como você nunca viu em sua desgraçada vida de rua.

Agora a mulher chegou ao seu canto, deitou-se e se cobriu inteira com os farrapos sobre os quais dormia.

— E tenho também vontade de morrer por um instante para não ter que viver nos próximos dias, para não ver os meus sofrerem, para descansar de tanta dor que não cabe debaixo deste casaco imundo. É isso que eu tenho. Isso. Posso ajudá-la em alguma coisa?

Bea toca meu ombro com o queixo.

— Vó...

— E também temos Gala, moça. E vamos saber cuidar dela. Apesar de tudo.

Pelo movimento de seu queixo, noto-a sorrir.

— Não vou conseguir dizer a Inés.

Que umidade há nesta cidade, diabos.

— Antes de irmos, você vai encontrar o momento. Você vai ver.

Silêncio. O burburinho da água na fonte. Pouco mais.

— Você vai me ajudar?

Eu me encolho no casaco e procuro a bengala na escuridão em sombras da praça.

— Enquanto viver, menina.

Voltamos devagar para o hotel. Quando passamos em frente ao balcão da recepção, a moça de antes baixa os olhos ao nos ver entrar. Mudo a bengala de mão e continuamos escada acima, rumo ao sono e ao que virá amanhã.

Antes de chegar à porta do quarto, Bea faz uma pausa. Parece pensativa.

— O pai é ator.

Um segundo. Dois. Falta alguma coisa.

— E francês.

Eu já sabia.

— Não diga.

Começa a rir. E eu com ela.

DOIS

A viagem até aqui foi um inferno graças a mamãe. Como sempre, estamos vivas por puro milagre. Ao sair do hotel, dividimo-nos em dois táxis. Bea e Flavia em um; mamãe, Inés e eu no outro. Assim que subimos no nosso e vi o taxista, percebi que vinha coisa. Mamãe estava com frio e mal-humorada. Sentou-se na frente.

Ao chegar à Diagonal, o taxista começou a brincar com a sorte, tentando puxar conversa com mamãe. Mencía deu corda até que o pobre homem cometeu o erro de chamá-la de "vovó". Mamãe percorreu o para-brisas do carro com o olhar, estudando cada detalhe. Em seguida levantou os olhos e os cravou na flâmula da legião que pendia como uma meia salsicha do retrovisor.

— Vovó? — disse Mencía, com voz controlada sem afastar a vista da bandeirola.

O taxista soltou uma gargalhada de fumante.

— Calma. Na sua idade, é até um galanteio. Além disso, a senhora é uma vovó muito bonita.

Inés, que estava com o olhar perdido na janela, me deu uma cotovelada nas costas.

— Como a cidade mudou, não é, mamãe? — soltei de repente, tentando distraí-la.

Erro.

— Sim, querida. Desde ontem está muito diferente — interrompeu ela, com uma voz que conheço muito bem.

O taxista olhou para ela e soltou outra gargalhada.

— Nossa, a vovó é terrível.

Mencía se virou para olhar para mim.

— Querida — começa, enquanto entramos na avenida do Hospital Militar a toda velocidade —, se uma mulher de minha idade mata alguém, não vai presa, certo?

Ai.

— Não, mamãe.

— Tem certeza?

— Sim.

O taxista olhou para mim pelo retrovisor. Desviei o olhar.

— E o que dói na vovó bonitona para que a levem ao hospital? — soltou o homem, com intenção de fazer graça.

Mencía voltou a se virar.

— Me passa o revólver da bolsa, Lía.

Silêncio. O taxista parou de rir e apertou o acelerador, avançando um sinal amarelo ao sair para a rotatória.

— Vó, por favor — interveio Inés, sisuda.

— O revólver. Agora.

O taxista ficou nervoso e vovó olhou para nós duas com a sobrancelha arqueada.

— O pequeno.

Estávamos perto do hospital. Tivemos de percorrer andando o trecho que faltava, com um calor que amolecia a calçada. Graças a mamãe.

No elevador encontramos a esposa do Dr. Arenal. Quando entrou e deu de cara com mamãe, ela fez menção de voltar a sair, mas as portas se fecharam às suas costas.

— Bom-dia.

Mamãe olhou-a impassível.

— A mensagem é adequada. O momento, não.

Fez-se silêncio no elevador.

— Como vai o Tristán?

Não tivemos tempo de freá-la.

— Morrendo. O paciente continua morrendo, obrigada.

A médica apertou os lábios e levou a mão à orelha, procurando um brinco que hoje não estava ali.

— Sinto muito.

Terceiro andar. Quarto...

— Fico feliz pela senhora.

Quinto.

— Se precisarem de alguma coisa...

Sexto. Desceram duas mulheres de preto. Ciganas com algum doente internado.

— Não a chamaremos, não se preocupe.

Por fim chegamos. Abriram-se as portas e a médica saiu primeiro. Despediu-se com um sorriso amarelo e deu meia-volta.

— Ah — começou Mencía pelas costas. — Assim, sem as pérolas...

A médica parou no meio do corredor, mas não voltou a olhar para nós.

— Já viu alguma vez uma porca tibetana?

O quarto de Tristán tem o cheiro dele e isso me acalma. Aproximamo-nos da cama e ele nos cumprimenta com os olhos e com a mão. Respira mal, pior do que ontem. Inés se senta ao seu lado e beija sua cabeça. Jorge nos cumprimenta com expressão cansada. A noite foi calma, apesar dos controles, das enfermeiras, dos vômitos, das horripilantes subidas e quedas de pressão. Jorge se apaga de repente. Precisa dormir. E de ar. Desce para tomar o café da manhã na lanchonete antes de voltar para o apartamento, esta tarde. Mencía o acompanha.

— Você vai voltar, tata? — pergunta-lhe Tristán, ao ver que está saindo.

— É claro, bichinho. Vou dar de comer ao seu pai, que está esgotado.

— Jura?

— Pela Lara Croft.

Inés continua sentada ao seu lado, acariciando sua cabeça e ajeitando os travesseiros para que ele apoie melhor as costas. De repente, Tristán olha para ela e sorri.

— Você está muito bonita, mamãe.

Bea vira os olhos para a janela. Inés sorri.

— Bobinho.

— Papai diz que você está muito magra, mas eu gosto mais assim. Mesmo não tendo mais peito.

— Tristán!

Ele ri. Como uma criança. A risada é a única coisa que resta de seus 6 anos. Vira-se até me encontrar.

— Tenho uma coisa para você, vó — diz ofegante.

— Para mim?

— Sim.

Aproximo-me da cama e me sento na beirada, de frente para Inés. Há tantos tubos e fios pendurados por toda parte que temo me mexer e desligar algum. Apoio a mão em sua perna, que mal encontro, e ele tira de sob o lençol uma folha de papel. Entrega-me a folha e sorri. É um sorriso tímido. Complacente.

Um desenho. Tristán me desenhou sentada na poltrona do quarto, em vermelho e laranja. Acima de mim vejo o que parece uma televisão e, à minha direita, uma grande janela cheia de mar. No centro da janela há um veleiro e umas ondas como cachos de papel, negras. No veleiro, uma mulher que nos olha de frente.

Não sei o que dizer. Tenho um nó na garganta que não me deixa levantar o olhar do desenho, e noto que meus olhos se embaçam.

— Gostou, vó?

Tento falar:

— Sou eu, querido?

— Claro.

— E este barco?

— O da tia Helena.

Ai. Helena. Outra vez.

— É... é lindo, querido. É o presente mais bonito que já me deram.

Respiro profundamente duas vezes e espero poder enxergar com clareza.

— Mamãe diz que ela era a sua preferida. E que era muito corajosa.

Levanto os olhos e me encontro com o verde brilhante dos de Inés.

— Era muito corajosa, sim. Quase tanto quanto você. Por isso você é o meu preferido.

Tristán olha para mim com um sorriso de calmaria. Busca-me com a mão.

— É seu presente de aniversário, vó.

Engulo em seco. Dobro-me sobre mim como uma anêmona. Que alguém fale alguma coisa, e que não seja eu.

— Mas, querido, meu aniversário é só em outubro.

Tristán aperta a minha mão.

— Eu sei.

Eu sei, diz o nosso menino. E com esse "eu sei" diz tudo, o que não queremos que saiba, o que não sabemos esconder, aquilo que não viveremos juntos.

— E eu? Não desenhou nada para mim? — diz Bea de repente, inclinando-se sobre ele aos pés da cama.

Tristán olha para ela como se a visse. Como se a visse de verdade. Examinando-a inteira. Descobrindo-a.

— É que não me sai, tia — diz, como que se desculpando. — Não sei como desenhar você.

Bea olha para mim como quem não entende. Antes que possa dizer mais alguma coisa, Tristán se agita em um ataque de tosse que levanta da cama o que resta de seu corpo. É uma tosse seca, aos arrancos, tão vazia que dói só de ouvi-la. A máscara se tinge de gotinhas de sangue, e Inés levanta e sai apressada em busca da enfermeira. Bea e eu o seguramos enquanto o redemoinho de ar doente e sangue continua tropegamente, procurando uma saída, tropeçando com todo o horror que nenhuma de nós duas consegue dissimular. Bea e eu não nos olhamos. A enfermeira chega.

* * *

— Prefiro que ele morra de uma vez, Mencía. Não posso continuar vendo-o sofrer assim.

Jorge não tocou no sanduíche nem no suco de laranja. Apoia os cotovelos na mesa e passa os dedos pelo cabelo. Quantos fios brancos de repente.

— E que Deus me perdoe.

— Antes teremos nós que aprender a perdoá-Lo.

Jorge suspira e baixa a cabeça. Sua voz me chega aplacada, em espiral.

— Quando saio do hospital e vejo as pessoas rindo pela rua, os turistas nos bares ao ar livre, indo ou voltando da praia, os pais passeando com seus filhos... fico paralisado, porque não entendo, Mencía. Não entendo como podem viver assim, tão alheios a isto, a Tristán, a todas estas crianças e pais que passam meses aqui, anos, lutando para seguir em frente, arrasados dia e noite porque não temos futuro, porque o melhor futuro que nos resta é continuar aqui lutando contra esta merda...

— Amo você, Jorge.

Ele levanta a cabeça e coloca suas mãos nas minhas.

— Eu sei. Mas isso não vai salvar o Tristán.

Como este homem mudou em tão pouco tempo.

— Talvez ajude você a se salvar quando tudo tiver terminado.

Ele solta uma gargalhada seca, forçada, que me arranha por dentro.

— A senhora não entende. Nada terá terminado, Mencía. Nada vai terminar nunca. Tanto Inés quanto eu carregamos isto. Uma vida não é tempo suficiente para curar uma perda destas. Não importa o que façamos quando Tristán já não estiver conosco. Não importa como refaçamos o futuro. Não sou mais Jorge. Inés tampouco voltará a ser ela. Seremos restos, recortes de lembranças que nunca aprenderemos a encaixar.

É preciso ter muita integridade para falar assim. Minha velhice não encontra consolo para este homem. Deixo-o falar.

— É curioso. Quando Inés me deixou pela Sandra, me senti vivo pela primeira vez. Vivo no ódio, sim, mas vivo, afinal. Depois comecei a entender, a ver, a vê-la também. E a me ver. Quis começar a viver. Sem olhar para trás, sem castigar. A senhora sabe disso.

Concordo. É verdade. Pouco tempo depois de sua separação, Jorge e Inés começaram a se conhecer. Talvez tenha sido Tristán, talvez não. Conseguiram inventar um carinho de amigos que ninguém entendeu. Helena diria que a vida os estava preparando para isto. Não sei.

— E quando tudo começava a ir bem, veio aquela maldita tarde na emergência e acabou com a nossa vida.

Alguém explode em gargalhadas algumas mesas à frente. Aperto as mãos com força.

— Você não sabe o que o futuro lhe reserva, Jorge. Nem você nem ninguém.

— Não quero nenhum futuro. Sem o Tristán, não.

Ai. Como convencê-lo de uma coisa na qual nem eu mesma acredito?

— Não há escolha. Seu filho vai embora. Assim é a vida. O seu menino está morrendo e você ganha a família que não tem, este bando de malucas que gosta de você como um dos seus. Não é justo, eu sei, mas é o que há. Estamos todas com você.

— Eu sei.

— Não, ainda não sabe. Vai saber quando se despedir de seu filho e precisar revivê-lo, mesmo que tenham se passado cem anos. Os amigos, os de verdade, vão ficar, mas só um tempo. A compaixão deles tem prazo de validade, e é bom que seja assim. Esquecerão e, sem dizer, esperarão que você também esqueça, que siga em frente.

Agora as lágrimas de Jorge vão caindo sobre a fórmica cinza da mesa. Um gotejar que não cura, que não alimenta.

— Mas nós não esquecemos. Nenhuma de nós. Não sabemos. Estaremos esperando você, Jorge. Sempre, não importa o tempo que passe. Acima de tudo você é um pai que perdeu seu filho, o meu menino. Enquanto eu viver, recordaremos juntos. E se for preciso chorar, choraremos. E se for preciso odiar, também.

Ele aperta minhas mãos porque não consegue falar. Já nos dissemos isso tudo muitas vezes. Agora só resta esperar.

— Vá para casa e durma um pouco. A senhora precisa descansar.

* * *

Bea pede um chá de camomila e um sanduíche de queijo para ela e um chá com leite para mim. Em seguida pega a bandeja e vem sentar-se à mesa. Está com uma cara ruim. Está de mau humor. Certamente, a noite com mamãe não ajudou muito.

Inés e mamãe ficaram no quarto com Tristán, que dorme entre gemidos de dor e algum vômito de ar e bílis. Ele se apaga atropeladamente, cada vez mais depressa.

Assim que Bea se senta, acende um cigarro.

— Você fuma muito, filha.

Olha para mim com uma careta de resignação.

— Como você está, mamãe?

Sinto uma pancada no peito. Nunca me acostumarei a que minhas filhas me perguntem como estou.

— Aguentando.

Ela mordisca o sanduíche distraidamente e mal dá um gole no seu chá.

— Mamãe...

Por que diabos nos custa tanto dizer as coisas nesta família?

— Eu sei, Bea.

Ela crava seus olhos nos meus e tenta sorrir. Não funciona. Por um momento hesita, como sempre. Então me vê assentir e relaxa os ombros.

— Vovó lhe contou?

— Não precisa. Fui mãe três vezes.

— Sei.

— E?

— Diz vovó que é menina. Chamou-a de Gala.

Típico de mamãe. Fico feliz que ela continue conosco.

— E?

— Vou ter esse filho, mamãe. Já sei que não é o melhor momento, e que pode ser que Inés não me perdoe nunca, mas... quero tê-la.

Não digo nada. Bea ainda não acabou de falar.

— Vovó se ofereceu para fazer o papel de pai — diz, com um esboço de gargalhada em que nem ela mesma acredita. — Não sei, tenho tanto medo...

Eu poderia dizer muito. Poderia falar e falar durante horas, tentando tirar dela o que não quer ouvir. Mas minha experiência com ela me diz que ainda falta alguma coisa. Conheço bem a minha Bea. De repente, lembro-me de Martín e sorrio por dentro. Não é a primeira vez desde sua morte que me alegro por sua ausência.

— Quero voltar para casa, mamãe — dispara em seguida, entre arrependida e tímida. — Com você, com Inés... e com Gala — acrescenta por fim. — Madri acabou. Não tenho nada lá.

Culpa. Feia esta culpa que me ronda durante alguns segundos de felicidade tão plena. Bea em casa, outra vez. Bea e o mar. Não consigo falar. Tristán exige de mim há meses com seu presente de dor, grande demais para celebrar o futuro com minha menina e sua Gala. Meu silêncio tinge de dúvida os olhos de Bea.

— Mas se você acha que não...

Forças, sim, tenho. Ainda. Levanto, me apoiando nos braços da cadeira, afasto-a com o pé e rodeio a mesa até me colocar atrás dela. Inclino-me sobre ela e a abraço por trás, afundando o rosto no seu pescoço, como antes. Queria chorar porque o corpo me pede, mas sei que, se começar, não vou conseguir parar. Ninguém poderá me deter. Aperto-me bem contra seus ombros, inalando seu cheiro profundo de mulher prenhe que me remete a estes dois últimos anos sem ela. Minha filha tem cheiro de mãe.

— Que Tristán me perdoe por eu me sentir tão feliz, Bea. Volte para casa o quanto antes. Não acredito que vá aguentar muito mais tempo sozinha. Inés vai precisar de você.

Bea se agarra aos meus braços e beija minha mão.

— E eu dela, mamãe. E eu dela.

* * *

Inés saiu ao corredor para respirar um pouco. Tristán dorme entre gemidos, como um filhote limpo, mexendo pernas e braços em estertores de dor que já nem a morfina acalma. Mamãe continua sentada no beirada da cama, com o olhar cravado nele, às vezes sussurrando coisas que não entendo e acariciando suas pernas por cima dos lençóis, procurando acalmá-lo sem conseguir. De trás, mamãe é uma espádua anã coroada por um arbusto desordenado de cabelo branco e algumas calvas. Faz tanto calor no quarto que é difícil respirar. Eu também saio para o corredor, que a simples ausência de Inés surpreendentemente enche. Caminho devagar até os elevadores e entro no banheiro. Acendo a luz, aproximo-me da pia, abro a torneira de água fria e refresco o rosto e o pescoço. Não há toalha à vista, então entro em um dos dois banheiros e pego um pouco de papel para me enxugar. Quando jogo o papel no lixo, tenho a impressão de ouvir no cubículo ao lado um suspiro abafado seguido de alguns soluços calados, amortecidos, como uma escala de tosses mortas que percorrem minhas costas como uma má notícia. Não sei o que fazer, mas há alguma coisa, uma mola que não conhecia em mim e que me leva até a porta do banheiro. Abro-a e deixo que se feche sem sair. Durante alguns segundos não acontece nada. As paredes brancas refletem a fria luz das lâmpadas fluorescentes, multiplicando-as por mil em uma nuvem escura de silêncio enquanto os instantes correm entre as junções sujas dos azulejos, me ajudando a conter a respiração.

Quando estou a ponto de respirar de novo, voltam o suspiro e os soluços, agora mais firmes, menos tensos, cada vez mais inteiros. E então sei. E quero falar, mas não consigo organizar tudo o que se amontoa no meu peito, chapinhando em um atoleiro de angústia que vai me enchendo a boca para que não fale, me fechando a garganta, me relegando a não voz. E ali está de novo. Um pranto tão atrofiado, tão retorcido e tão... físico que meus dedos dos pés se encrespam e minhas veias das pernas se dilatam. É um resumo de pranto, um pranto roubado. Inés.

— Inés — ouço-me sussurrar, me vendo da porta refletida no espelho, articulando o nome de minha sobrinha como se me visse na tela de um caixa automático, sem saber de onde olho, de onde me veem. — Inés — repito em voz alta, indo como uma autômata até a porta do banheiro e abrindo-a devagar, muito devagar, tentando prolongar o momento para não ver, para não tocar. Inés.

Enroscada, desfeita, agachada em um canto do pequeno cubículo, Inés está com o rosto entre as mãos e respira como uma parturiente dolorida. Os pés em posição impossível, as pernas dobradas sobre si mesmas. O peito abrindo-se e fechando-se entre respingos de ar.

Inclino-me sobre ela e seguro suas mãos.

— Menina.

Ela resiste, encolhendo-se ainda mais, puxando-me para o chão e me cravando aqueles dedos de osso que com os meses foram se curvando de tanto se aferrar ao impossível.

— Menina — é a única coisa que me vem. — Menina, menina, menina. Sim, cada vez mais.

Fico de joelhos e deixo que me puxe até que ela bate a cabeça na parede. Sinto nas mãos o choque seco de sua cabeça nos azulejos e ficamos assim por alguns segundos até que devagar, muito devagar, consigo me soltar da engrenagem de seus dedos e puxo suas mãos para mim, tirando-as de seu rosto e envolvendo-as nas minhas.

Ela levanta então a vista e me olha de baixo.

Olhos crispados, olhos de louca que crava em mim sem me ver, exagerada. De repente sinto medo. Inés se debulha em uma careta de raiva e me mostra os dentes, resfolegando como um cão, e de um puxão retira as mãos bem no instante em que a luz do banheiro se apaga e ficamos às escuras.

Então vem tudo.

Instintivamente, cubro a cabeça com os braços bem a tempo de receber a primeira bofetada, a primeira de uma série de golpes que vem de todas as partes, multiplicados por suas mãos em carne viva que me açoitam como as pás de um ventilador, forte, muito forte, às vezes de punho fechado, às cegas, me empurrando contra o batente da porta e enfurecendo-se contra tudo o que encontra. Mais e mais, sinto os nós dos seus dedos nas orelhas, no pescoço, atirando para matar. Para matar.

— Filhos da puta — ouço-a murmurar em um estranho instante de calma que não anuncia nada de bom. Voltam os golpes, desta vez mais pesados, menos certeiros, entre bufos sem ar e soluços secos que vão formulando uma paisagem cada vez mais reconhecível na escuridão do banheiro. — Tremendos filhos da puta — repete entre tapas, agora uma e outra vez entre o jorro de bofetadas que continua ali, que continuo ouvindo, mas que já não sinto. — Filhos da puta, filhos da puta, filhos da puta...

Grita. Inés grita e continua distribuindo raiva na escuridão a bofetadas, respirando entre grito e grito quase sem encontrar ar com que alimentar sua voz. De repente me percorre um calafrio surdo, um estalar de vértebras que me angustia até o mais recôndito da medula quando me dou conta de que o grito mudou, não o tom, não a voz. As palavras são outras, acompanhadas agora pelos estalos que suas mãos levantam ao cair sobre ela mesma. Um mantra horripilante enche a noite artificial do cubículo, apagando as duas.

— Filha da puta, filha da puta, filha da puta — repete entre bofetadas, castigando-se por dentro e por fora, odiando-se na impotência do mais culpado.

Eu me jogo em cima dela e a cubro com o corpo até que por fim consigo imobilizá-la, agarrando os antebraços, que agora parecem inertes como os de uma boneca molhada.

— Filha da puta — continua murmurando, cada vez mais devagar, cada vez menos voz, até que por fim mergulha em um silêncio manso e esgotado no qual vadeamos ao mesmo tempo, eu em cima dela como uma náufraga sobre sua tábua; ela, flutuando em seu mar de raiva, me puxando para que a cubra porque tem frio de vida, porque não quer continuar, minha menina, porque quer ficar assim, às escuras, detida no presente sem ver nada mais, agora chupando minha mão como um bebê no cômodo vaivém do primeiro berço, voltando atrás no tempo, muito atrás, apagando todo o vivido, o errado, o que não tem cura. Inés mordisca minha mão entre ofegos, tensa como um fio, procurando umidade para poder gerar alguma lágrima, uma só, com a qual possa dar de mamar à menina ferida que carrega dentro.

Assim continuamos durante alguns minutos que se desenham como toda uma vida, desajeitadas no frio do piso, até que pouco a pouco seu corpo relaxa e ela deixa que a puxe até ficarmos as duas sentadas e perdê-la em um abraço perdedor. Faz silêncio. A torneira goteja na pia. Ouvem-se murmúrios que chegam do corredor. O hospital continua tentando prosseguir.

Cai a calma. De algum canto de meu peito, as palavras quebradas de Inés tatuam meu esterno. Minha vida não voltará a ser a mesma. Nunca.

— Se eu soubesse que ele ia sofrer tanto, eu o teria afogado com minhas próprias mãos há semanas.

Não vai voltar a se fazer a luz.

* * *

Tanto calor. Passa um sopro de ar úmido que vovó celebra com um suspiro de irritação, se encolhendo no casaco de pele. Jantamos em uma *tortillería* da parte alta da cidade e Mencía voltou a nos colocar na lista negra. Não voltaremos.

— Aqui só tem *tortilla*? — perguntou ao garçom assim que ele nos acompanhou à mesa e nos sentamos. Vovó se esquecera de colocar os dentes, e o garçom não entendeu nem uma única palavra do que ela falou.

Mencía olhou para ele com olhos de menina má.

— Os dentes, mamãe — disse tia Flavia. — Você esqueceu outra vez de colocá-los.

Mencía soltou um suspiro.

— Eles me machucam.

— Mentirosa — disparou Flavia. O garçom esperava.

— Desejam alguma entrada antes de jantar? Um coquetel, algum refrigerante, champanhe...?

Vovó estava zangada.

— Sim. Azeitonas. Sem caroço.

O garçom olhou para ela como quem vê uma barata em uma banheira.

— E mariscos.

Silêncio.

— Picantes.

Mamãe revirou os olhos e dirigiu ao garçom um resignado olhar de desculpa. Ele sorriu, paternal.

— Não se preocupe, senhora — disse com uma expressão de grande profissional. — Eu também tenho mãe.

Mencía ficou rígida. Não gostou do comentário. Enquanto o garçom anotava as bebidas, ela ajeitou o cabelo com um gesto descuidado, e, quando ele terminou de anotar o pedido e levantou o olhar, vovó ergueu a cabeça e sorriu para ele, deixando à vista seus únicos quatro dentes e uma língua rosada como a de uma égua.

O garçom deu um passo para trás.

— Bicha.

Mamãe baixou a cabeça e Inés piscou, voltando de repente para a realidade da mesa. Isso foi só o começo.

— Não penso em voltar a levá-la para jantar nunca mais — dispara de repente Flavia, furiosa, enquanto a garçonete chega com as *horchatas* e as raspadinhas.

— Bom — responde a avó —, tudo isso eu economizo.

Sem dentes a gente entende pouco o que ela fala, embora o costume e a intuição ajudem.

— Eu gostaria de saber onde você deixou os dentes desta vez.

Vovó abre a bolsa, tira um lenço de papel, que coloca em cima da mesa, abre-o e deixa à vista uma fileira de dentes como um sorriso de morto.

— Mamãe!

— Hi, hi, hi.

Baixo a cabeça. Não consigo dissimular o riso. Tia Flavia me lança um olhar assassino.

— Você deixou a mesa do restaurante cheia de restos de melão. Devia sentir vergonha.

Vovó olha para ela como uma menina a ponto de começar a chorar.

— Não, não me olhe assim.

— Estava nojento.

— Não é verdade.

Mencía afasta o olhar e, aproveitando que a garçonete está colocando os copos na mesa, solta um arroto que ressoa entre as pessoas como um trovão de tempestade do verão.

A garçonete olha para ela e começa a rir.

— Saúde, senhora.

— Hi, hi, hi.

— Está tanto calor — diz Inés de repente, nos calando. Falou como se acabasse de sair de um longo sono, quase surpreendida. — Que dia é hoje, mamãe?

Mamãe vacila, pega de surpresa.

— Dia 12, filha.
— O que dizia Helena do 12?
Ai. Helena e seus números. E seus acertos.
Mamãe pensa.
— Dia ruim para tomar decisões. Dia ruim para agir, para acionar. Uma peregrinação.
Inés sorri, um sorriso duro, diagonal à cidade.
— Dizia também que, depois do 18, dobra o perigo. Resta só a ameaça — acrescenta mamãe, quase sem querer.
— O 18 — repete Inés em um sussurro. — Só faltam seis dias.
Puxei o maço de cigarros da bolsa. Quando ia acender um, vovó o tirou de minha boca com um tapa.
— Nem sonhe.
Tia Flavia olhou para mim sem entender. Mamãe sorriu.
Horchatas, raspadinhas e umidade. A cidade rebola entre o mar e a montanha, marcada de noite. Que lindo lugar para esquecer. Para morrer, não.
Mamãe dá um longo gole no seu copo de *horchata* e volta a deixá-lo na mesa. Apoia as costas no encosto metálico da cadeira e se perde dentro de si durante alguns segundos. Rua acima, um grupo de alemães canta em outro restaurante.
— Hoje faz dois anos que papai morreu — diz de repente, virando-se para olhar para mim.
Mencía solta outro arroto. Flavia nem pestaneja. Risadas na mesa vizinha.
— Quem dera eu conseguisse sentir saudade — solta Inés, voltando a perder o olhar *Rambla* abaixo.
Mamãe sorri.
— Ele não merece.
— Hi, hi, hi — faz vovó, encaixando o canudinho do refrigerante entre dente e dente.
— Às vezes sonho com ele — digo de repente, sem levantar muito a voz. Quase me sinto culpada.
— E sempre sonha com ele bom? — pergunta Inés, com olhos de pedra.

— Na verdade, sim.

— Isso acontece com as pessoas que não foram boas em vida — intervém vovó, tentando conter um fio de *horchata* que escorre queixo abaixo.

Flavia pega um guardanapo de papel e enxuga o rosto dela.

— Porca.

— Devíamos voltar para o hospital — diz mamãe. — Já são quase 22 horas.

Vovó saúda a iniciativa dando um último gole na *horchata* e enchendo a noite de um gorjeio leitoso.

Inés se levanta de repente.

— Vou pagar.

— A que horas é o seu voo amanhã? — pergunta mamãe a Flavia, que por um momento parece hesitar.

— Às 11h45.

— E o seu? — volta a perguntar mamãe, desta vez virando-se para olhar para mim.

— Às 11h55.

— Levarei vocês ao aeroporto.

Vovó larga o copo vazio na mesa.

— Nem pense nisso. Flavia e Bea vão passar no hospital para me pegar e iremos de táxi de lá.

Tia Flavia olha para vovó como se não a tivesse entendido bem.

— Durma no hotel esta noite com Flavia e com Bea, Lía — diz Mencía com expressão decidida. — Pedi uma cama extra para você.

Mamãe olha para mim, procurando uma explicação que eu não consigo lhe dar.

— Mas, mamãe — começa Flavia —, você não está pensando em passar a noite no hospital, está? Sabe perfeitamente que só permitem que um acompanhante fique com Tristán, e Inés não vai deixar que você fique sozinha...

Mencía torce a boca em um arrebatamento de irritação.

— E quem disse que eu vou ficar sozinha?

— Não pode — dispara mamãe, com a língua adormecida pelo gelo da raspadinha.

— Calem-se as duas. Ou acham que vou passar minha última noite naquele antro com vocês, podendo ficar com minha neta e seu menino?

Não dizemos nada. Flavia cruza os braços. Começa a se fartar.

— Não importa o que nós achamos, mamãe. São as regras do hospital.

Mencía solta uma gargalhada áspera como uma tosse de búfalo e toca o cabelo.

— As regras do hospital eu enfio no c... — retruca, como se falasse consigo mesma. — Além disso, tenho uma amiga no hospital que me conseguiu uma cama de campanha para esta noite.

Inés acaba de chegar. Parece ter pressa. É sempre assim quando precisa voltar.

— Uma cama de campanha para esta noite? — pergunta, olhando o relógio. — Para quem?

Vovó revira os olhos.

— Para a Katharine Hepburn, ora essa.

— Mamãe!

É Flavia, a ponto de perder a paciência e os modos.

Inés olha para nós, franzindo o cenho e sem afastar os olhos do celular.

— Querida — começa mamãe —, vovó está teimando em dormir com você esta noite.

Inés se vira para Mencía e vai falar alguma coisa, mas mamãe se antecipa:

— Teimando, filha — diz com gesto cansado.

Inés aperta os lábios, mas não diz nada. Crava os olhos nos de vovó, que sustenta seu olhar, desafiante.

— A porca tibetana das pérolas me deu permissão — diz. — Vão colocar uma cama de campanha para mim.

Inés relaxa os ombros e aperta ainda mais a boca, mas não consegue evitar um sorriso rendido.

— Como quiser, vó.

Mencía nos percorre com o olhar e pega a bolsa com as duas mãos.

— Esta é a minha menina — diz por fim, levantando-se entre gemidos de velha sem soltar a bolsa, uma bolsa enorme de *patchwork* e alças de madeira que parece o estojo de primeiros socorros da Mary Poppins.

— E agora vamos de uma vez. Estou com vontade de ver Tristán. Uma longa noite me espera.

Descemos em lenta procissão por duas ruas até que, em uma esquina, dois táxis param, um atrás do outro, para descarregar passageiros que procuram a noite. Enquanto nos dividimos em dois grupos, à espera de que fiquem livres, vovó me alcança por trás.

— Ah, Bea, querida. Se quando passar pela recepção você vir aquela sem nariz de ontem, dê-lhe isto de minha parte — diz, passando-me um pequeno cartão que não consigo ver na escuridão.

— Pode deixar, vó.

Segundos depois, mamãe, tia Flavia e eu nos perdemos rua abaixo em direção ao mar.

* * *

Tristán se ilumina assim que vê vovó. Tristán se ilumina e eu com ele. Mencía tinha razão. Quando entramos no quarto, Jorge e ela se abraçam e apontam com a cabeça para a cama de campanha que não sei quem conseguiu encaixar aos pés da cama de Tristán.

— Você é fogo, Mencía — disse Jorge com um sussurro. Vovó sorriu, satisfeita.

— É que eu tenho amigos.

Jorge a olha nos olhos.

— Quer dizer "amiga".

Viro-me para olhar para ela. Não consigo evitar umas rugas na testa. Às vezes, tanta cumplicidade entre vovó e Jorge me desarma.

— A porca tibetana — diz Mencía com uma expressão de falsa resignação que provoca a risada triste de Jorge. — Dei-lhe de presente uns brincos que tinha por aí. Arre, só vendo como as pessoas se conformam com pouco.

Continuo sem conseguir entender. Ela revira os olhos e vai para a cama de Tristán, que dorme oculto sob a máscara.

— Duas pérolas. Falsas.

Jorge balança a cabeça e pega suas coisas. Aproxima-se da cama e se despede de Tristán com uma carícia. Depois dá um beijo em vovó e se aproxima de mim a caminho da porta.

— Deve ser uma noite tranquila. Já vomitou tudo. Estão mantendo a morfina no 3.

Concordo. Ele me beija no rosto, me dá um apertão carinhoso no ombro e vai embora, desaparecendo como uma sombra tardia do outro lado da janela do quarto.

Como toda noite que passo no hospital há meses, me troco no banheiro sem me olhar no espelho. Faz calor no quarto, mas já não nos queixamos. Quando saio, depois de colocar a camisola, vovó está sentada na cama de campanha com ar de espera. Continua com o casaco. Faz sinal para eu me sentar ao seu lado: dois tapinhas no colchão.

— Com cuidado. Se me deixar cair, saio disparada pela janela como uma fralda com asas.

Sento-me com cuidado sobre a armação débil da cama de campanha e deixo que coloque sua mão na minha.

— Sou uma velha metida, menina, eu sei. Mas não podia voltar para casa sem ter passado minha última noite com ele.

Não sei o que dizer. Ela sim. Sempre. De repente me dou conta de que estou sentada ao lado de uma mulher de 92 anos que ainda não descansa. São 92 anos, digo-me, como tentando entender.

— Ele e eu quase somamos cem — diz, voltando-se para olhar para Tristán.

Meu estômago se fecha e vovó aperta minha mão. Tristán solta um gemido em sonhos e esperneia um pouco. Faço menção de me levantar para ir até ele, mas Mencía me retém ao seu lado e acaricia meu rosto.

— Esta noite não, menina. Estou aqui.

Estou aqui. E quando não estiver?

— Deite-se aqui, na cama de campanha. Não quero vê-la dormir encolhida nessa poltrona piolhenta. Eu não vou usá-la.

Não é uma alternativa. É uma ordem. Tristán volta a gemer, desta vez mais forte. Vovó se levanta, se encolhe no casaco e vai para a cama levemente iluminada de meu menino; enquanto isso eu me deito no esqueleto de molas da cama de campanha e prego o olhar no teto.

Pouco a pouco, os sussurros engomados de Mencía vão se misturando com o atordoamento nebuloso do tranquilizante. Entro às escuras no único entorno que não temo. Ao longe, sussurros. Tristán e Mencía.

* * *

— Dói?

Tristán olha para mim com olhos de sono. Ou serão de dor? Já não me lembrava de como olha uma criança quando sua vida está minguando.

— Sim.

— De 1 a 10?

Ele não diz nada. Deve estar doendo muito.

— Depende.

— Chamo a enfermeira?

Continua sem dizer nada.

— Hoje é a bigoduda.

Ele sorri. Melhor assim.

— Sete e meio.

E ainda assim sorri.

— Sabe de uma coisa?

Olha para mim, com expectativa. Desde que ficou doente não aprendi a sustentar muito tempo seu olhar. É como se lhe tivessem aberto os olhos. Como se visse tudo, até dentro.

— Tenho um presente para você.

Reprime um gemido, que encontra eco em suas pernas. Esperneia. Vira a cabeça para a janela. Está zangado. E cansado.

Solto um suspiro e abro a bolsa.

— Bem, se não quiser saber o que a beiçuda de que você tanto gosta mandou para você...

Esses olhos. Há seis invernos recolhidos em cada uma de suas pupilas castanhas. Finge não olhar para mim e eu continuo procurando na bolsa, como se não encontrasse o que trouxe.

— Vou dá-lo à menina do quarto ao lado. Como se chama? Sara?

Ele então se vira e agarra meu braço com a mão.

— Da Lara?

— Já disse que sim. Mas se preferir que eu chame a bigoduda...

— Não.

Não ainda. Resta muita noite pela frente.

150

— Combinado. Mas primeiro você tem que responder a uma pergunta. Se me der a resposta correta, eu te dou o presente. Se não, já sabe...

Ele faz cara de zangado, mas nós dois sabemos que é só parte do jogo.

— Certo.

— Muito bem. Vejamos. Até onde o papai gosta de você?

Coça como pode uma mão com a outra. Muitos tubos. Finge pensar.

— Até o infinito.

— Este é o meu menino.

Estende a mão.

— Não. Falta a outra parte.

Deixa a mão levantada, como qualquer criança em qualquer classe de qualquer escola. Há uma pergunta no ar e ele sabe a resposta.

— E até onde você gosta dele?

Não abaixa a mão. Inclina a cabeça, percorre o teto com o olhar e por fim crava os olhos nos meus. Que valente o meu pequeno.

— Até o infinito e o inframundo.

— Tanto assim?

— É.

— Não sei se a Lara Croft vai gostar disso quando souber. Acho que ela vai ficar um pouco enciumada.

Ele ri. Sua risada não me pega de surpresa. É preciso estar preparada para a risada longa de um menino que está morrendo. É a única coisa que pode me matar. Inés murmura em sonhos.

Tiro o presente da bolsa e o entrego a ele.

— Mas não mostre para ninguém, certo? É o nosso segredo.

Assente com os olhos acesos. Entre tubos e fios, desfaz o pacote e tira o DVD com a imagem de Angelina Jolie na capa, na qual há um cartão colado com zelo. Olha para mim com ar de chateado.

— Eu já tenho esse.

— Aposto que não.

Ele franze a testa, tentando descobrir o que tem este que não tenha o que Jorge lhe deu de presente há menos de um mês.

— Este foi a Lara que mandou.

Ele contém a respiração.

— Como você sabe?

— Veja o cartão.

Com mãos trêmulas, tenta arrancar o envelope branco da capa. Finalmente consegue e o rasga. Tira o cartão do envelope e fica olhando com estranheza.

— Está em inglês.

— É claro, e o que você esperava? Lara é americana.

— Ah.

Crava de novo os olhos no cartão.

— Mas eu não entendo o que diz.

Eu me faço de boba e começo a alisar os lençóis que cobrem suas pernas.

— Tata...

— O quê?

— Você fala inglês?

Continuo alisando os lençóis.

— É claro que sim.

Ele estende o cartão para mim.

— Lê para mim?

Finjo um suspiro de aborrecimento.

— OK, mas só porque ela mandou para você, viu?

— Tá.

Sento-me de novo na cama, coloco os óculos e deixo passar alguns segundos antes de ler. Brinco um pouco mais e leio o que consigo inventar para ele em um inglês de menu turístico com sotaque não se sabe de onde.

— *My uncle is Taylor in the morning for Barcelona and Tristán of Vall d'Hebrón. Together forever of course your tata and tomorrow very nice too. I love you very very much. Angelina Jolie.*

— Uau — diz, com os olhos abertos como pratos. — Como você fala bem inglês, tata.

— É mesmo, querido?

— E o que diz?

Finjo-me de surpreendida.

— Ué, eu achava que ensinavam línguas na escola.
— É, mas eu ainda não sei tanto.
— Ah, não?
— Não.
— Ah. Mas os números você sabe, não?
Seu rosto se ilumina de novo.
— Sim, até o 20.
— Vamos ver. Do 1 ao 20. Se você me disser isso, eu traduzo o cartão.
Ele fecha os olhos e se concentra. Passam um, dois segundos. Quando começo a pensar que ele talvez tenha caído em um daqueles sonos repentinos que o deixam flutuando sobre o tempo, começa a recitar.
— Uan, tiú, zri, for, faif, six, sévem, eit, nain, tem, elevem, fiftim, zirtim, seventiuan e tuênti — termina, abrindo os olhos e me dedicando um sorriso vitorioso com o qual me abre um nó na garganta que consigo esconder sob as rugas.
— Muito bem, bichinho. É assim que eu gosto.
— Traduz, então?
— Sim. Diz o seguinte: "Para o meu fã número 1, de sua grande admiradora. Em breve viajarei a Barcelona e prometo que passarei no Vall d'Hebrón para conhecê-lo, porque sua tata me falou muito de você. Espero vê-lo muito em breve e que então já esteja bom. Um beijo bem forte. Angelina Jolie."
Ele fica calado alguns segundos, totalmente extasiado.
— Quanto vai demorar, tata?
— Isso ela não diz, pequeno.
Volta a imergir em um silêncio estranho e fixa os olhos no teto. Cada silêncio de Tristán é uma bomba-relógio.
— E se ela não chegar a tempo?
Noventa e dois anos e a vida continua brincando de me ferir assim, tão a toque de caixa. Filha da puta. Engulo em seco duas vezes. Falta-me o ar.
— Lara Croft sempre chega a tempo, querido — digo, encontrando uma voz de anúncio que acredito lembrar ter ouvido em alguma parte da minha vida. No presente, já não.
— É verdade.

Quem dera a verdade fosse essa, Tristán.

— Tata...

Não sei se quero continuar aqui. Talvez devesse ter ficado no hotel. Talvez esta noite seja um erro. Outro. Meu pequeno fica grande.

— Espere. A tata tem que trocar a fralda — digo, me levantando e me virando para a parede para que ele não veja o que não tenho certeza de saber esconder.

Dou dois passos às cegas até o banheiro. Só dois. Tristán interrompe minha fuga com sua voz de menino de vida dada de presente:

— Tata...

Inés volta a murmurar em sonhos e muda de posição na cama de campanha, que range contra o silêncio como um navio velho mal amarrado a um ancoradouro seco.

— Eu estou morrendo, não estou?

* * *

Tia Flavia entra na biblioteca com cara de sono interrompido. Mamãe continua sorrindo com o cartão que vovó me deu nas mãos antes de subir no táxi. É uma imagem de Santa Inés, na qual Mencía riscou o S final, trocando-o por um M enorme que ocupa grande parte do quadrante inferior direito da imagem. Flavia se levanta e mamãe o dá a ela.

— Santa Inem? — diz com uma careta cansada.

— Mamãe — responde mamãe. — Para a recepcionista.

Flavia sorri.

— Ela não muda nunca.

Olha para nós, para mamãe e para mim, sentadas uma ao lado da outra no sofá vermelho que abre a entrada da biblioteca do Neri. De seus olhos vejo o que ela vê. Retrato de mãe e filha sobre sofá vermelho com voz de Norah Jones ao fundo. De repente sinto tanta vontade de chorar que seguro o joelho de mamãe como se fosse cair no chão. Não quero voltar a Madri, nem à minha janela para o Bernabéu. Não quero esperar os e-mails de Stefan anunciando sua visita como quem anuncia névoa pela manhã no último telejornal do dia. Quero ficar aqui, com mamãe, neste sofá, e que o tempo não passe, que não chegue amanhã, nem depois de amanhã. E parar de procurar onde não me reconheço. E ter a coragem que todas elas têm. Papai não era um bom homem. Inés tem razão. Inés sempre teve razão porque se atreveu a ver. E a falar. Nada mais a impede.

— Não, mamãe. Papai não era um bom homem. Não quero voltar a sonhar com ele.

Mamãe vira a cabeça e põe a mão sobre a minha. Intuo seu olhar, mas continuo com os olhos cravados nas sandálias de tia Flavia. Tem pés pequenos e brancos. As unhas como pequenos vidros quebrados avermelhados pelo reflexo do sofá.

— Chama-se Stefan — me ouço dizer de repente. Os pés de Flavia passeiam pelo chão reluzente da biblioteca. Sigo-os, hipnotizada. Talvez descubram alguma saída. No vestíbulo, um hóspede de última hora fala entre sussurros com a recepcionista. Quer que o despertem.

Eu também.

— Conhecemo-nos há alguns meses na casa de uma amiga.

Os pés de tia Flavia se detêm, giram sobre si mesmos e olham para mim. Acaba de sentar-se.

— Passamos duas semanas juntos, ele desfrutando de Madri e de mim. Eu, imaginando o que poderia chegar a ser, me esquecendo de viver.

— Filha...

Mamãe está cansada.

— Voltava de vez em quando, às vezes uma semana inteira, às vezes só dois dias. Tinha um papel secundário em um filme. Era a primeira vez que trabalhava na Espanha e estava encantado. Eu também. Encantada com meu papel em sua vida. Minha primeira relação depois do Arturo. Eu gostava do cheiro dos lençóis quando ele partia. Gostava de sua escova de dentes no banheiro. Quando me levantava, depois que ele ia para a filmagem, ficava sentada na privada olhando hipnotizada para a escova, como quando pequena ficava olhando para o pêndulo do relógio da casa dos meus avós. Um dia ele não foi dormir. Tinha havido problemas com a iluminação e precisavam filmar à noite. Pediu-me que lhe levasse algumas coisas. Uma muda, a agenda, a bateria do celular e o barbeador elétrico. Na nécessaire encontrei mais três escovas de dentes. Iguais à que ele guardava no meu banheiro.

Tia Flavia pigarreia. O sofá range quando mamãe se inclina sobre mim e passa a mão pelos meus ombros, me atraindo para ela.

— Dessa vez ficou quase duas semanas em Madri. A filmagem se estendia até a madrugada algumas noites. Voltava pela manhã. Às vezes não voltava. No dia em que retornou a Toulouse, não restavam escovas de dentes na nécessaire. Viajava leve. De mim.

"Dias depois tive minha primeira falha na menstruação. Não me preocupei. Achei que Tristán tinha me secado também de dor. Como Inés."

Ouço o silêncio na biblioteca. Subo e desço sobre o peito de mamãe como uma medusa em alto-mar, líquida, solta. Queria poder dormir assim, embalada nela, entre o que viveu com Helena e o que morre agora com Inés. Dormir em meu canto, como um gato em sua cesta, a salvo.

— Para quando é? — soa a voz estranhamente doce de Flavia.

— Fevereiro, talvez fim de janeiro.

Ouço mamãe sorrir.

— Como Helena — ela sussurra ao meu ouvido, enquanto Norah Jones continua rondando do alto como um cometa partido.

Nós a ouvimos durante alguns segundos, antes que Flavia sulque em perpendicular seu próprio mar de lembranças.

— E como Cristian.

Frio nas mãos. Flavia não esquece. Cristian. A sombra de seu único homem desaparecido por ordem de vovó faz já uma eternidade sobrevoa o quarto, agarrado com unhas e dentes ao cometa de Norah Jones. Flavia não perdoa.

— Inés pediu que voltemos à ilha quando Tristán morrer. Nós cinco. Quer espalhar as cinzas dele ao pé do farol — diz mamãe. — Eu disse que sim. Que iremos.

Afundo o rosto no seu seio e me abraço a ela, colando a orelha nas batidas do coração cada vez mais rápidas que a percorrem.

— Vamos sim — diz Flavia, ficando em pé. Ouço seus passos se aproximarem de nós e sinto sua mão quando acaricia meu cabelo.

— Vamos — repete mamãe. Sua voz me chega de alguma greta de pele que ainda não conseguiu se fechar. Aperto os olhos.

* * *

Não é um sonho. É Mencía, vovó caída em um abismo de dúvidas que resume sua vida inteira, um ser humano confrontado de repente à verdade última, resgatando reforços do aprendido para encontrar um fio de voz. São Mencía e Tristán, em uma confiança que jamais sairá daqui. Da cama de campanha, vejo vovó suspensa no ar do quarto como um holograma, se desfragmentando, os olhos abertos até os limites de sua idade. E a voz de meu pequeno querendo saber, perguntando a ela agora que ninguém existe para não maltratar os outros. Tristán com sua máscara, mergulhando em dor.

— Estou morrendo, não é?

Eu me encolho entre os lençóis. Não, querido. Somos nós que estamos morrendo. Nós e todo o resto. Nossa vida morre porque não sabemos nos agarrar à sua. Morre o imaginado, o projetado, morrem com você Inés e Jorge, que não o verão adulto, grande, absoluto, que não verão se completar o quebra-cabeça porque de repente a janela se abriu e as peças saíram voando pelo quarto, forrando em desordem as paredes. Não, Tristán, morro eu e morre seu pai há meses. Você vai, nós continuaremos morrendo até que o tempo e a vida que não lhe pudemos dar consigam nos alcançar e possamos vê-la cara a cara, cuspir sangue na morte, amaldiçoá-la.

Entrefecho os olhos. Mencía fala:

— Você o que acha? — responde vovó sem se virar.

Tristán solta um gemido e tosse. Prefiro ouvi-lo tossir. Quando fala é pior.

— Acho que sim.

Mencía se encolhe e apoia a mão na parede.

— Por que, pequeno?

— Porque dói muito.

O queixo de vovó treme. Ela fecha os olhos.

— Quando eu morrer não vai doer mais, não é, tata?

Eu também fecho os olhos. Quando morrer, filho, vai doer tanto que eu vou querer arrancar os dentes com os dedos.

Mencía suspira, dá a volta e vai para a cama de Tristán. Senta-se ao seu lado e segura sua mão. Ele volta a soltar um gemido. Cada vez mais débil. Menos aqui.

— Não, querido. Não vai doer.

Silêncio. Passos no corredor. Começa a ronda de enfermeiras.

— E você vai estar lá, tata?

Mencía solta uma risada forçada.

— Não, mas vou chegar muito em breve, então você tem que me prometer que vai me esperar na porta, certo?

Tristán não diz nada. Talvez concorde, não sei.

— Muito em breve quando?

— Muito em breve. Quando você se der conta já estarei lá com você.

— E papai? E mamãe? E a vovó Lía? E as tias?

De novo uma risada seca.

— Bem... eles vão demorar um pouco mais. Você sabe que sempre foram um pouco lentos para tudo.

Ouço Tristán rir. Risada que morre em tosse.

— Lentilhas — diz meu menino.

— Sim, um pouco lentilhas.

Passam alguns segundos. O sono volta a me amortalhar no esqueleto da cama de campanha. Tento afundar nele.

— A Lara não vai chegar a tempo, não é, tata?

A dor e os soníferos me vencem. Meses de perda a conta-gotas.

— Não, querido. Não vai.

Na penumbra do primeiro sono ouço um fio de voz que soa a Tristán. Tão frágil.

— Quando você encontrar ela... — ele começa, voltando a soltar um gemido de filhote castigado.

— Diga, bichinho.

— Pode dizer que eu queria ter me casado com ela?

Afundo-me já no casco deste navio mal amarrado à noite. Afundo e Tristán vai com a correnteza. Longe.

— Sim, embora ela já deva saber. Lara sabe tudo.

Então meu menino suspira fundo, muito fundo, nos levando com ele.

Quando volto a abrir os olhos, a luz do dia racha as persianas que mantêm o quarto em constante penumbra. Olho meu relógio. Nove e meia.

Sento-me na cama de campanha e vejo a figura encurvada de vovó sentada na cama de Tristán. Estão de mãos dadas. Aproximo-me de Mencía e, ao ver que não se mexe, dou a volta na cama até ficar diante dela. Dorme. Vovó dorme sentada, segurando a mão de Tristán como uma corda velha. Dormem os dois. Quase cem anos de mãos dadas.

Ouvem-se passos no corredor. Passos que não cessam.

TRÊS

Não diz nada. O taxista não diz nada e mamãe está calma, perdida naquele rosário perene e agora sem dentes que começou no dia em que Tristán foi internado pela primeira vez na emergência. Bea está sentada à sua esquerda, junto à janela. Também não fala. Voltaram os enjoos.
  Não pudemos nos despedir de Tristán quando passamos para pegar mamãe no hospital. Ele estava dormindo e preferimos não acordá-lo. Com os olhos fechados, nosso pequeno não tem vida. Fomos rápidas. Um chá ligeiro na lanchonete com Inés, beijos, abraços embargados na porta, mamãe e Lía, mamãe e Jorge, e Lía, e Bea... Mamãe prometeu a Inés que voltaremos no próximo fim de semana e Inés sorriu com esforço, mas sem vontade. Seus olhos já nem veem o que ela tem à sua frente. Inés se extingue, acendendo só quando Tristán necessita dela. Os outros não estão, fazem parte de um conjunto de carinho que não lhe chega e com o qual não sabe lidar. Jorge, em compensação, continua na brecha, inteiro nessa orfandade que nos agradece a presença, pedindo mais sem se atrever a pedir. Jorge fala pelos olhos, como Tristán. Castanhos os dois como redemoinhos de inverno limpo.
  Partimos quase às escondidas, como três fadas tontas e amadoras que não souberam conjurar o encanto. De costas para o evidente, engolindo em seco por falta de ar. Inés e Lía ficaram paradas na calçada, agarradas pelo braço. Mãe e filha. Do táxi, foi difícil adivinhar quem era quem. Encolhidas sob este mormaço de agosto que rompe as folhas dos plátanos como uma praga de raiva.

As persianas do quarto de Tristán estavam baixadas. Não vai aguentar muito mais.

— Cidade do demônio — diz mamãe baixinho, dando um tapa no joelho.

Não dizemos nada. Está no seu direito. Como todas.

O taxista olha para ela pelo retrovisor e suspira. Depois da despedida em frente à porta do hospital, prefere a cautela. Eu agradeço.

— Tristán sabe — volta a dizer mamãe, desta vez em voz alta.

Bea olha para mim por trás de suas costas com olhos de preocupação. Devolvo-lhe o olhar e coloco a mão sobre a de mamãe, que a retira como se acabasse de sentir um choque.

— Sabe que está morrendo.

Eu a olho nos olhos. Ela sustenta o olhar.

— Sabia antes de eu lhe contar.

Bea vira o rosto para a janela. À nossa esquerda, a torre careca do hospital do Bellvitge surge como um tubo de espanto.

— Embarques nacionais ou internacionais? — pergunta o taxista com voz calma.

— De qual deles saem os voos para o inferno? — pergunta mamãe com um suspiro.

Silêncio.

— Nacionais — diz Bea, ainda com o rosto cravado na janela.

— A que horas parte o voo?

Mamãe dá de ombros.

— Na que nos der na cabeça.

Pronto, começou.

— Mamãe, por favor...

— Por quê? Vai se despedir de nós no portão de embarque? — ataca de novo, apertando minha mão com fúria.

O taxista acelera.

— Perdoem, não queria... — desculpa-se o homem.

— Deveria ter pensado antes, droga.

O motorista liga o rádio. A voz apaziguadora de Norah Jones penetra pelos alto-falantes atrás de nós com um suave "Come away with me" que nos suspende em uma aura de falsa calma. O edifício do terminal já aparece na distância e mamãe se remexe em seu assento.

— Todas nós tínhamos que ter pensado antes, droga.

Vira-se então para Bea.

— Você contou para Inés?

Bea nega com a cabeça.

— Não.

Mamãe estala a língua e volta a bater com a mão no joelho. Voltou a Mencía menina. A castigadora.

— Covarde.

Bea se encolhe sobre si mesma como se acabassem de lhe dar um tiro pelas costas.

— Não consegui.

— E está esperando o quê? Contar-lhe no cemitério?

Ai. Mamãe. Isso não.

— Cale-se, mamãe.

— Cale-se você — dispara ela à queima-roupa, me mostrando os dentes. Eu me encolho um pouco. Fazia muito que não a via assim. Do outro lado, o queixo de Bea treme. O edifício do terminal se reflete na umidade de seus olhos. Mamãe se vira para ela e não diz nada. Passam alguns segundos até que o táxi para diante de uma das bocas de vidro do aeroporto. Quando saímos, a umidade dá vontade de chorar. Do mar algumas nuvens escuras como fraldas sujas avançam velozes terra adentro, cobrindo tudo. O calor roça nos lábios.

* * *

Sentadas em silêncio como três conchas em um aquário sem nada a nos dizer, cada uma esperando que anunciem o embarque de seu voo. Do outro lado das paredes de vidro que dão para as pistas, as primeiras gotas mancham os vidros escuros do terminal. Os trovões agitam o horizonte, antecipando raios que maltratam a vista, iluminando a manhã com uma luz fantasmagórica, irreal. Vovó tem o olhar cravado no chão. Resmunga entre os dentes desde que descemos do táxi. Tia Flavia está calada. Despachamos a bagagem como três estranhas, sem nos olhar.

Tanta é a tensão que, apesar de a sala estar lotada, os bancos à nossa volta estão vazios. As pessoas preferem ficar de pé. Um rapaz com gravata e blazer emprestados vem nos oferecer um cartão de crédito que não utilizaremos nunca e que certamente não lhe dará de comer. Flavia o vê aproximar-se e ele se desvia para outra fila. Rapaz esperto. A tempestade explode de repente, caindo em cima de nós como uma tromba de calor líquido, repicando no teto do terminal e cegando tudo à frente. Os passageiros se entreolham, alguns angustiados, outros com expressões irritadas.

De repente, pelos alto-falantes da sala penetra um pigarro e uma voz de gata aborrecida anuncia o atraso do voo número 8466 com destino a Menorca até novo aviso, por causa do mau tempo. A partir desse momento, sucedem-se anúncios idênticos, com números e destinos distintos. A água cobre tudo, alagando a saída.

Acendo um cigarro e vovó levanta o olhar. Não o jogo fora. Espero ouvir sua voz áspera ou um tapa às cegas que não chega, até que por fim me atrevo a olhar para ela.

Mencía está com o olhar cravado nos quadrados de vidro que nos separam do exterior. Não pestaneja. No castanho de seus olhos vejo o reflexo da chuva negra deslizando sobre o aeroporto como uma cascata imprecisa, alucinante. Flavia se vira também. Passam um, dois segundos, e de repente me dou conta de que os olhos de vovó encerram coisas que quero saber, ocres e castanhos de uma vida parida muito atrás, também dor e cansaço. Em seus olhos de inverno chora a manhã lá de fora, do céu coberto de negro, e chora também a mulher de dentro, resistindo ainda, ancorando-se no que sabe imaginar, invocar. Mencía chora como uma menina muda, em silêncio, engolindo a dor contra a tempestade.

Mas em seus lábios dou com um sorriso. Ainda resta um pouco de luz nesses 92 anos.

— Somos umas covardes de merda — diz de repente, sem afastar os olhos dos vidros ao mesmo tempo em que estala um trovão que faz tremer o chão. Flavia olha para mim sem entender. — As três. E eu a pior, por ser a mais velha.

Agora olha para mim, mas não sei se está me vendo.

— Pode ser que Deus nos perdoe — continua. — É melhor que seja assim. Porque assim que Inés recuperar alguma coisa do que lhe resta, não vai nos perdoar nunca. E com razão.

— Mamãe... — começa Flavia, sem saber muito bem o que dizer.

Não tem tempo para mais.

— Vocês façam o que quiserem — anuncia vovó, levantando-se com a ajuda da bengala. — Eu fico. Tenho uma filha esgotada que luta para que sua filha não perca a prudência enquanto seu filho morre. E a tenho aqui, naquele maldito hospital desta maldita cidade. Para onde diabos você acha que está me levando? — diz ela a Flavia de repente. — Mas que tipo de irmã é você, deixando Lía assim, outra vez, sozinha e destruída como a deixou quando ela perdeu Helena?

Um raio cruza o que resta de céu como uma rachadura no asfalto.

— E você? — continua, virando-se para mim. — É isto o que quer ensinar à sua filha? É isto o que vai lhe contar? Que deixou sua irmã em um hospital vendo Tristán morrer porque precisava voltar correndo para fechar a merda de vida que nem sequer soube inventar em Madri? É isso?

Baixo a cabeça. Faltava a tempestade.

— Se é assim, aconselho que pegue seu maldito avião e que vá amanhã à clínica para que a esvaziem mais do que já deve estar. Se não fosse a filha de minha filha, eu diria o que você é.

Não tenho forças nem tempo para reagir.

— Filhas da puta — solta, fulminante. — As duas.

Flavia abre a boca, mas não consegue dizer nada. Pedras. Caem pedras sobre o terminal como terra sobre um ataúde, nos sepultando em um silêncio elétrico, mortal. Vovó nos dá as costas e cambaleia dois passos. Em seguida para, dá meia-volta e crava o olhar em nós. Agora sorri e torce a boca em uma careta de birra infantil.

— No caminho para o hospital temos que parar em alguma farmácia para comprar fraldas, meninas. Deixei todas na mala.

O taxista é o mesmo. O caminho também. O ar frio entra pela janela, entre restos de nuvem e gotas grossas como dedos que molham minhas pálpebras. Cheira a limpo pela primeira vez desde que chegamos e o ar frio me renova, a mim e ao que contenho. Ouço vovó conversar com o taxista, sabe-se lá por que o está apedrejando com perguntas sobre sua família. Ele responde com monossílabos até que finalmente se rende e os ouço rir juntos, apesar das rajadas de vento que entram pela janela e que me isolam de todo o dito e entredito. Flavia também ri de vez em quando.

— Aliás — me diz Mencía, me devolvendo à realidade do táxi com uma cotovelada afiada nas costelas.

Viro a cabeça e me encontro com seus olhos de visom. Enormes olhos, como os de Tristán.

— Diga.

— Não é preciso dizer a Inés, menina. Eu já contei a ela. Esta noite.

O medo volta. Uma última chispa de relâmpago percorre o céu diante de nós, fundindo-se na distância. O enjoo também. Mencía perde os olhos na claridade cristalina do para-brisas e fala ao vazio, um vazio que ela enche com todo o percorrido.

— Fique tranquila. É a primeira vez nestes últimos meses que vi sua irmã chorar de alegria.

Na distância, as torres molhadas do hospital brilham agora sob o novo sol de agosto como os muros caramelados de um castelo de conto de fadas. Sinto na minha a mão encolhida de vovó. Mãos ínfimas, duras. Ossos de pedra. Lá no alto, as persianas do quarto de Tristán raiando luz contra a penumbra, peneirando o dia. Mais acima, apenas uma sombra de nuvem debulhando-se sobre a cidade. Andando para nós. Tristán continua ancorado a nós, que não sabemos deixá-lo morrer.

Mas já não está presente. Dorme e abre a boca como um peixe sem água.

O médico diz que Tristán não está sofrendo.

Talvez não esteja.

QUATRO

Sopra o levante, um levante seco e arenoso, estranho nesta terra. Sopra o dia, que chega carregado de boas-novas. Flavia sairá do banheiro de um momento para o outro. Ouço-a chorar. Lía, Inés, Jorge e Bea estão para chegar. Talvez tenham conseguido dormir esta noite. Assim que passem para nos pegar, desceremos ao embarcadouro. Voltamos para o mar.

Helena diria com seu jeito de sabichona que é mau dia para navegar, mas Helena não está aqui. Ou talvez esteja, não sei mais. Helena se mistura com o resto. Tantos nomes, uns aqui, outros também. Às vezes todos ao mesmo tempo, como um coro de sapos.

A urna de Tristán é pequena. Um barco de papel em cinzas. Pouco osso para aqueles olhos tão enormes. E tão castanhos. Tão de inverno. Pouca vida para tanto carinho. Passa o tempo como sempre fez, esquecendo-se de nós, nos pedindo mais e mais. Tempo de merda.

Faz três dias caiu uma dupla noite sobre Barcelona. Eu vi. Jorge e Inés agarrados à dor para não parar de sentir. Lía, mansa como uma risada muda. Há datas que jamais esqueceremos. Há datas que caem do calendário para sempre, assentando o presente de nossas vidas. Depois vêm os dias, as horas, os minutos, sei lá mais o quê. Nosso pequeno tropeçou no 18 e caiu de bruços, levando consigo tudo o que não conseguimos imaginar para ele.

Há dor. Aqui há dor. Eu a sinto, vejo-a como se vê o bafo em uma noite fria de inverno peninsular. Mais dor do que tempo vivido, o meu. Do outro lado da janela, a Ilha do Vento levanta seu dedo de luz para Deus, advertindo-o como o fez com Helena. Não serviu para nada então. Menos ainda agora. Levou-nos o inominável, o que não tem nome. Levou-nos o ódio, a raiva... a fé. Maldito.

Não voltará a levar mais ninguém.

E se assim for, eu não verei.

Tristán me espera junto a uma porta. Quero imaginá-lo maravilhado diante do novo, entesourando perguntas, hibernando desde aqueles olhos inteiros de menino partido em dois. Quero entender que a aventura começa agora para ele, que partiu porque ele, sim, soube lembrar tudo o que eu passei 92 anos tentando decifrar, recuperar. Quero abrangê-lo entre as vozes que continuam chegando até mim. Demorará, eu sei, mas continuarei ouvindo.

Talvez Deus tenha falhado com ele.

Eu não.

Na janela, abre-se o azul dourado do mar recortado pelo farol. Esta noite a luz voltará a piscar contra o vidro. Esta noite é mais uma. E no mundo há um buraco de ausência que a morte abriu ao mesmo tempo entre os 6 anos de um pequeno e os 92 de uma velha cansada que já só espera o melhor.

A roleta volta a girar.

É preciso continuar jogando.

TERCEIRO LIVRO

NAVEGANDO JUNTAS

UM

Às vezes me abandono ao passado mais recente destes quase 93 anos de perdas em vida: perdas de seres queridos, de inimigos que não o foram tanto, de lugares íntimos, de nomes, amizades, perdas de memória, de vontade. Restam apenas as de vergonha e as de urina. Às vezes me perco no passado, é verdade, mas não é porque saia do agora que volte a ser criança. Não é verdade isso de que os velhos voltam à infância, que lembramos somente do primeiro, do mais longínquo. Mentira. Nós, os velhos, retornamos uma e outra vez ao momento de nossa vida em que fomos realmente felizes e ali nos refugiamos porque estamos cansados de procurar algo melhor. Quem chega à minha idade e continua ancorado ao presente é porque não tem um momento de felicidade passado ao qual retornar. E isso é muito triste. O inferno. É ser infeliz.

Às vezes decido por navegar ainda mais para trás, para mais longe. Então ouço vozes, recupero cenas de minha vida que não acreditava ter ou que invento, embora nunca venha a saber, porque não resta mais ninguém. Mas tenho tempo. Ou talvez mais lembranças do que tempo. Vejo-me aqui sentada de cara para a janela e me pergunto o que é o que me empurra a continuar, o que mais espero viver. Então a resposta me vem encerrada nos momentos. É que de vez em quando ainda gosto desta sala. São momentos em que me sinto inteira aqui dentro, cara a cara com este sol de agosto, agora entremeado pelas nuvens de tempestade que sulcam o céu sem pressa. Durmo muito, longas horas entre as refeições, entre caminhos, eu diria, como um cão bem alimentado. Flavia diz que se durmo tanto é porque estou à vontade com minha vida.

Embora o que Flavia diz não importe muito, pois de cada três coisas que passam pela sua cabeça, duas são projeções e uma, caduquice. À vontade com minha vida? Não, não é verdade. Estou à vontade com o vivido, sim, com o já feito. Embora a vida, a minha, não tenha sido justa. Nunca ninguém me disse que seria.

— Já deveriam estar aqui.

Hoje é 19 de agosto, isto é Menorca e o que me chega é a voz difusa de Lía falando comigo da janela, ou talvez eu devesse dizer "sussurrando" da janela. Desde que Helena morreu, Lía fala pouco, e quando fala, sussurra. Não a culpo. Ter perdido sua filha mais velha engolida pelo mar justifica sua voz quebrada. Resume-a, embora não a explique. A morte de um filho resume tudo e não explica nada. Quando Helena foi embora, o olhar de Lía intumesceu e sua voz se quebrou. Depois veio a morte do pequeno Tristán, e então ela aprendeu a dupla dor a que condena a perda de uma filha primeiro e de um neto depois. Desde então navega entre essas duas ausências como um bimotor mal pilotado, alimentando-se da saudade, planando sobre uma vida que não entende.

Agora está de costas, recortada contra o cinza da tempestade que aparece atrás dela sobre o mar. Encurvada. Não me acostumo a ver minha filha assim, velha, com seus 64 anos de menina não adulta, não crescida... Minha Lía. E amanhã eu. Noventa e três. Tenho de repetir isso devagar para que esse número signifique alguma coisa, para encontrar o peso que não descubro nele. N-o-v-e-n-t-a-e-t-r-ê-s. Devagar. De algum lugar da memória me vem a voz de Helena, minha menina pintora de olhos azuis, repetindo a frase com a qual a revivo desde que não existe mais. Lembro-me da cena, e também do frio de outubro. Faltavam poucos meses para que o mar a engolisse. Caminhávamos pelo calçadão, caladas as duas, ela como sempre concentrada em suas coisas, eu sentindo-a próxima, mais mulher do que neta, nós duas de braço dado como as figuras de um postal antigo. Quando chegamos à pequena enseada diante do hotel, parou bruscamente e me apertou contra ela.

— Como você gostaria de morrer, vó? — perguntou-me, cravando em mim aqueles olhos inteiros dos quais era tão difícil me ocultar. Senti um calafrio que não me agradou e saí do impasse como pude.

Não medi minhas palavras nem o muito que me arrependeria delas nos anos vindouros.

— Eu gostaria de morrer antes de você, menina. Antes de vocês todas. A primeira.

Ela inclinou a cabeça e apertou meu braço. Em seguida baixou o olhar e mal a ouvi:

— Eu gostaria de morrer cansada.

Cansada. Nossa Helena e seus azuis. Nunca soubemos quanto tempo esteve flutuando à deriva em alto-mar, quanto demorou para se render às ondas daquela noite de naufrágio. Tenho certeza de que o destino estava nos ouvindo naquela tarde no calçadão, de que o pegamos com os dados na mão, com vontade de brincar com nossa sorte. Maldito.

Lía se move junto à janela e eu me pergunto de repente quantas vidas, quantas mortes, cabem em 93 anos. Muitas. Muitas. Sim, muitas Mencías cabem nesses anos de vidas e de mortes aos tropeços.

Lía sussurra e seus ombros se encolhem um pouco, encurvando suas costas enquanto o rugido apagado de um carro abre caminho em meio ao silêncio, que, em rajadas, me une e me desune a ela.

— Já estão chegando.

Estão chegando, sim. Eles. Os que não somos nós duas, os que restam. Vem Bea com sua pequena vida nas costas, vida que cada dia custa mais renovar: tocada até o mais fundo, tocada com sua Gala no colo, essa filha recém-parida a quem não quis dar um pai e que saiu com olhos de gato. Ao volante vem também Jorge, meu querido Jorge. Já ex-marido de Inés, já ex-pai de Tristán. Já ex-feliz. Existente sem direito próprio. Um êxodo de dentes brancos, branquíssimos de tão pouco sorrir. Junto com ele, enchendo espaço, olhando tudo como uma turista doente de curiosidade, chega uma estranha que não sei a que vem. Aquela mulher. Aquela que não somos nós.

Amanhã celebraremos meu aniversário. Fazemos anos como quem cumpre ordens sem pigarrear. Somos mulheres obedientes.

Há exatamente um ano, em um dia como hoje, espalhamos as cinzas dos seis curtos anos de Tristán, apoiados todos contra o farol da Ilha do Vento. Flavia, Lía, Bea, Inés e Jorge. Depois, tudo foi se amontoando no tempo sobre este mar, sobre este verão que não nos trouxe nada de novo. Depois ficamos tristes. A morte de uma criança não faz bem. Não é coisa boa.

Hoje faltam Flavia e Inés, que decidiram há alguns meses deixar de estar entre nós. Quando Tristán morreu, Flavia começou a viajar. Vai e vem no ar, esforçando-se para se convencer de que é uma feliz aposentada apaixonada pela vida. Montevidéu, Quito, Oaxaca... Voluntária. Voluntária em luta pelos direitos das menos favorecidas, diz. Envia postais e cartas de exploradora. Saiu para ver, para procurar. Traidora. Minha filha mais velha luta pelas mulheres que sofrem, pelas que não sabem sobreviver. Como se ela pudesse lhes ensinar alguma coisa. Ela, é claro. Quem mais. Grande mentirosa. Quanto a Inés...

— Mamãe... — diz Lía, virando-se para olhar para mim da janela.

Não respondo. Sei que voltará a suspirar e que me perguntará com voz paciente se a ouvi.

— Você me ouviu? — Passa a mão pelo cabelo e a apoia no vidro com suavidade. Como esta mulher continua conservando tanta suavidade nas mãos tendo a alma tão esfolada? — Eu disse que já estão chegando.

"E eu lhe diria que não gosto de visitas. Nem de aniversários. Nem de que me repitam as coisas como se eu fosse tonta." Vira-se de novo para a janela e fica imóvel enquanto o rugido do carro vai enchendo tudo até parar e desligar com um ronco. Silêncio. O mar murmura vida até que as vozes de minha neta e de Jorge sobem pela parede da casa como uma hera procurando o frescor da tarde.

Quanto a Inés, foi se despedir de Tristán no farol da ilha e começar a preparar sua decolagem. O destino também jogou os dados em sua mesa e a lançou a Copenhague três semanas mais tarde. Enviada especial do jornal ao frio. Uma substituição por gravidez. Uma gravidez mal resolvida. Alguém entra em licença-maternidade abrindo as portas de sua fuga, enraizando-a em uma cidade de cúpulas verdes com cauda de peixe. Quis nos deixar para trás. Vadear a dor sozinha, congelar por dentro para não continuar chorando o impossível. Não voltou a Menorca depois disso. Nunca. Diz que talvez no mês que vem. É o que diz sempre. Logo chegará o Natal e continuará ficando, até que deixemos de esperá-la. Encontrará alguém que a queira, algum dinamarquês ou uma daquelas viquingues com cheiro de manteiga que confundirá sua dor fechada com caráter mediterrâneo e que a ajudará a fazer as pazes com ela mesma. Inés sofre como sofrem todas as irmãs do meio. Precisa estar longe para que não a vejam e penar à sua maneira. Sem Tristán, é a metade de quem foi, e não quer que vejamos que não tem vontade de recuperar a metade que deixou pelo caminho.

Está bem assim. Qualquer que seja sua decisão, as portas desta casa estão abertas para ela.

De repente soam passos no cascalho do caminho que leva à porta de entrada. Ainda, às vezes, esta velha se descobre curiosa.

— Como ela é?

Lía não diz nada durante alguns segundos.

— Quem?

— Não se faça de boba.

Ela sorri com enfado.

— Não a estou vendo. Ainda não desceu do carro.

— Talvez tenha pensado melhor e não veio.

Mais um suspiro.

— Não seja assim, mamãe. E, lembre-se, ela se chama Irene.

— E eu com isso?

Silêncio. Alguns passos no cascalho.

— Não entendo por que Jorge a trouxe com ele.

Mais suspiros. Às vezes esta minha filha respira como se tivesse dentro um saco de paciência.

— Porque é namorada dele e quer que você a conheça.

— Namorada. Namorada, coisa nenhuma. Se não faz nem seis meses que se conhecem. Isso não é namorada nem nada. Além disso, eu não quero conhecê-la. Eu não quero conhecer mais ninguém, merda.

Lía se aproxima de mim, pega-me pelo braço e me ajuda a levantar. Em seguida me dá a bengala e acaricia meu rosto com aquela mão transparente e suave, tão pouco humana.

— Pare já de resmungar, mamãe. E se comporte, pelo que mais ama.

— O que eu mais amava na vida não está mais aqui, menina.

— É a namorada do Jorge, mamãe, e para ele é importante que você a conheça. Faça isso por ele.

Ouço tossir um resmungo que demoro alguns segundos em reconhecer como meu. Soa um trovão. Não digo nada.

Ela, sim, diz, embora não para mim. Fala à parede que está em frente. Ao que se anuncia hoje, amanhã... este fim de semana.

— Não vão ser dias fáceis.

O coração se encolhe no meu peito. Hoje faz um ano que meu pequeno Tristán foi embora. Negro este aniversário, espremido contra o meu. Negro presente contínuo este retrato de família quebrada com sombra de criança ao fundo. Tristán. Eu sei que ele me espera. Pedi, e ele me prometeu isso poucos dias antes de partir, e as crianças são as únicas que prometem as coisas sem pensar, são as únicas confiáveis. Mas é que desde sua morte esta velha resmungona não sabe chorar. Só sei mijar nas calças, dizer coisas que parecem pedantes e esperar um sinal que não chega.

Embora no momento seja preciso continuar. Lía espera uma resposta que a tire de seu estupor de parede em branco.

— Não é uma vida fácil, querida — ouço-me dizer a contragosto. Neste último ano, tudo o que digo soa como frases de filme barato.

— Não, não é — murmura ela para o ar, me estendendo o braço dobrado para que me segure nela e avancemos as duas bem devagar para a porta que dá para o vestíbulo. Está cada vez mais magra esta menina velha que continua olhando para as coisas como se pedisse desculpas por ter aprendido a ver. Tanta culpa enrugada nesse rosto.

— Sabe de uma coisa?

É minha voz. Áspera. De avó maldita. De velha perguntadeira. Lía se detém, mas não se vira para olhar para mim. Fecha os olhos e segura o ar nos pulmões durante alguns segundos, dando-me espaço para falar. Generosa, minha menina com sua mãe. Sempre foi assim.

— Fico feliz que não seja.

Mais ar contido. Ela me conhece bem. E não é amor de filha. É o costume. Trabalho de anos. Solta ar e pergunta:

— Por quê, mamãe?

Não é a primeira vez nesses últimos meses que me faz esta pergunta. A resposta, a minha, é a de sempre. Ela a recebe sem uma simples piscada. Às vezes acho que já não me ouve.

— Porque no dia em que isto começar a ficar fácil, eu morro, Lía. Juro.

— Já sei, mamãe. Já sei.

* * *

É uma casa estranha. Estranha esta luz, entre branca e violácea. Não sabia que Menorca tinha esta luz, não a imaginava assim, suspensa entre o mar e as nuvens escuras de tempestade que me ancoram neste solo desconhecido. Os céus de Madri são mais taxativos, menos frágeis. Mais acolhedores. Ou talvez, como tudo o que a gente lembra fora de hora, sejam assim a distância.

— Então você é a Eliana? Ora, ora...

Alguns segundos de silêncio. A voz vem de trás e alguma coisa me sacode pelas costas. Jorge a havia descrito assim, exatamente assim: miúda, magra, afiada e com aquele coque branco quase perfeito coroando-a inteira. Apoiada em uma bengala de punho de prata, vendo o que olha, percorrendo-me de cima a baixo com a boca torcida. "Mencía é uma segunda mãe para mim", voltou a me contar Jorge no avião enquanto perdíamos pressão e altura sobre a ilha. "Quando Inés e eu nos separamos, foi um demônio comigo, como sempre que alguém da família necessita de sua ajuda. Separar-me de sua neta foi para ela o pior insulto, embora tenha sido Inés quem decidiu me deixar. Você não imagina até que ponto ela me fez pagar por isso. Embora, com o tempo, e apesar de tudo, reconheço que nunca senti que tivesse deixado de me respeitar. Depois aconteceu tudo aquilo com Tristán e as coisas mudaram. Sem ela, minha vida não teria sido a mesma. Não teria conseguido seguir em frente."

Nada mais. Nas vezes em que Jorge me falou sobre Mencía nunca consegui arrancar mais dele.

— Irene, sim. Sou eu. — É minha voz e não a reconheço. É minha voz e parece mentira o que diz. O que digo. "Mas não sou esta voz", estou a ponto de acrescentar. — E você deve ser Mencía — digo, com um sorriso quadrado de gengivas secas. — Jorge me falou muito de...

— Não, filha, eu sou a que a maré deixou — me interrompe com uma espécie de grasnido, olhando para mim e batendo com a bengala no chão. Em seguida se aproxima e me estende uma mão estofada de veias azuis, pequena e esquálida, na qual balança um imenso anel de brilhantes e esmeraldas. Por um segundo, acho que está me convidando a beijá-la. — Sabe que hoje faz um ano da morte do Tristán?

O ar é cortado pelo riso sem graça de Bea, que, com a pequena Gala no colo, olha para mim e engole em seco.

— Sim. Jorge me falou. — Tento fazer com que minha voz não trema e me esforço para me lembrar dos conselhos que Jorge repetiu durante o voo: "Não se proteja dela. A velha é terrível até que deixa de ser. Então vem o melhor, você verá." — Sinto muito.

Mencía olha para mim e continua com a mão estendida no vazio de ar que nos separa como uma corrente fria entre duas costas cobertas de recifes. Tenho a impressão de que em algum momento de sua vida deve ter sido bonita, uma dessas belezas frias que dão medo aos maridos infiéis. Ao seu lado, uma mulher mais jovem, de pele branca e olhos claros que, suponho, é Lía, ajeita o cabelo em um gesto distraído. Gala baba no colo de Bea.

— Quanto?

— Mamãe, por favor — murmura Lía, adiantando-se com um gesto vago, como se espantasse uma mosca que ninguém mais vê. Não entendo a pergunta, que fica suspensa de novo no vazio.

— O que disse?

Aperta a mão, que se fecha como uma garra ao redor do punho de prata da bengala, e me mostra os dentes, brancos e falsos.

— Perguntei quanto? Quanto sente? De 1 a 10.

Jorge coloca a mão no meu ombro. Noto sua mão pesada nas costas como um tijolo. Sei o que seus dedos me dizem e o que avisam. Sei o que tentam. Respiro fundo.

— Não sei.

Mencía se encolhe como uma alface seca. Dou-me conta de que sorri. É um sorriso feio e acusador, cheio de raiva.

— Sei.

O vazio se abre em seus olhos. A mão de Jorge se fecha sobre a minha clavícula e ouve-se um rangido além dos vidros da casa que, décimos de segundo depois, reconheço como o de um trovão. Lía se aproxima de Bea e a abraça, incluindo também Gala em seu abraço, evitando os demais. De repente me lembro de que não tenho pai há pouco menos de cinco meses e que sinto falta de seus abraços. De suas mãos também.

Mencía chega capengante até mim, me aponta o indicador e levanta uma sobrancelha.

— Hi, hi, hi — solta em uma ameaça de gargalhada, voltando a me mostrar os dentes. Percebo que não é um risinho de boa vontade, que de repente ela interrompe com um sonoro arroto ao qual não evito responder com uma piscada. — Pelo menos é sincera. — A mão de Jorge relaxa sobre meu ombro e respiro um pouco melhor. — E que mais, Esmeralda? — pergunta com uma careta de boneca travessa e uma olhada de soslaio para Jorge.

— Irene, mamãe — Lía a corrige com um suspiro. Mencía nem sequer finge ter ouvido.

— O que mais? — Uma gargalhada contida me chega da minha direita. É Bea. Em seu colo, Gala deixa escapar um gemido.

— Sim. O que mais você é, além de sincera e de ter esse olhar de coelha triste?

Não me dá tempo de responder.

— Hoje, neste momento e nesta casa, é uma intrusa, menina, e eu um bicho, ou, o que é pior, Irene querida, ou como diabos você se chame: uma avó chata, desdentada e raivosa que tem fome de vida.

Não sei se pergunto. Não importa. Mencía não terminou.

— E as avós chatas são as vilãs da história porque, a não ser que sejam retardadas ou jogadoras de bingo como era a minha irmã, que por fim descansa de tanto número e tanta linha, já não lhes importa morrer e viram umas malditas incontinentes.

Silêncio. Apenas alguns segundos. Gala solta um gemido como o de um gato.

— Eu me aborreço desde que Tristán morreu. Muito, me aborreço muito. Vinte, de 1 a 10. Aborreço-me porque minha neta mais velha se afogou no mar e porque meu bisneto morreu em um hospital asqueroso de uma cidade asquerosa depois de meses sofrendo como um cão porque a pneumonia comeu seus pulmões até deixá-lo sem ar. Aborreço-me de raiva, menina. E ainda por cima não sei quem você é, nem por que Jorge a trouxe com ele para comemorar o meu aniversário, nem por que tem um nome tão difícil, um nome que parece de colônia de bebê. Não entendo por que você está aqui se Tristán não está. Se Helena não está. Se Inés não está. Se minha filha Flavia não está. Estar, estar, estar. Por acaso você sabe o que significa saber estar, senhorita olhos de coelha? Hein?

O silêncio navega pela casa como um esquiador aquático no rastro de uma lancha. Em zigue-zague. Flutuando sobre o mar profundo no qual nos balançamos como boias cercadas de tubarões. O silêncio é a falta da voz áspera de Mencía e o rápido balbuciar de seus pulmões pequenos, que agora mal parecem funcionar entre as costelas.

Quando o silêncio se assenta sobre a luz da tarde, Mencía apoia as duas mãos na bengala e, com uma piscada pouco feliz, aponta para mim com seu queixo murcho.

— Diga, você sabe como divertir uma velha aborrecida, menina? Porque se não... — Levanta a bengala e aponta com ela para a porta de entrada.

"Velha de merda", ouço-me pensar antes de soltar a primeira coisa que me vem à cabeça e que bebe do eco que encontro nas palavras com as quais Jorge terminou de resumir a figura da Mencía quando, há menos de uma hora, recolhíamos o carro no estacionamento do aeroporto: "Você vai ver como vão se dar maravilhosamente. Talvez a entrada seja uma chuva de faíscas. Ou pode ser que ela a aflija com desplantes. Não sei, nem me preocupa. Garanto que, no fundo, são iguais."

— Não, sinto muito. Não sei como divertir uma velha chata — me ouço dizer com a voz contida. — O brilho de triunfo em seu olhar me anima a continuar: — Mas sei como matá-la.

Olha para mim com olhos entrefechados e inclina a cabeça. Em seguida estala a língua e pigarreia uma sucessão de escarros com aquela expressão de avestruz mal-humorada que quase posso apalpar.

— E não seria a primeira — arremato, apertando punhos e dentes, antes de deixar que me interrompa.

Há curiosidade no ângulo de sua cabeça. É uma curiosidade de menina antiga, uma curiosidade perguntadeira e concentrada, quase calculista. Há também um indício de dentadura entrecortado por uma risadinha maliciosa, satisfeita.

— Ah, não? — pergunta com voz de menina iludida.

Há uma Lía alarmada olhando para uma porta aberta que, intuo, deve dar acesso à sala de jantar. Há estes últimos cinco meses com Jorge, tentando compreender a morte de seu Tristán, um filho que não conheci, um menino que nasceu, viveu e desapareceu da vida antes que eu me anunciasse. Cinco meses vivendo ao mesmo tempo a morte de meu pai, vivendo-a bem, sim. Calada. Jorge sem falar de Tristán, eu sem falar de papai, tentando construir o amor a partir do não lembrar da dor das perdas, perdidos os dois no não dito, no medo de dizer.

De repente me dou conta de que só vi Jorge sorrir nas poucas vezes em que me falou de Mencía, cuja mão pousa sem aviso sobre meu antebraço com a mansidão leve de uma libélula. Agora sua voz também.

Estou a ponto de mentir para ela, mas sei que o perigo já passou. Não a tempestade.

— Não.

Seus dedinhos apertam meu cotovelo com uma leveza quase adolescente. Muito íntima e muito cedo. Estremecem-me porque sabem pedir. Também porque eu quase não sei dizer que não.

— Então fique. Talvez eu precise de você.

Não sei me calar a tempo. Nunca me saiu bem. Nem o contato físico com desconhecidos. Não gosto que me toquem. Sempre que alguém me toca tenho a sensação de que está me pedindo alguma coisa que não vou poder negar. Pego seus dedos que enforcam meu cotovelo e os arranco da pele como arrancaria a erva daninha de um canteiro.

— Vou pensar.

Suspira e bate duas vezes com a bengala no chão, já disposta a dar meia-volta. Ao ouvir minha voz, para. Seu perfil se recorta contra a silhueta de Lía, desenhando um indício de boneca russa.

— Por enquanto, e de 1 a 10, dou 2 para a senhora.

— Trate-me por você — diz, virando-se de novo para mim. — Não tenho idade para que me chamem de senhora.

Mencía quer brincar. De repente vejo uma brecha aberta no brilho de seus olhos e me lanço por ela sem paraquedas. É a primeira vez que chamo de você uma mulher de mais de 90 anos. É um pouco como chamar de "você" meu passado. Estranha sensação. Ameaçadoramente libertadora. Dou um passo para trás.

— Dou 2 para a senhora.
— Você.
— Dou 2 para você.
— Só?
— Eu diria que é muito.
— Por que tão pouco?
— Um ponto porque amanhã é seu... seu aniversário.
— O outro?
— Dois porque o meu pai teria gostado de você.
— Isso dá 3.
— Tiro um porque você tem nome de pasta de dente barata. E por arrotar na frente de uma visita.
— Eu não arroto.
— Arrota. E mente.
— Eu não arroto e você não é uma visita. É uma intrusa com olhos de coelha. E, além disso, acho que você tem um segredo feio, e as velhas chatas adoram segredos.
— Todos nós temos segredos.
— Mas o seu é feio.

Volta a colocar a mão no meu cotovelo e levanta o queixo. Agora é uma menina com vontade de brincar. Não consigo evitar um sorriso.

— Eu só tenho segredos para quem não quer saber.
— Humm. — Solta uma gargalhada áspera. Chegam-me vários esguichos que ela saúda com mais risadas. — E eu sou uma velha muito curiosa.
— Já percebi.
— Você matou mesmo alguém, menina?

Demoro alguns segundos para responder. O ar do vestíbulo é quase laranja. Sinto-me em casa e continuo caindo em voo livre entre os cumes afiados de Mencía.

— Ajudar a morrer é a mesma coisa que matar?
— Não sei se é a mesma coisa — ela responde, sustentando meu olhar. — Mas tenho certeza de que é mais duro. E mais difícil. Talvez isso a honre.
— Depende.
— Sim, depende.

Estamos sozinhas. Mencía e eu ficamos sozinhas de repente. Jorge, Lía, Bea e a pequena Gala não contam. Apagaram-se contra as paredes de pedra do vestíbulo. As nuvens vão desaparecendo das janelas e a luz aumenta, imensa, branqueando tudo.

— Por que você veio, Irene?
— Porque Jorge me pediu.

Ela solta um assobio entre os dentes.

— Isso eu já sei. Mas por quê? Por que veio?

Não sei. Não sei por que navego à deriva neste vestíbulo nem por que há meses a vida ficou grande para mim. Não sei por que não me lembro de como dei um jeito até agora para dizer coisas quando falo. Noto, sim, um nó na garganta que me cangoteia no chão e sinto nas minhas mãos as do meu pai, querendo ir embora, respirando como um fole cansado, me olhando da cama.

— Às vezes perco os dentes — diz Mencía com um risinho. — Lía os esconde.

Lía suspira e olha para a mãe com uma careta de fingida irritação, mas se dirige a mim.

— Não acredite nela.
— Ela me mantém sequestrada — volta à carga Mencía. — Para que não refaça o testamento. Para que não deixe tudo para as infelizes sem fronteiras.

Risada. O nó se dissolve em risada e a minha se entrelaça à dela, que chega segundos depois.

— Está vendo só? — diz, torcendo a boca e girando sobre os calcanhares. — Apesar de meus 90 mil anos, eu sei fazer rir uma coelha com segredo feio nas costas. Quem sabe você aprende. Vamos. Estou morrendo de fome.

Definitivamente, papai teria gostado de Mencía. Muito.

* * *

— Ontem falei com sua irmã.

Mamãe esfrega as mãos e não afasta o olhar de Gala, que dorme com jeito de não ser deste mundo.

— Como vai ela? Estou há uma semana pensando em telefonar, mas a verdade é que não encontrei o momento.

Olha para mim e sorri. Vê-la sorrir assim me mata.

— É difícil, querida, eu sei.

Mamãe vai colocando os pratos do jantar na lava-louças, agora dando as costas para mim. As janelas da cozinha estão abertas, semicobertas pelas duas glicínias enormes que encobrem a face norte da casa. Ainda há luz fora e do jardim chega o cheiro de cloro da piscina.

— Cada vez me custa mais falar com ela, mamãe. Não consigo continuar ligando para falar bobagens, como se não tivesse acontecido nada. Faz um ano da morte de Tristán e ela não voltou a pronunciar o nome dele nem uma única vez. Não é normal.

Mamãe tensiona as costas. Não gosta de falar sobre aquilo que não sabe como evitar.

— E quando me pergunta por Gala, me parte o coração. — Minha voz começa a falhar e hesito entre calar e mudar de assunto ou me escorar na tranquilidade dos movimentos dos ombros de Lía e seguir costa abaixo. — Eu preciso da minha irmã, mamãe. Onde diabos ela está? Onde a perdi?

Vira-se para mim e se apoia no balcão, passando o pano úmido pelo antebraço.

— Você não a perdeu, Bea. Inés continua sendo sua irmã, mas já não é a mesma. Temos que lhe dar tempo.

Não tenho certeza se quero continuar com esta política de dar tempo e continuar escondendo a cabeça, esta política que fez tanto mal às mulheres da família. Estou sozinha com minha menina. Sinto-me sozinha e preciso que alguém me diga que não o estou.

— Tempo para quê?

Mamãe se aproxima da mesa, senta-se diante de mim e estende os braços, pedindo Gala. Nela é um gesto tão natural, tão fluido, que quase me dá inveja. Quando a passo, abraça-a, apertando-a suavemente no seu peito, abrangendo-a inteira. Gala abre e fecha as mãos, que mal ainda são mãos, pedindo calor.

— Para que deixe de ser mãe — diz de repente Lía, apertando os lábios contra a minúscula cabeça de sua neta. — O mesmo que você precisa para se convencer de que já o é, querida.

Ah, mamãe. Sempre tão aérea, sempre planando sobre nós como se não estivesse, e de repente nos sacudindo assim, com essas bofetadas que ninguém esperaria receber de mãos como as suas. Convencer-me do que sou, diz.

— Sou, mamãe?

Ela levanta o olhar e me acaricia com os olhos. Em seguida me estende a mão, que apoia no meu joelho.

— Claro que é, menina.

Por que então me sinto tão pequena nesta cozinha? Por que me sinto tão minúscula com esta enorme mulher sentada na minha frente? Pequena nesta casa com tantas ausências, tantos quartos vazios, tanto silêncio de agosto. Quando decidi ter Gala, vovó, Flavia, mamãe e Inés se fecharam sobre mim como um leque de samambaias, me encobrindo, aninhando meus medos para que eu pudesse dar à luz em calma. Bea grávida. A pequena Bea. Sim, reconheço que em grande medida decidi ser mãe porque as mulheres desta família me prometeram ajuda. Mãe porque, enquanto Tristán morria, minha menina seria a nova vida de que todas nós necessitávamos. Mãe, sim. Eu. Voltei para Menorca, para a casa de mamãe, deixando em Madri o pouco que tinha. Nem sequer disse adeus a Stefan. Vim. Pari. Doeu. Valeu a pena.

Mas a chegada de Gala não curou nossa tristeza. Calculamos mal, fizemos mal as contas e, pouco a pouco, com o passar das semanas, minha pequena e eu fomos abrindo espaço a cotoveladas, cortando cordões umbilicais que não nos alimentavam como tinham prometido. Sozinhas. Sós, nós duas. Tia Flavia e Inés já não estavam. Assim que espalhamos as cinzas de Tristán na ilha, cada uma saiu voando em uma duvidosa tentativa para recuperar a paz, partindo, empenhadas as duas em começar de novo longe das que ficavam. Nem sequer voltaram para o parto. Mamãe baixou durante alguns dias de sua nuvem escura de dor e se instalou ao meu lado, iluminando-se com uma luz tão tênue e tão frágil que às vezes nem sequer sabíamos se estava em casa. E vovó... vovó mal tocou em Gala. Duas, três vezes, nestes seis meses de vida de minha menina. Olha para ela de longe, como se visse um peixe em seu aquário, mas a evita com desculpas nas quais nem ela nem eu acreditamos.

Mamãe pressiona meu joelho, me sobressaltando, e Gala se balança um pouco contra seu pescoço.

— O que há com você, Bea?

"Que pergunta", ouço-me pensar sem querer. "Que pergunta, e quão pouco sabemos ver o que não queremos."

— Nada, mamãe.

Olha para mim com esses olhos claros como os de Helena. Os olhos de mamãe sempre brilham tanto na luz que dá vontade de chorar.

— Tem certeza, filha?

Eu não gosto de mentir. É uma coisa que não fazemos bem nesta família. Esconder, sim. Somos especialistas em segredos. Mas a mentira é grande demais para nós. Por isso perguntamos pouco e poucas vezes. Quando o fazemos, é sinal de que estamos preparadas para qualquer resposta. É um sinal, sim. Reconhecível. Às vezes bem-vindo.

— Não, mamãe, não tenho certeza.

— Sei.

Entreolhamo-nos. Gala levanta um pouco a mão e baba em sonhos, enquanto pela janela penetra uma brisa quase fria carregada do denso cheiro de jasmim que se espalha pelo jardim. O jasmim nesta ilha tem um perfume estranho. De flor grande, adulta. Inspiro fundo, relaxando os ombros, e fecho os olhos durante um segundo.

— Então?

Penso em uma resposta que englobe tudo, que não abra a porta para mais perguntas. Imagino Helena e volto a ouvir sua voz forte e a expressão desafiante com que acompanhava tudo, e não consigo evitar um sorriso. Ela sempre sabia responder.

— Não consigo criar Gala sozinha, mamãe. Não sei fazer isso. Não tenho forças.

Passam os segundos na cozinha enquanto as silhuetas de Jorge e da avó atravessam uma das janelas e deixam à sua passagem um vazio de hera em verde. Não falam. Continuam imersos naquele silêncio calmo no qual se deixaram embalar durante todo o jantar, plácidos e confortáveis, respeitosos. Mamãe me devolve Gala e se levanta devagar, dirigindo-se para a lava-louças, que agora fecha e programa com gesto automático.

— É claro que pode, Bea — murmura, me dando as costas. — Tem que poder. — E, antes de me dar tempo de dizer qualquer coisa, antes de dar uma pausa para que eu assimile o que acaba de dizer, acrescenta: — Ou você acha que eu não fiz isso sozinha? E vovó? Acha que teve ajuda para criar a mim e a Flavia? E Inés? Como você imagina que sua irmã criou Tristán?

Falo intempestivamente, e, ao fazê-lo, estalo por dentro como um navio velho. Falo arrependida. Doída. Com raiva.

— Inés não criou Tristán, mamãe. Tristán está morto.

E não sei consertar isso. Falo pela ferida. Soa feio e mesquinho.

— Gala está viva. E eu também.

Ela apoia as duas mãos na pia e se curva um pouco sobre si mesma. Conheço bem esse gesto. Conheço bem as rugas que se desenham ao redor dos olhos de mamãe quando curva assim as costas. Percebo-a apertando as pálpebras e aquietando os músculos das maçãs do rosto para evitar a careta feia e retorcida. Antecipo sua voz rachada que soa como a água subterrânea. Mas não suas palavras.

— Não, filha, Tristán já não está aqui, é verdade.

Eu nunca soube me antecipar às palavras de minha mãe. À sua voz.

— E às vezes acho que eu também não.

* * *

— E como Madri trata você, filho?

Madri. Mencía não olha para mim ao falar. Está com os olhos cravados no céu escuro que se abate sobre a costa iluminada. Eu gosto de conversar com ela assim, os dois sozinhos, como nos melhores e nos piores momentos. Eu gosto que me chame de filho. Que pergunte por mim.

— Não me queixo. A verdade é que o trabalho me compensa e já me acostumei ao ritmo da cidade. No início custou. É a sequela do ilhéu.

Silêncio. Sorri. Este silêncio acalma.

— A sequela?

Devolvo-lhe o sorriso.

— Sim. A falta do mar.

— Ah.

Um trovão longínquo sussurra mar adentro. Dá vontade de se encolher na espreguiçadeira e dormir aqui fora.

— E você? Como você se trata? — pergunta de novo com voz distraída, ainda sem olhar para mim.

Não sei o que responder e lhe digo isso. Ela solta uma risadinha cúmplice e coloca uma mão que quase não percebo no meu antebraço. Tão leves estas mãos de anciã.

— Chora muito? — diz, como se falasse sozinha. — Sente muita saudade?

Engulo em seco. Continuo sem responder.

— Ligou alguma maldita vez para a psicóloga que Flavia recomendou?

— Não.

— Continua sem conseguir falar com ninguém sobre ele?

— Sim.

— Pensa voltar algum dia a Menorca ou ainda continua encasquetado em continuar nos evitando?

Sorrio, mas o nó que tenho na garganta não desaparece. Sua mão tampouco. Agora enlaça a minha.

— Parece mentira que tenha passado um ano, filho.

Sopra o vento. Há jasmim no ar e as luzes da costa começam a nublar-se nas minhas pupilas, esboçando borrões laranjas e amarelos que afasto com uma piscada mecânica. São borrões feios que teimam em ficar. Filho, diz Mencía. Mas diz mais coisas:

— Prometi a Tristán que não demoraria para ir encontrá-lo e estou começando a faltar com minha promessa. Isso me preocupa. Pior ainda: esta velha se sente culpada.

Fecho os olhos. Respiro fundo e me concentro uma vez mais no luto particular que há 12 meses reservo para o meu filho. Pego a mão de Mencía e a aperto, pedindo-lhe silenciosamente muitas coisas: que pare de falar, que não me solte, que continue aí sentada, que me ajude a continuar e que me obrigue a ficar aqui, na ilha, nesta casa, olhando para o mar, sem pensar. Só relembrando. Revivendo.

— Helena dizia que preferia estar errada a se sentir culpada — sussurra. — A danada tinha razão em muitas coisas.

— Sim, em muitas — repito, sem saber muito bem por quê.

— Você parou para pensar alguma vez na quantidade de emes que há em sua vida, Jorge? — pergunta de repente com a voz áspera, me pegando totalmente de surpresa e acompanhando-se de uma risadinha de menina à espreita.

Abro os olhos. Emes? Onde diabos anda Mencía?

— Emes, Jorge, emes — repete, como se falasse com um menino lerdo. — Eme de Menorca, de Madri, de Mencía...

Não terminou. Conheço bem esse tom. Mencía nunca acaba as frases com reticências.

— ...de Muita Merda...

Com ela, quando me vem o riso, vem sempre como uma rabanada. Consegue estalar a língua contra minhas terminações nervosas até que me ouça rir. Rio, sim, e sei que o faço só porque estou em boas mãos. Ela deixa que eu ria alguns segundos enquanto em seus lábios se nota um sorriso satisfeito. Então fala. Faz tempo que aprendi que é preciso estar prevenido contra seus anos.

— ...de Me vou em breve. Eu já não estou fazendo nada aqui.

É preciso mudar de assunto. Quando ela começa com isso, é preciso distraí-la como se distrai um cão com um pau maior que o que ele carrega na boca.

— Como está Inés?

Ela aperta o pau entre os dentes e em seguida o cospe.

— Longe.

— Sim, isso já sei. Mas como está?

Solta um suspiro de aborrecimento.

— Longe. Está longe — repete. — E sozinha. Partiu de si mesma e não sabe como voltar. E ainda por cima também não sabe pedir ajuda, a idiota. Não voltou a mencionar Tristán nem uma única vez.

— Para falar a verdade, eu posso contar nos dedos de uma das mãos as vezes que o fiz — respondo quase sem pensar. — E não estou longe.

— Mas está igualmente sozinho.

— Estou sem ele, Mencía. Não é a mesma coisa.

— Não, não é a mesma coisa. Desculpe.

Depois de seu "desculpe", voltamos ao silêncio, desta vez breve. Ela o interrompe:

— Ela cuida de você?
— Quem?
— Irene.
— Sim.
— Fico feliz.
— Eu também.
— E você dela?
Não me custa responder:
— Não precisa. Irene sabe se cuidar muito bem sozinha.
Mencía se vira para olhar para mim e noto seus olhos brilhantes cravando-se na minha têmpora.
— Ninguém sabe se cuidar sozinho, filho, não seja bobo. Por isso nos juntamos com quem nos juntamos. Se não, não dá.
— Então, você gosta dela?
— De Irene?
— Sim.
— Ela lhe importa mesmo?
— Sim.
Volta a cravar os olhos na escuridão e retira a mão, que agora pousa no braço da espreguiçadeira.
— É verdade que ela matou alguém? — pergunta de repente, como a contragosto.
Sorrio. Típico dela.
— Não acredito.
— Não sabe.
— Não, não sei.
Respiramos os dois durante alguns instantes, balançando-nos com a brisa negra da noite. A casa está em silêncio. É hora de ir dormir. Quando faço menção de me levantar, sua voz me chega amortecida, pequena.
— Eu gosto, sim. Gosto de seus olhos azuis.
— São verdes.
— São nada.
— Azuis, então.
— São olhos de boa amiga.
— Ela é.

— Com certeza.
— Sabia que você iria gostar dela.
— Por quê?
— Porque são iguais.

Vira-se. As luzes do porto salpicam suas pupilas negras.

— É mesmo? — pergunta, me mostrando os dentes com vontade de brincar. — Iguais em quê?

Perguntas. Respostas. Todos fazendo jogo para despistar.

— Em que as duas são capazes de dar e de tirar a vida se for preciso.

— Isso não é nenhum mérito, Jorge — responde imediatamente. — Nisso todas nós, mulheres, somos parecidas.

Volto a me sentar na espreguiçadeira. Acima de nós se acende uma luz em uma das janelas da casa. Ouve-se a voz de Bea, embora não se consiga entender o que diz. Ao final de alguns segundos, me dou conta de que está cantando. Provavelmente uma canção de ninar. Para sua menina. Desde que Tristán morreu, qualquer demonstração de afeto de um pai ou uma mãe com seus filhos me arranha a garganta como um mau trago. Desde que Tristán partiu, estou com a garganta seca e nem sempre me sai a voz. Bea canta acima de nós. É uma canção triste.

— É uma canção triste — digo sem pensar, mal me dando conta de que o faço em voz alta, desacostumado como estou a me cercar de um silêncio como o que agora me une a Mencía.

Ela se mexe na espreguiçadeira.

— Sim. É uma canção triste. Se continuar cantando para ela assim, a menina vai sair bipolar.

Não rio. Nem ela.

— Bea sempre foi uma menina triste. Ainda mais depois da morte de Helena.

— Mas agora ela tem Gala.

— Não creia que isso ajuda muito. Desde que a teve, nos culpa por não ajudá-la a ser mãe, embora na verdade nos culpe por não ajudá-la a continuar sendo a caçula. Precisa virar adulta.

Simpatizo com Bea, embora nunca tenhamos conversado muito. Há alguma coisa nela que me lembra a vida que tive.

— É que se tornar adulto dói.

— E a terra sua, não se incomode — diz, levantando um pé e observando-o enquanto mexe os dedos.

— Talvez você pudesse lhe dar uma mão — digo, medindo-a.

Ela olha para mim e solta um suspiro. Volta a colocar o pé na lona da espreguiçadeira.

— Talvez você é quem possa dar. Eu tenho outros planos.

Deixo escapar uma gargalhada que ela recebe com um riso seco.

— Ajudá-la, eu? Como?

— Quer mesmo saber?

— É claro.

Ela limpa a garganta e se ergue na espreguiçadeira até ficar sentada de frente para mim.

— Amanhã pela manhã, Bea encontrará na mesa do café da manhã um envelope branco com o nome dela. Dentro vai ter uma passagem de avião para Copenhague. Só de ida. Para ela e sua Gala. Também vai encontrar um bilhete. Assinado por você.

Embora por um segundo eu ache que não entendi bem, não caio na armadilha e evito o erro. Sim, ouvi bem. É difícil não ouvir bem Mencía. Uma passagem de avião e um bilhete assinado por mim, é o que ela diz.

— O que diz o bilhete?

— Isso não importa. O que importa é que esteja assinado por você. Se o bilhete fosse meu ou de Lía, não serviria para nada. Bea tem muita raiva, sente-se muito traída por nós. Não — balbucia, desta vez mais para si mesma do que para mim —, não daria certo.

— Não vai funcionar.

Solta uma gargalhada áspera, volta a apoiar as costas no fundo azulado da espreguiçadeira e levanta a perna com uma agilidade que me surpreende.

— Quer apostar?

Armadilha. Mencía está montando uma armadilha, mas faz tempo que não me movo com agilidade diante dela e ela sabe.

— Não sei.

— Muito bem. Eu sim. Se funcionar e Bea e Gala pegarem esse voo, assim que chegar a Madri você liga para a psicóloga.

Está dito. Não tenho reflexos frente à mente distorcida e à deriva desta velha.

— E se você perder?
— O que você gostaria?
— Não sei.
— Eu lhe digo. Se eu perder, vai você a Copenhague e traz Inés de volta.
— Está louca.
— Não, estou velha e não tenho vergonha, só isso.
— Não me convence.
— Não me preocupa.
— Eu sei.

Viro-me para olhar para o mar, que durante alguns segundos confundo com a espessa escuridão do céu.

— Sabe de uma coisa?

Levanta a outra perna. Ela usa meias de lã com um buraco enorme pelo qual aparece o dedão. Evito olhar para não rir.

— Não.
— Não esperava encontrá-la tão lúcida.
— Quem lhe disse que estou?

Não respondo.

— Menos lúcida que isto seria estar morta, filho.

Penso em Bea e em Inés. Tento imaginá-las juntas em Copenhague e não consigo. Nestes últimos meses o rosto de Inés se apagou. Lembro-me de sua voz e de seus gestos. Do seu cheiro. Do seu rosto, não. Sei que me aparece em sonhos e que são sonhos pouco plácidos, nada mais. Seus e-mails são cada vez mais espaçados. Os meus também. Ela não está bem, e eu tampouco. Não pode fazer nada por mim porque não sabe fazer nada por ela. Quanto a Bea e meu suposto bilhete...

— Ela vai me pedir uma explicação e eu não vou saber o que dizer. Não sou bom nessas coisas.

Um suspiro cansado.

— Ela não vai pedir nada, porque não vai encontrá-lo. Quando quiser perguntar, você não vai estar em casa.

— Se você diz...

— Então ela vai me procurar. Deixe que eu resolvo.
— Muito bem.
— Por enquanto, quero que amanhã pela manhã você se levante cedo, que desça à cidade com Lía e que entre os dois façam a mala de Bea e da pequena. Leve Irene se quiser. Sim, é melhor que ela vá com vocês. Lía já está sabendo e vai ajudá-lo. Quero ficar a sós com Bea. A passagem é para depois de amanhã, para o voo das 6h30. Você as leva ao aeroporto?
— Claro.
— Obrigada.
Levanto-me, agora sim, e me espreguiço, ainda um pouco confuso pelo pedido de Mencía. Tenho perguntas no ar, redemoinhos de dúvidas que escapam como morcegos assustados, mas sei que Mencía não dará nenhuma resposta. Depois de alguns momentos esperando ouvir seu "boa-noite" que não chega, há uma, uma única pergunta, que consegue se desenredar da nuvem de alarmada desconfiança que há alguns segundos faz palpitar minhas veias.
— Inés está sabendo?
Ela nem sequer pisca. Encolhe-se no penhoar de algodão branco como se estivesse sentada diante da lareira e, com a voz intumescida, ouço-a dizer:
— Está louco?

DOIS

Sou uma avó mentirosa. Embusteira, diria Flavia. Que bela palavra. Flavia conhece palavras e, além disso, as usa, e isso é uma arte que reconheço nela. Usa-as no lugar e na hora certos, diferentemente do que faz com sua vida. Flavia está comigo há 67 anos, embora agora tenha dado para o voluntariado e essas bobagens. Bea sempre foi sua sobrinha favorita. Sempre foi a favorita de todos. A caçula. A mais terna. Tão frágil. Não quer crescer e quase não me resta tempo nem forças para empurrá-la. Acha que precisa de ajuda para criar Gala e se arrepende de ter acreditado em nós, de ter se apoiado em quem não devia quando decidiu tê-la. Minha Bea. Minha neta mais nova procurando mais duas mãos que a ajudem a criar sua menina enquanto a do meio fugiu para o gelo para que nada lhe recorde que a vida lhe deu de presente só seis anos de seu Tristán. Que merda. Por que diabos as mulheres desta família dão tanto trabalho?

Ouço-a daqui, da varanda, puxando a cadeira de ferro branco para se sentar à mesa e servir o café que já está frio. Gosta assim, eu também. Frio e forte, como os poucos homens que nos couberam na vida. Em seguida coloca dois cubos de açúcar e um pouco de leite. Remexe. Poucas voltas. Clinc, clinc, clinc. Silêncio. Clinc. Voltou a deixar a xícara no pires e levanta o guardanapo para colocá-lo sobre os joelhos. Agora viu o envelope. Abre-o. Tira a passagem. O que diz? O que é isto? Copenhague. Seu nome. Ida. Amanhã. O bilhete de Jorge, tão breve quanto sua vontade de viver. Tum, tum. Bea só ouve seu coração, que parece bater nos ouvidos. Tum, tum. São tantas as coisas que se amontoam na cabeça que continua com o bilhete e a passagem em uma mão e o guardanapo na outra como as duas últimas folhas de uma árvore morta. Tum, tum. Não é verdade. Isto não é verdade. "Ajude-a, Bea. Inés está muito sozinha", termina o bilhete. O guardanapo cai no chão, o envelope não. Bea fuma pouco, às vezes nada. "É que esqueço", diz, como se desculpando quando alguma de nós ri dela porque há dias não a vê com um cigarro na boca. Como alguém pode esquecer de fumar? Há coisas que entendo cada vez menos, e teria de ser ao contrário. Há outras que me dói entender e que relego ao porão da memória, porque chega, porque estou cansada de brigar com tanta coisa.

Finalmente a cadeira de Bea range no piso e sua silhueta se recorta em parte contra uma das janelas da cozinha durante um instante. Entrará em casa para procurar um cigarro. Talvez suba para seu quarto ou talvez se lembre de que Lía guarda sempre um maço na bandeja cheia de horríveis frutas de madeira que ela teima em ter em cima da mesa da cozinha e que eu escondo dela sempre que posso. Talvez fique no vestíbulo, envelope na mão, tentando decidir para onde ir, reparando de repente no silêncio que inunda a casa e farejando a anormalidade da manhã como um cão desconfiado. Aí vem ela. Enfia a cabeça pela porta e fica olhando como se tivesse visto um ladrão, com uma espécie de careta estranha que não sei ler. Parada aí na porta e recém-levantada, minha Bea é uma menina, com toda a infância e toda a inocência que um corpo pode abranger. Tensiono as costas ao vê-la assim, porque de repente, durante um décimo de segundo, a dúvida me assalta e penso que talvez tenha errado ao incentivá-la a ser mãe, que quando fiz isso estava vendo a Bea que queria ver e não a que ela era. Calculei mal. Há mulheres que foram feitas só para ser filhas.

Bea pisca e fica imóvel no batente da porta, esperando não sei o quê.
— Bom-dia, menina.

Ela sorri. Há palavras e expressões chaves no vocabulário de qualquer dicionário bilíngue avó-neta. "Menina" é uma delas. "Sirvo um pouco mais?" é outra. Fazem milagres.

— Oi, vó — responde com os olhos cheios de luz, vindo para a mesa com o envelope pendurado entre os dedos e inclinando-se sobre mim para me dar um beijo. Cheira bem minha menina. A lençóis limpos. Cheira assim desde que teve Gala.

— O que quer tomar? Café?
— Nada, acabei de tomar o desjejum. Estava procurando...
— Um cigarro?
— Sim.
— Procure no meio dos mamões e dos tomates de madeira de sua mãe. Acho que vi um maço ali.

Inclina-se agora sobre a fruteira e procura entre as frutas falsas como uma vendedora de loteria antiga. Por fim, encontra um maço fechado. Abre-o, pega um cigarro, aproxima-se do fogão e o acende em um dos bicos automáticos. Em seguida se vira e esfrega o olho. Entrou fumaça.

— Não quer mesmo outro café?

Ela solta a fumaça. Encolhe-se. Tum, tum, tum. Quase ouço seu coração. Sorri. Vem até mim. Evita meu olhar. Senta-se.

— OK.

Levanto-me, sirvo-lhe uma xícara de café frio e volto a me sentar ao lado dela. Agarrada minha menina ao seu envelope como um náufrago a sua tábua. Agarrada a seus medos como uma noiva na noite antes do casamento.

— E Gala? Está dormindo?

Encolhe-se de novo. Não gosta de ouvir o nome de sua filha da minha boca. Lembra-se de tudo o que não me disse, da raiva que acumula e que não quer enfrentar. Assente. Inspira. Expira. Há fumaça e centenas de dúvidas.

— Onde estão todos?

Não olha para mim. Crava os olhos no café.

— Foram à cidade. Jorge queria dar uma volta com Irene e levaram também sua mãe.

— E você? Por que não foi com eles?

Reprimo o riso. Isso não vai ser fácil.

— Fiquei de guarda.

Ela pisca de novo. Assim é o ressentimento. Com cada palavra, com cada gesto, vamos pondo um novo tijolo no muro de réplicas contidas que se acumulam no ressentimento. No entanto, chega um dia em que o muro, muito frágil ou muito torto, desaba como um hotel abandonado em uma praia, deixando à vista o ninho de gaivotas assustadas que se escondiam em seu interior.

— Olhe para mim, Bea.

Tensão. Tensas as mãos, uma ao redor da xícara, destilando fumaça e nicotina, a outra colada no envelope como um enorme selo de cinco dedos. Tensa a mandíbula. Também a clavícula. Uma veia bombeia em vermelho, fazendo palpitar o pescoço. Os lábios finos. Respira pelo nariz. Por fim levanta os olhos e olha para mim, obediente. Tem os olhos do pai. Escuros. Rasgados. Graças a Deus que esta é a única coisa que resta dele.

— O que há com você, menina?

Não afasta o olhar. De repente a descubro adulta. Embora não seja maturidade o que há em seus olhos. São perguntas.

— Refere-se a agora mesmo, a este momento em particular, ou à minha vida em geral?

Sorrio. Coloco uma mão sobre a sua, que ela não afasta do envelope fechado. Tento parecer surpreendida, meigamente surpreendida.

— Não sabia que houvesse tantas coisas.

Vem a primeira chicotada.

— Deve ser porque em algum momento você parou de olhar.

Nossa.

— Pode ser.

— Por quê?

— Por que o quê?

— Por que parou de olhar?

Boa pergunta. Há um momento na vida em que paramos de olhar e nos dedicamos a ver. Já não procuramos com os olhos. Fixamos o olhar em um ponto do presente ou do passado, e as imagens vêm sozinhas, repetidas, ouvidas. É a velhice. Bendita seja.

— Parei de olhar, de escutar, de dizer...

— E de estar.

— Pode ser. Às vezes temos muito trabalho tentando ser. Ainda mais na minha idade.

— Desde que Gala nasceu não sei onde a senhora está, vó.

Chegou. Por fim chegou. Caiu a verdade como um estalo de merda. Mas minha caçula é uma menina fácil.

— O importante não é onde eu esteja, querida. O importante é saber onde você está.

Passa o indicador sobre meu polegar, acariciando-me a contragosto. Bea não quer acariciar. Quer arranhar, mas ninguém a ensinou a fazer isto e agora é tarde. Continuo falando com ela com os olhos, passando nas pontas dos pés sobre seus silêncios de ar comprimido.

— Se lhe perguntar onde está, você responderá que está sozinha, e eu não quero ouvi-la dizer isso porque vai doer.

Baixa o olhar para que eu não veja a cor enrugada de suas pupilas. Está perdida e hesita entre querer encontrar o caminho de volta para casa ou sentar-se na imensidão e deixar-se morrer.

— Por que não gosta de Gala, vó? — ela diz de repente, em um fio de voz sem espaços, uma única e longa palavra que se expande e se encolhe como um verme feio: porquenãogostadeGalavó. Dói-lhe magoar com suas perguntas, mas tem muitas. — Por que não a toca, nem a pega no colo, nem a beija?

Ai. Com a neta eu posso. Com a mãe assustada, nem tanto. Não tenho forças para mentir.

— Porque ela não é minha, Bea.

Ela me fita com expressão assustada e não evito um sorriso.

— Olhe para mim, menina. É tão pouco o que consegue enxergar?

Pisca, ofuscada em plena noite fechada. A sua.

— Sua Gala nunca vai me conhecer, e eu não tenho amor para dar aos que chegam agora. Sua avó está muito cansada. De tudo.

— Mas a senhora falou que me ajudaria a tê-la... que estaria ao meu lado...

— E não estou?

— Sim, mas...

— Calculei mal, Bea.

Fuma. Traga fundo. Treme-lhe a mão.

— Helena me levou uma parcela de amor que nunca recuperei, mas havia Inés e você, e com vocês a ferida foi se fechando pouco a pouco, me represando para vocês. No entanto, quando Tristán morreu, não foi a mesma coisa. Entre sua morte e Gala houve seis meses, seis meses de silêncio, de conjunto vazio, de menino morto. Com as semanas tive que fechar a ferida como pude, costurando e remendando uma pele e uma carne que nesta idade quase não cicatriza. Costurei-a no vazio, sem outra criatura em quem me apoiar. Quando você deu à luz e vi sua menina no hospital soube que não, que não tinha mais reservas de amor para desconhecidos. Desde então, Mencía se apaga, menina. Estou me apagando.

Bea aperta minha mão e engole em seco. O envelope range entre as duas como uma viga de casa velha.

— Não diga isso, vó.

— Sua Gala chegou tarde, Bea querida. Me desculpe por isso. Eu devia ter morrido antes.

Ela nega com a cabeça e fecha os olhos. Não gosta de ouvir o que ninguém gosta de ouvir.

— Quando Gala tiver idade para entender, fale de mim para ela. Não se lembrará de mim porque terá tido a bênção de não ter me conhecido. E faça-a rir. Promete?

Continua negando com a cabeça. Não, não, não, não. Solta minha mão e busca outro cigarro. Não mexe a cabeça. Aproveito então para me levantar, pegar a caixa que guardo no pequeno armário que está junto ao forno e que já não usamos nunca. Volto para a mesa e a coloco na nossa frente. Bea joga a fumaça pelo nariz e olha para mim com os olhos úmidos.

— Abra-a.

Deixa o cigarro no cinzeiro e finalmente solta o envelope. Puxa suavemente a caixa para ela e a abre. Então vem o melhor. Sempre gostei de seus olhos de surpresa.

— Mas... o que é isto? — pergunta com voz incrédula enquanto tira uma massa de cabelo reluzente e preto e o segura no alto entre o polegar e o indicador como se fosse uma barata morta.

— Como assim, o que é? O que você acha que é?

Continua com os olhos cravados na escuridão de seu achado. Demora para responder.

— Uma... peruca?

— Não! Não é uma peruca. É *a* peruca!

— *A* peruca?

— A autêntica trança da Lara Croft! — replico, arrebatando-a de repente com um gesto retorcido e sentindo um puxão à traição em algum canto destas malditas costas.

Bea tem um sobressalto. Não consegue afastar os olhos da peruca.

— Mas... para que diabos você quer a trança da Lara Croft, vó?

Esta menina faz muitas perguntas. Nesta casa todo mundo faz muitas perguntas.

— Para me candidatar a Miss Menorca, o que acha?

Bea leva as mãos à boca. Não quer rir.

— Vó, estou falando sério.

— Eu não.

— Para que quer essa peruca?

— Quer que eu a coloque?

— Não!

— Olhe — digo com uma piscadela. Coloco-a sem prestar muita atenção ao que faço, embutindo o coque dentro, passando a trança por cima do ombro e acariciando-a em seguida, pestanejando como uma girafa coquete. Se a realidade for o que veem seus olhos, mais do que Lara Croft, devo ser uma espécie de versão oriental de Bette Davis em *O que terá acontecido com Baby Jane*?. Se a realidade for a risada aberta e saudável de minha neta mais nova, bendita seja Lara Croft com suas armas. Bea ri. Fazia tanto que não a ouvia rir que em um primeiro momento, na verdade, me assusto um pouco. Ri descompassadamente, desacostumada, umas gargalhadas enferrujadas. Contagiosa a risada de minha neta, contagiosa a alegria entre mulheres, rio com ela e ao fazer isto me dou conta de que há muitos meses ninguém ria nesta casa. Quase tenho a impressão de ouvir também a risada de Tristán.

Continuamos nos sacudindo mais alguns minutos na barcaça rechonchuda do bom humor compartilhado até que por fim voltamos à cozinha, ao café frio e ao dicionário bilíngue avó-neta no qual nós duas, agora mais relaxadas, continuamos consultando palavras e expressões não ditas.

— Diga, vó. Para que é a peruca?

— É para ele.

— Para ele?

— Eu prometi.
— Não estou entendendo.
— Tristán. É para Tristán.
Ela se agarra de novo ao envelope e tensiona as costas. Espera que eu continue falando.
— Ele prometeu que me esperaria, e eu, que lhe levaria um pouco de Lara Croft. Então usarei isto.
Agora Bea olha para mim com uma expressão de quem não tem certeza se quer levar a sério. Eu a tiro de suas dúvidas:
— Com tanta gente que deve ter lá em cima, uns procurando pelos outros, se eu chegar com a peruca, ele com certeza vai me reconhecer logo.
Ela acredita. Agora sim.
— Mamãe já viu isso?
— Está louca?
— Não vão deixar a senhora entrar com isso — murmura ela de repente, com um sorriso travesso. — Deve ser quase tão difícil quanto entrar nos Estados Unidos.
— Que nada. Difícil é entrar no inferno.
Solta primeiro uma gargalhada e me olha como se visse em mim alguma coisa nova.
— Para entrar no inferno não é preciso morrer, vó.
— Não seja afetada, menina — balbucio entre dentes. — Além do mais, o que você pode saber?

* * *

— Mais do que bonita, era muito... especial — responde Lía, recebendo a foto que lhe devolvo e passando a unha pelo vidro que a recobre. Não é um gesto carinhoso. É um tanto automático, como um tique.
— Onde foi?
Ela não responde imediatamente. Olha para mim com olhos perdidos durante alguns segundos até que por fim compreende. Aponta com o queixo para a janela. Do outro lado, o vazio azul de um mar claro, quase verde, expande-se como um feitiço.

— Ali... ali em frente. Achamos que não muito longe da costa, mas não saberemos nunca. Encontraram os restos do veleiro junto à ilha. Mas a ela, não. Nunca.

Emoldurada no vidro se perfila uma ilhota de pedra coroada por um farol fino como um dedo de bruxa.

— Então esta é a ilha? A do Vento?

Continua me olhando com aqueles olhos. Olhos transparentes que parecem não ter fundo.

— É esta, sim.

— Jorge me falou de Helena algumas vezes. Diz que era uma mulher excepcional.

Lía vira de costas e continua selecionando alguns objetos que vai colocando momentaneamente em uma prateleira vazia do armário com um ritmo agora pausado.

— Helena era... — Continua arrumando. Agora são calcinhas e camisetas, três brancas e três pretas. — ... minha melhor amiga. — Para e apoia as mãos na prateleira, relaxando os ombros por um instante. Tem um cabelo tão louro que à luz do meio-dia parece branco, às vezes rosado e às vezes quase celeste. — E sabe de uma coisa? Sabe o que era o melhor dela, o que a fazia diferente do resto de nós?

Não respondo. Inclina a cabeça, vira-se para mim e me envolve em um sorriso tão leve, tão frágil, que por um momento tenho que conter a respiração por medo de desmanchá-lo.

— Era feliz. Minha menina era tão inteiramente feliz que não podia durar. Não havia lugar para ela.

Aproximo-me mais uma vez da foto e estudo com atenção os olhos enormes e azuis emoldurados por um arbusto de cachos louros, cravados em uma tez morena, cheia de vida.

— Era parecida com você.

Solta uma espécie de rom-rom que não consigo explicar e em seguida corta o ar com sua resposta:

— Não. Era parecida com o pai. Era igual a ele.

E depois, talvez se lembrando de alguma coisa que não está no roteiro, como se deixando levar repentinamente por um fio de memória para as profundidades do armário:

— Era a única que o amava.

Continua arrumando o guarda-roupa, agora com as costas mais encolhidas, talvez arrependida por ter dito alguma coisa que eu não esperava ouvir. Seus ombros se curvam um pouco sob o peso de uma confissão que abre uma brecha feia, mal vinda.

— Por quê? — pergunto da cama, onde vou colocando em uma mala a roupa de bebê que ela colocou antes organizadamente sobre o edredom.

Vira-se para olhar para mim com uma camiseta na mão. Sorri, mas não para mim. Sorri para trás, para o vivido. Jorge está na varanda, de costas para nós.

— Acho que porque, no fundo, Helena era incapaz de não amar. Compreendia muito bem as pessoas. Por isso passou a vida fugindo de todo mundo.

Não entendo muito bem aonde Lía quer me levar, e ela se dá conta assim que se fixa durante alguns segundos em meu olhar.

— Sentia empatia com tudo... justificava tudo... — E, com uma gargalhada seca e cansada: — Para amar o pai dela, era preciso justificar muito, pode acreditar.

Não sei se foi um convite à intimidade, e deixo passar alguns segundos antes de falar. Lía não é uma mulher fria, mas tampouco desprende algum calor. Anda como por encanto, metálica, inverossímil em seus movimentos, inverossímil também sua voz. A mensagem está por vir. Aí em frente, arrumando a roupa de Bea e de Gala como se organizasse o armário de uma cozinha de casa de veraneio, sinto-a tão longe que não entendo seus gestos suaves e cúmplices. Não confio. Seus ombros, seus braços, sua forma pausada de articular as palavras lembram minha mãe, seu sorriso de mulher amarga voltando da quitanda ao meio-dia com cheiro de doce, me buscando desde que tenho memória para me fazer dela, propriedade privada, minha menina, minha Irene, não a de papai, papai não está, papai está dormindo, papai não quer, não sabe, papai não... me querendo desde o útero, com o útero, arrependida de ter me deixado sair de lá de dentro: "O que está fazendo, Irene? Como você leva bem as coisas, Irene. Como sua mãe está orgulhosa de você, menina. Não me dê desgostos, menina, que só tenho você. Temos uma à outra."

Mamãe. Tinha o gênio encerrado no porão de seus olhos, congelado. Envelheceríamos juntas, dizia. "Estude, Irene, estude. Você tem que ser a melhor. Minha menina não pode ser menos. Conte, querida, o que fez hoje? Onde foi? Dormiu bem? Sonhou? Com quem? Não comigo? Com quem? Com quem? Com quem? Sempre tão calada minha menina, tão disposta. Não como o seu pai."

Mamãe calculou mal. Acreditou-nos eternas e se alimentou do ódio que conjugava todas as manhãs contra papai. Envelheceu rápido. Não teve tempo para mais. Primeiro um câncer de mama que conseguiu curar pela metade. Depois tropeçou nas suas próprias dúvidas e caiu pelas escadas do mercado numa tarde como outra qualquer, em uma hora qualquer. Pescoço quebrado. Envolta em uma nuvem de pêssegos, toranjas, mamões e kiwis como uma borrasca de cor. Doce morte, a de mamãe.

Lía me passa várias camisetas coloridas.

— E você? — pergunta em um impulso de curiosidade que parece começar a extinguir-se desde o primeiro instante e que parece surpreendê-la também. — Tem boa relação com seus pais?

Seguro as camisetas no alto enquanto tento encontrar um espaço na mala onde colocá-las para que ocupem o menor espaço possível. Mantenho a pergunta no ar até que encontro uma resposta segura, que resuma alguma coisa.

— Não tenho pais. Minha mãe morreu faz dois anos. Meu pai, recentemente, há cerca de cinco meses.

Lía pisca, protegendo-se de uma luz que não existe.

— Nossa — sussurra.

Isso. Só isso. Nossa. Não há perguntas. Nem um "como", nem um "por quê", nem sequer um providencial "Sente falta deles?". Não. Nossa. Não me basta. Para ela, sim.

— Papai morreu de câncer de pulmão. Em casa. Foi muito lento. Um ano de hospital, de quimioterapia. Tivemos tempo de nos despedir.

Não diz nada. Fecha o armário e se senta com o olhar cravado na parede.

— Comecei a conhecê-lo quando minha mãe morreu. Na verdade, acho que só tive pai por dois anos. Com mamãe viva, era impossível para o meu pai ser alguém.

Lía se vira para olhar para mim. É a primeira vez que eu juraria que me vê de todo. Inteira.

— Flavia, minha irmã, sempre diz que meu pai se deixou devorar pela demência para se livrar de minha mãe — dispara, com uma careta de lábios finos e os olhos agora de um cinza plúmbeo. — É verdade. Meu pai se apagou como um fósforo sacudido por uma corrente de ar. Foi questão de meses. Ficou sem luz.

Do outro lado da janela, a figura recortada de Jorge muda de posição e se apoia no corrimão, relaxando o pescoço. De repente sinto uma vontade terrível de abraçá-lo por trás, fechar os olhos e afundar o rosto naquele pescoço. De lhe contar coisas. De me sentir apaixonada e de senti-lo à vontade com meu abraço.

— Bea não vai voltar — conclui Lía, passando a mão por um suéter verde com expressão distraída. — Inés também não. — Passa de novo a mão pelo algodão liso do suéter — Não, não vão voltar.

Faz-se um silêncio que se instala entre as duas como um convidado inesperado.

— Mas é melhor assim. Esta ilha não é lugar para elas. Prefiro-as longe. Irei visitá-las de vez em quando. Logo mamãe morrerá e... bem... — Dá de ombros e seus olhos sorriem para o próprio nada. — Provavelmente Flavia se cansará de viajar e vai querer morar comigo na casa grande. Por mim, tudo bem.

Levanta-se e fecha as portas do armário. Em seguida passa as mãos pela calça, como se quisesse limpá-las. Repete o gesto várias vezes até que percebe meu olhar e se apaga em um tímido meio sorriso de desculpa.

— Embora também não me importasse ficar aqui sozinha. Às vezes estou tão cansada de ser filha, e mãe, e avó... e irmã... — confessa entre hesitações. Há culpa em sua voz. Há também falta dela mesma, vontade de se ter, se saber viva. Há um timbre que reconheço e que me provoca uma pontada na coluna. E uma pergunta: "E eu, quando?", uma pergunta que se está gerando há anos, que soa a areia na boca de Lía e que ressoa em meus ouvidos com minha própria voz. Recupero minha mãe no hospital, recém-operada, com o olhar cravado na janela e as mãos agarradas ao lençol como duas garras robustas. A mandíbula apertada contra o travesseiro e suas palavras como pregos de ponta fina, me acusando do inexplicável: "Veja só, filha. Por algum lado tinham que me sair todos os desgostos que você me deu nestes meses. Se não tivesse ido morar sozinha, isto não teria acontecido." Pensei que ela estava brincando, mas em seguida me lembrei de que nunca brincava. Nem ria. Só sorria em silêncio quando estávamos nós duas na cozinha e ouvia papai tossir na sala. Então, sim. Seus olhos se iluminavam, calculando, tentando ler naquela tosse os meses, semanas e dias que lhe faltavam para poder ser a pessoa em que, em algum obscuro recanto de seu cérebro, imaginava que chegaria a se transformar. Olhava para mim e acariciava meu rosto. Durante um segundo, havia um futuro escolhido. Depois o céu escurecia e a chuva mortiça voltava a cair do teto da cozinha, encharcando nossas vidas.

— Com Helena aprendi a ter saudade de uma filha e de uma amiga — prossegue Lía, levando a mão ao pescoço de novo, em um gesto automático. — Depois que perdemos Tristán, deixei de acreditar na bondade da vida e senti falta de poder voltar a chorar.

Lía fala, mas volta a fazê-lo sem se importar com quem. Fala sem continência, todo o conteúdo. Diz coisas já pensadas, mastigadas. Magoa-se, e eu diria que assim se sente viva.

— Amanhã vou começar a sentir saudade de Bea e de sua pequena, e depois vou sentir saudade da minha mãe.

Uma rajada de vento bate na janela, que range de repente, nos sobressaltando.

— De mim, nunca ninguém vai ter saudade, Irene.

Engulo em seco. Não lido bem com as confissões em tom de derrota. E menos ainda com as que me soam tão próximas.

— E sabe por quê? — prossegue ela, inspirando fundo. — Porque sempre decidi ficar. Helena dizia que nesta parte de Menorca há dois faróis: um é o da Ilha do Vento; o outro sou eu. — Sorri e solta uma gargalhada ínfima de menina tímida. — Não se permita ficar velha sem ter vivido a aventura de saber que alguém sente falta de você, filha. É tão triste. — Sua mão pousa na minha como uma folha tenra sobre a grama. É uma mão suave e surpreendentemente acolhedora. — Que curioso. Agora que entendo a vida como nunca, não tenho vontade de contá-la, de contá-la a mim mesma Só quero navegar por ela calma, em paz, lembrando e me lembrando. Escolhendo minhas lembranças.

Outro golpe de vento. Na varanda, Jorge virou de costas para o mar e olha para nós lá de fora, embora o reflexo do sol no vidro não deixe que nos veja.

— Minha filha afundou no mar porque decidiu navegar sozinha. Amaldiçoei-a desde o dia em que desapareceu. Por ter sido traidora. Por me deixar aqui sem ter me permitido escolher. Agora me dou conta de que não foi ela quem me deixou. Fui eu que não a segui. Escolhi e fiquei. Condenada, convertida em farol, como nas histórias que não terminam bem. Aprendendo que a medida do amor é a saudade. Aprendendo a estar. Eu. Comigo. Estando.

Fora, recortado contra o farol e o mar, Jorge nos observa com os olhos entrefechados, talvez por fim nos vendo. Entre ele e nós há um vidro que nos une, nos separando o justo: sua dor de um lado, suas perdas de um lado, seu Tristán de um lado.

Tudo o que é meu, do outro.

* * *

— Você o que pode saber? — balbucia Mencía entre os dentes. Está sentada à minha frente do outro lado da mesa da cozinha, com uma peruca azeviche terminada em trança que, conforme anuncia, é o cabelo oficial de Lara Croft. Falamos sobre o inferno, sobre Tristán, sobre o que ela não pode dar a Gala. Vista assim, deste lado da mesa, amo-a tanto que poderia chorar.

— Às vezes amo tanto a senhora que poderia chorar, vó.

Ela tensiona as costas e me olha com cara de atriz coadjuvante.

— Pois já é hora de você se ligar, menina.

— Ligar?

Arqueia uma sobrancelha e volta a levantar o pé, mexendo distraída o polegar que aparece pelo buraco do meia.

— Tem ideia de quantas menininhas de sua idade têm o privilégio de poder sentar-se à mesa com um tiranossauro de 93 anos, cabeça de bagre? — pergunta no ar, coçando a nuca com a unha do dedo indicador em um gesto que conheço bem.

Olho para ela, tentando entendê-la. Por que estarei tão lenta pelas manhãs? De repente ela se vira totalmente e dá um murro na mesa, fazendo saltar as colherinhas e os pratos e, ao me ver dar um pulo na cadeira, começa a rir, levando a mão à peruca. "Que bom vê-la assim", consigo pensar nos segundos de tempo morto que emoldura sua risada aguda de menina má. "Que inveja."

Um novo murro. Um novo sobressalto. Inclina-se para mim por cima da mesa e anuncia:

— Tenho duas notícias para lhe dar, menina, e uma é notícia repetida. A primeira é que hoje é meu aniversário. A velha arara que está diante de você tem 93 aninhos. Quase tanto quanto esta meia-calça — acrescenta, abrindo o penhoar e me mostrando uma meia-calça preta que lhe chega muito acima da cintura, presa por uma espécie de elástico laranja. Não consigo dissimular uma piscada de desconforto que ela saúda com uma nova gargalhada de dentes torcidos e uma chuva de saliva que cai sobre a mesa. Quando volta a se acalmar, e enquanto reabotoa o penhoar, se vira para me olhar e dispara: — A segunda é que acabo de deserdá-la por desmemoriada, sua netinha falsificada.

Risada. Desta vez é a minha. A dela volta a soar lá do seu lado da cozinha, enlaçando-se em arrebatamento aberto com a que reconheço em mim. Quanto tempo fazia que Mencía e eu não ríamos? Há quanto tempo não nos abandonávamos assim? Não navegávamos juntas, só as duas? De repente me surpreendo pensando que vê-la assim me dá vida e me arrependo desses últimos meses de ressentimento, desses meses perdidos. Risada, sim. Vovó ri sem me perder de vista, me animando a seguir, levando o leme deste veleiro longo e generoso de lábios anciãos que nos acolhe no mar da manhã como um grande sorriso sobre um manto azul. Ver uma anciã rir é um milagre.

— O que é isso aí que você está segurando?

Pergunta fora de hora. De repente e pelas costas. Minha resposta demora um pouco a vir. Não tenho uma má mentira preparada e para vovó seria preciso mentir bem. Mencía aponta com o queixo o envelope que aperto na mão e sustenta meu olhar, ainda molhado de bom humor.

Penso. Organizo. Acelero a mente e desdobro velas procurando o vento da desculpa convencida, mas a mão de vovó pousa na minha e a calma carne murcha o velame, me embrulhando no vazio. Sua mão se fecha sobre meus dedos e desliza até o envelope. Uma última tentativa para distraí-la, enquanto procuro puxar o envelope.

— Felicidades, vó. Felizes 93!

Ela sorri para mim com a boca, mas não afasta os olhos do envelope, que de repente, e de um puxão, é dela.

— Danadinha — cospe, fazendo-se acompanhar de uma risadinha triunfal ao mesmo tempo em que o abre, tirando a passagem e o bilhete e examinando tudo como se eu acabasse de lhe entregar o boletim com minhas notas de fim de ano.

— Encontrei isso na mesa do café da manhã.

Continua com o olhar cravado no bilhete.

— Sei.

Silêncio. Volta a examinar a passagem enquanto puxa suavemente a trança, que por sua vez vai arrastando brandamente consigo o resto da peruca, deixando à vista meio coque de cabelos brancos. Finalmente levanta os olhos, volta a colocar tudo no envelope e o deixa em cima da mesa.

— Maldito Jorge — murmura com uma careta retorcida de mau humor.

— Ele fez isso com toda a boa intenção, vó. Não acho que deva culpá-lo de nada.

Volta a colocar a peruca. Custa-me olhar para ela.

— Boa intenção, coisa nenhuma — dispara, enrugando a testa. — Que diabos faz esse idiota lhe dando de presente uma passagem de avião para Copenhague, hein? Será o benedito?

— Calma, mulher... É só uma passagem. Não significa que eu vá.

De repente olha para mim como se estivesse vendo um extraterrestre e volta a dar um murro na mesa, fazendo saltar a cafeteira.

— E que me importa se você vai para Copenhague ou para o purgatório, pedaço de lesma? — explode entre jorros de saliva e meneios de trança. Assusta-me. Assusta-me enfrentar nela um ataque de ira assim. Fazia muito que os acreditávamos adormecidos. — Será que nesta casa ninguém ainda se deu conta de que hoje é meu aniversário? — ataca. —

Meu aniversário, o meu? E eu? Onde estão meus presentes e os meus bilhetes? Por acaso velhas não viajam? Por que eu não posso ir a Copenhague? Por acaso acham que não tenho direito a ir visitar minha neta? Espere até Jorge voltar. Ele vai ouvir. E aquela olhos de coelha também. Com certeza foi ideia dela para conquistar você, maldita. Arghhh... sou toda ódio e rancor...

É a última frase. São seus olhos velhos que continuam mentindo como sempre, mas aos quais agora falha o longo prazo. Mencía voltou a me enganar mais uma vez. Boa comediante, vovó. É a última frase que não se encaixa no breve número de atriz não maquiada com a qual acaba de me presentear a vista. Não, não se encaixa, e ela se dá conta. Solta uma risadinha de desculpa cheia de escarros.

Em seguida suspira. Olha para o pé em silêncio e torce a cara.

— O que você vai fazer? — pergunta de repente, sem levantar os olhos.

Ah, que pergunta.

— Não sei, vó.

Ajeita o cabelo antes de falar:

— Quer um conselho? — pergunta com uma voz de anciã tímida em que não a reconheço.

Penso bem antes de lhe dar uma resposta, embora as respostas dadas a esta mulher nunca sejam bem pensadas. Suas perguntas sempre foram e sempre serão um campo minado, e hoje ela está celebrando.

— Não sei.

— Pois tem pouco mais de 24 horas para decidir.

— Talvez pudesse ir daqui a um tempo. Gala ainda é muito pequena. Tenho medo de viajar com ela.

— Mentirosa.

— Não, é sério.

— Bem. Pode ser que você tenha razão.

— Acha mesmo?

— Eu disse "pode ser".

— Ou seja, acha que não.

— Acho que seria fantástico que você fosse visitar Inés na Dinamarca quando Gala fizer a primeira comunhão. Seis ou sete anos passam voando.

Solto o ar pelo nariz. Às vezes Mencía me cansa.

— Gala não vai fazer primeira comunhão, vó. Não penso nem em batizá-la.

— Por isso estou falando, querida — resmunga ela entre os dentes.

OK. Mencía não está de bom humor.

— E, de passagem, pode ser que você tenha sorte e então já não terá irmã, porque certamente a essas alturas ela já vai ter morrido de tristeza. Ou pior ainda: de tanto ficar em silêncio. Ficou muda por dentro.

Golpe baixo. Ela sabe. Por isso não olha para mim.

— Por que você acha que Jorge me deu de presente esta passagem?

Agora, sim, ela olha para mim. Duas sobrancelhas arqueadas como uma ponte aberta para deixar passar um grande cargueiro.

— Porque gosta muito da sua irmã.

Raiva. Agora sou eu que falo pela ferida.

— Então por que ele não vai para lá?

Ela suspira com aborrecimento. O cargueiro está cheio de artilharia pesada e desliza sem vontade.

— Porque não tem nenhuma criança com a qual possa devolver a Inés uma pequena sombra da mãe que ela ainda teima em não deixar de ser.

Ai. Ladeira abaixo. As conversas com vovó são sempre em declive, penduradas nós duas em dois galhos sobre um abismo coberto de névoa.

— E porque não precisa de ajuda para criar seu pequeno. Porque não anda por aí choramingando como uma menininha egoísta, queixando-se de que se sente sozinho e de que não tem ninguém que dê a cara por ele na responsabilidade de criar seu filho, a responsabilidade que você teria que saber assumir sozinha. Não, menina. Jorge não vai porque teve um filho que morreu há um ano e porque ainda não se vê com forças para falar sobre ele, porque sua vida se torceu e porque vive de uma ausência, com uma ausência, espremendo-a porque é essa ausência que explica agora sua existência. E porque sabe que Inés sofre tanto ou mais do que ele. Sabe que ela compartilha a mesma culpa, a mesma tristeza, e também que você e sua menina são, neste momento, a melhor coisa que pode acontecer com nossa Inés.

Engulo em seco, mas na garganta não encontro mais que um riacho morto. Areia de mar.

— E porque você é a única que não vê isso, empenhada como está em lamentar sua sorte, sua debilidade... sua pequenez.

Não sei o que dizer. Não importa. Mencía está ruminando há semanas. Fala de baixo e sua voz ricocheteia sem travas nas paredes da manhã.

— Pegue esse avião e a sua filha e me faça o favor de devolver um pouco de vida à vida, menina.

Estende a mão até a minha e a deixa a poucos milímetros na mesa, como uma concha velha.

— Do que você tem medo?

Não respondo. Sei que não é minha vez de falar. Mencía desliza ladeira abaixo.

— Eu vou te dizer. Tem medo de virar adulta. De ver uma mulher que sofre, e que sofre pela perda daquilo que você não sabe ter. É isso o que lhe dá medo.

Não quero estar nesta cozinha. Não gosto do silêncio desta casa — aumenta as palavras.

— Mas você se esquece de uma coisa, menina.

E, ao aumentar as palavras, me faz pesar as costas. Afunda-me. Preciso de ar.

— Essa mulher é sua irmã. E está sozinha. E está cheia de amor morto. E precisa de você, Bea.

Ou talvez eu precise de outro cigarro. Estendo a mão para pegar o maço, e ao fazê-lo encosto na da avó, que se fecha sobre a minha como uma armadilha na pata de um urso.

— Você precisa de ajuda, querida, e Inés também, e nem sua mãe nem eu podemos lhes dar isso. Sua mãe, porque está quebrada e vive do ar que não respira, e eu, porque estou velha e porque tenho outros planos para o que me resta de tempo. Se tivesse dez anos menos, pegaria essa passagem e amanhã mesmo me plantava na casa de sua irmã — declara, voltando a se embrulhar no penhoar branco. — Mas passei do ponto.

— Não diga isso.

— Digo o que me dá vontade. E, sobretudo, digo a verdade. Vá, Bea, ponha-se um pouco à prova. Não precisamos de você aqui. Aqui só restam os mortos e as velhas.

Mais areia na garganta. Água nos olhos. Má combinação. Ouço Gala chorar e, como sempre, isto me arrepia a espinha. Faço menção de me levantar, mas a mão esquálida de Mencía mantém a minha grudada na mesa com uma força que eu nunca teria imaginado nela. Olho para ela, que sustenta o olhar e em seguida o suaviza.

— Prometa.

Continuamos presas em nossos olhares por alguns segundos enquanto o choro de Gala fica cada vez mais aflito, mais premente, me obrigando a trincar os dentes.

— E se não der certo?

— Não vai sair como você imagina, menina, mas vai dar certo. Além disso, você sempre pode voltar. Não sairemos daqui. Nem nós nem a ilha.

Por que quando ouço Gala chorar, não consigo tirar da cabeça este medo de que ela morra?

— Tenho que subir para ver Gala, vó.

— Não. Antes prometa — insiste, sem me soltar. — Será meu presente de aniversário... por favor.

Ouvir um "por favor" da boca de Mencía é uma condenação a que nenhum ser humano deve nem pode estar preparado. São 93 anos de súplica, envoltos em uns olhos de menina velha aos quais não me ensinaram a resistir. Ela sabe disso. Parece que Gala, que agora geme entre soluços, também.

— Está bem. Será seu presente de aniversário.

A mão se abre e recupero seu sorriso satisfeito de olhos castanhos. Dou a volta e me dirijo para a porta, tentando não pensar no que acabo de prometer, confusa, envolta na névoa mais densa do abismo sobre o qual até agora estive balançando com Mencía. Sua voz me chega pelas costas.

— Bea...

Paro ao chegar à porta e nesse instante Gala cai em um silêncio profundo, que se alonga durante alguns segundos e no qual quase posso ouvir o que não acontece em cada um dos cantos da casa. Vovó fala. Vovó diz. Põe as cartas na mesa e se confessa trapaceira. Jogadora. Mencía faz suas apostas com cuidado. A tiro certeiro.

— Não se preocupe com nada. Vai dar tudo certo.

E nesse mesmo arco de silêncio, no momento em que cruzo a soleira que dá para o corredor e dou os primeiros passos rumo à escada que me levará até minha menina, agora estranhamente silenciosa, a voz áspera e carregada de escarro de Mencía se expande como um pulmão cheio de oxigênio, revelando-se, golpeando por trás.

— Amanhã Jorge e sua mãe as levarão a aeroporto. Não precisa passar antes em casa. Dentro de um instante voltarão com sua mala e a da menina.

Há mais dois segundos de silêncio que se atarraxam nas minhas têmporas como duas pinças de um aparelho de eletrochoque. Primeiro vem o terror de me saber presa de uma dor antecipada e, décimos de segundo mais tarde, vem a descarga. Desta vez de claridade, uma descarga de luz sob a qual se recompõe de repente todo o dito e o não dito na conversa mantida com vovó. A névoa se dissipa, e as peças do quebra-cabeça ocupam seu lugar, fluidas, leves, revelando uma mão que balança este barco, uma mão velha, seca, abarrotada de veias como as raízes de uma árvore centenária. Volto a ler mentalmente o bilhete de Jorge e entendo entre linhas as escritas por Mencía com seu punho e letra, com sua própria assinatura imitando a de Jorge; entendo também a estudada ausência de mamãe, de Jorge e Irene, eu sozinha esta manhã na cozinha... e de repente me penduro nestes dois segundos entre a ira e o carinho, me balançando de novo sobre o vazio lá do alto, da própria vida, cansada de repente de me ver dirigida pela mão caprichosa da avó, pela eterna ausência de Helena, pelo triste rastro de Tristán, pela bondade acusadora de mamãe... sempre à mercê do carinho alheio, alheia a mim, ao que não quero ver, sempre decidida, não decisiva, não dimensionada. E me vejo como um trapo ao vento, esquecido em um varal sujo de uma casa abandonada, e não gosto de mim. Quanto tempo faz que meço minha vida pelas reações às ações dos que me rodeiam, às suas não ações, deixando que sejam eles a jogar meus dados num tabuleiro que não reconheço? Quanto tempo faz que respiro sem abrir os pulmões para que não passe nada? Quanto tempo faz que vivo refugiada entre estas mulheres para não ter que começar a viver de novo? Desde que tenho Gala comigo uma parte de mim precisa fazer, ser... ver. Preciso me ouvir entender, deixar de temer a morte de minha menina em cada tosse, em cada soluço, em cada respiração pesada ou rápida, em cada curva do dia. Preciso de ar. Tristán já passou e não se repetirá. Não em minha Gala. Necessito de ar, sim, mas não do da ilha. Não o dos meus mortos. Copenhague servirá como serviria qualquer destino que não seja este, qualquer destino escolhido, o purgatório ou o próprio céu. A distância servirá. Inés servirá, minha Inés. Também minha Gala. A nossa.

Viro-me para olhar para Mencía, que agora tirou a trança falsa e a enrola nas mãos com o olhar perdido na janela. Mexe os lábios como se rezasse, como se falasse sozinha.

— Há vezes em que me dói amá-la muito, vó.

Ela continua sem olhar para mim, as costas um pouco encurvadas, perdida em seus cálculos de boa jogadora.

— Então é porque você ama errado, menina — responde ela com voz cansada.

Sorrio. Ela também.

— Como posso. Amo como posso.

Levanta a vista e olha para mim com olhos molhados, olhos inteiros de mulher de 93 anos.

— Eu também, querida. Eu também.

✳ ✳ ✳

— Que lindo — sussurra Mencía, levando as mãos ao rosto e baixando o olhar. — Obrigada. Muito obrigada a todos. Estou... muito emocionada, mesmo.

Na mesa da sala, os pratos de sobremesa sujos e as taças de champanha semivazias desenham um círculo sobre um fundo em branco. No centro, o que resta do bolo *sacher* e do 9 e do 3 de parafina vermelha que vieram em cima do bolo, iluminando a escuridão da sala, e, diante de Mencía, os presentes sobre um leito de papéis coloridos, em uma desordem alegre: dois jogos da Play, um DVD portátil, uma pequena mala vermelha de rodas e uma bolsa Chanel como uma arca do Noé em miniatura. Mencía nos observa com uma careta de menina aflita e de repente solta um arroto que desorganiza a horizontalidade de sua dentadura. À minha direita, Irene leva o guardanapo ao rosto e evita olhar para mim.

— Não se esconda — dispara Mencía, virando-se para ela. — Vergonha deveria ter é você, de rir desta velha incontinente.

Irene volta a deixar o guardanapo no prato e olha para ela com cara de poucos amigos.

— Eu não vejo nenhuma velha incontinente — replica com uma expressão desinteressada.

— Ah, não? — Mencía arqueia uma sobrancelha e Lía apoia o rosto nas mãos e olha para mim com expressão de mãe paciente. — E se pode saber o que é que você está vendo, linda?

"Que velha corajosa", ouço-me pensar de repente com um calafrio de carinho. "E quão pouco conhece Irene."

— Não acho que lhe interesse saber.

— De você, menina. De você.

— Isso mesmo.

— Não pedi que me diga o que acha, e sim o que está vendo.

Dou um pontapé em Irene por debaixo da mesa. Bea o recebe com uma careta de dor.

— Vejo uma velha porca que arrota na mesa na noite de seu aniversário.

Mencía levanta o olhar, desafiadora.

— O que mais?

Irene toma ar e continua. Sem dúvida, são iguais. Deveriam ter se conhecido antes.

— O que mais?

— Sim.

— Uma velha com os dentes mal colocados.

Mencía pisca e leva a mão à boca, recolocando a dentadura com um rápido grunhido.

— Algo mais?

— Sim.

— Vá em frente.

— Que presentes mais estranhos lhe deram — dispara Irene.

Mencía suspira e volta a deixar escapar um pequeno arroto, que desta vez ela faz menção de dissimular, levando a mão à boca.

— Os que eu tinha pedido. — Irene olha primeiro para mim e em seguida se vira para Mencía. — Ou você acha que na minha idade a gente deixa que outros nos deem de presente de aniversário o que querem?

Irene não diz nada.

— Como é boba, essa coelha — balbucia Mencía, balançando a cabeça com fingida incredulidade.

Durante dois segundos reina o silêncio nesta noite de agosto. Do jardim em frente chega o perfume do jasmim e da madressilva, nos embalando em flor e em branco. De mais à frente, o cheiro de sal e de pinheiro jovem. De mar aberto.

— Além disso, você, sim, deveria sentir vergonha de ter vindo ao meu aniversário sem nem um miserável de um presente, ratona.

Agora sou eu que levo o guardanapo à boca. Mencía puxa a corda. Para o seu lado. Infinita sua energia de mulher aquário. Irene se levanta e desaparece pela porta que liga a sala de jantar ao vestíbulo, para retornar segundos mais tarde com um pacote embrulhado em papel de seda vermelho que deposita no prato sujo de chocolate de Mencía antes de voltar para seu lugar, acompanhando-se com um:

— Você é que deveria ter vergonha de ser tão impaciente na sua idade.

Mencía fica olhando para o embrulho como se acabasse de ver uma barata gigante no prato. Continua observando-o durante alguns segundos com as mãos pousadas nos joelhos até que finalmente a curiosidade vence e ela agarra o embrulho, que em seguida coloca sobre as pernas, escondendo-o de nossos olhares e concentrando-se na complicada tarefa de rasgar o laço e o papel, que parecem resistir.

— Humpf, humpf — resmunga com a cabeça baixa, totalmente alheia a nós. — Rshhhs, rshhhs...

Entreolhamo-nos sem saber o que dizer. Irene coloca sua mão sobre a minha e eu saúdo seu gesto com um leve aperto. De repente se faz silêncio. Na cabeceira da mesa, Mencía continua com a cabeça baixa, agora presa de uma sucessão de sacudidas minúsculas que pouco a pouco vão se transformando em uma sucessão de estertores que nos chegam acompanhados por um estranho som. Lía ergue os ombros, alarmada, e Bea estende a mão para vovó com cara de preocupação mal contida, mas não há tempo para mais nada. Gargalhadas. Mencía está descontrolada em um ataque de riso que nenhum dos presentes esperava.

— Hi, hi, hi, hi, hi — ela ri, sem levantar a cabeça, agora apoiando a mão na borda da mesa em uma aparente tentativa de manter o equilíbrio. — Hi, hi, hi, hi...

Risada, sim. Risada de hiena velha, risada para dentro, gasta, mas tão plena e tão inteira que enche a mesa imediatamente, envolvendo a todos em questão de segundos, relaxando de uma tacada o cenho de Lía e os dedos de Bea. Noventa e três anos de risada esta que respinga em nós nesta noite do verão em Menorca. Quanta.

Sem parar de se sacudir inteira, Mencía levanta finalmente a cabeça e dá um murro na mesa. Vermelha, inflamada, com o rosto banhado em lágrimas.

— Danadinha... hi, hi, hi — diz de repente, apontando para Irene com um dedo magrinho como um osso de frango. — Danadi... hi, hi, hi... — tenta de novo, levantando por fim o embrulho dos joelhos e deixando-o de novo sobre o prato. — É uma... uma... hi, hi, hi, hi...

Não consegue falar. A risada a leva ladeira abaixo até que finalmente ela coloca a mão na caixa e tira uma espécie de rede dura e emaranhada que segura no alto sobre a cabeça, balançando-a em círculos como uma gaúcha enlouquecida.

— Uma focinheira! Hi, hi, hi... — dispara por fim entre risadas e babas. — A coelha me deu de presente uma focinheira!

E tanto Mencía ri, tamanha é a profundidade de suas gargalhadas, que o espanto vai gradualmente dando lugar à preocupação e Lía reage, pondo fim a tanta risada, levantando-se de repente e começando a tirar a mesa. Pouco a pouco, Mencía vai se acalmando até que termina por enxugar o rosto com o guardanapo, que além disso usa também para assoar o nariz. Em seguida suspira, coloca devagar a focinheira na caixa e sorri com cara de anjo de papel machê enquanto todos aproveitam para levantar e ajudar Lía.

Quando Irene passa ao lado dela, carregada de taças e copos, Mencía a puxa pelo braço e a obriga a inclinar-se sobre ela.

— Obrigada, linda. Adorei — sussurra com um sorriso de orelha a orelha.

— Sabia que você gostaria.
— Gostei de você. Sabia disso?
— Sim.
— Sim?
— É mútuo.
— Por quê?
— Porque meu pai teria gostado de você também.
— Você diz isso a todas.
— Todas as que sabem rir.
— Acredito.
— Pois faz mal.
— Posso lhe fazer uma pergunta? — sussurra Mencía, desta vez puxando ainda mais Irene, que me lança da cabeceira da mesa um olhar brincalhão.

— Está me machucando.
— Mentirosa.
— Pergunte, vó.
— Sabe dirigir?

Irene continua olhando para mim e desta vez pisca em uma expressão de surpresa que conheço bem.

— Sim.
— Fico feliz.
— Por quê?
— Porque amanhã vai me acompanhar em um passeio de carro.
— Veremos.

Mencía solta Irene, que cambaleia durante um décimo de segundo com a bandeja cheia de vidro e porcelana e recupera o equilíbrio imediatamente para se afastar em direção à cozinha. Ao chegar à porta para e, sem se virar, ouço-a dizer, não para mim:

— Mas leve a focinheira. Se não, não tem passeio. Não quero que o guarda de trânsito me multe por andar por aí com um animal perigoso.

Mencía olha para mim da cabeceira da mesa, dobra-se sobre a caixa de presente em uma massa de ossos e dentes e explode em uma gargalhada que Bea saúda com um sobressalto e que, do meu lugar, abençoo também com uma risada. Em algum lugar da casa, Gala chora, misturando seus soluços de bebê recém-acordado à risada de sua bisavó, cortando o tempo e o espaço que trançam os laços desta família, nos aproximando nesta noite de calor temperado como só sabem fazer as crianças e os anciãos. Com o riso e o pranto.

* * *

— Quero que me faça um favor.

A voz de mamãe me chega da espreguiçadeira do lado, amortecida pelo pequeno xale de algodão com o qual protege o pescoço e a boca. Como todas as noites desde que começou o verão, saímos para descansar na varanda depois de recolher a mesa do jantar e colocar a louça na máquina. Às vezes conversamos. Outras não. Embora não reste muito por dizer e nós duas saibamos disso, desfrutamos da companhia uma da outra, do silêncio da outra. Das lembranças compartilhadas. Há noites em que brincamos. Nesta não. Flavia não ligou e mamãe está chateada.

— Pois é.

Pigarreia e volta a colocar o xale sobre a boca. Mal a distingo na escuridão.

— Poderia acompanhar Jorge amanhã para levar as duas meninas ao aeroporto?

Se a conhecesse menos, pensaria que é um favor qualquer.

— Você não vai conosco?

Ela suspira. O céu está tão estrelado que dá inveja.

— Não. Você sabe o quanto odeio os aeroportos. Além disso, quero que deixe o carro com Irene. Pedi-lhe que me leve para dar um passeio enquanto vocês estão fora. Preciso sair um pouco. Preciso tomar ar.

Mantemos o silêncio durante alguns segundos. Não é um silêncio vazio.

— Mamãe.
— Diga, filha.
— Acha que eu acredito, quando você mente para mim?
Ela se vira para me olhar e solta uma gargalhada que soa como um bufo de égua.
— Não.
— Então, por que o faz?
— Porque me aborreço.
— Por isso mente para mim?
— Não.
— Então por quê?
— Minto para protegê-la.
O mar não se move no horizonte. Tanta paz.
— Para me proteger do quê?
Mencía demora um pouco a responder. Inspira e expira, inflando e desinflando o algodão do xale como um coração de tecido. Afinal responde.
— De mim.
Quase prefiro que continue mentindo.
— Por que quer que eu vá amanhã ao aeroporto, mamãe?
Cruza os braços, desta vez não como uma menina zangada. Há algo de maduro nesses braços cruzados, quase maternal.
— Porque não quero que você saiba o que vou fazer.
— E posso saber por quê?
— Quer?
— Sim.
— Porque vai doer.
Evidente. Como se todo o não dito entre nós até agora não tivesse doído. Como se as coisas só doessem quando são ditas ou porque são ditas. De repente um calafrio de raiva me envolve.
— Tenho 64 anos, mamãe — digo-lhe na cara, como se ela tivesse culpa disso.
Ela levanta a cabeça e me fita com os olhos brilhantes.
— E pensar que qualquer um acharia que somos irmãs... Outro dia, Laura, a filha da Lourdes...

Passa a raiva. Com mamãe não costuma durar.

— Mamãe.

Ela abre um pouco os olhos, fingindo surpresa.

— Sim?

— Não preciso que você continue me protegendo, acredite.

Volta a recostar a cabeça no almofadão e inspira fundo, enchendo de ar seus frágeis pulmões.

— Isso é o que você acha.

— Pareço assim tão frágil?

A luz de um avião percorre o céu em linha reta rumo ao mar aberto, afastando-se de nós. Tanta gente se movimentando de dia e de noite pelo ar.

— Nunca disse que era.

— Não tente fugir.

— Sabe de uma coisa, Lía?

— Diga.

— Depois dos 90, os velhos não têm medo da morte.

Silêncio. Mencía se senta na espreguiçadeira, põe os pés no chão, levanta-se e vem até mim, sentando-se ao meu lado.

— Ah, não?

— Não, filha. Os velhos têm medo do abandono. Não de perder a cabeça. Isso dá na mesma. O que nos horroriza é perder as emoções, a incontinência emocional. Abandonar-nos a tudo o que sentimos e nos deixar levar.

Digo a ela que não entendo.

— Não sei me explicar melhor, menina — responde com um murmúrio brusco.

— Tente.

— Não tenho vontade.

— Não acredito em você. Você sempre tem vontade.

— É que não sou a de sempre, Lía. Isso é o estou tentando lhe dizer.

— Ninguém nunca é o de sempre.

— Sabe de uma coisa?

— Outra?

— Amo muito você, menina.

— Já sei, mamãe.
— Mas não lhe sirvo.
Não digo nada. De repente não gosto de ouvi-la falar assim. Talvez tenha razão. Talvez seja melhor que não doa. Dá na mesma para ela.

— Vi sua filha e seu neto morrerem, e nas duas vezes olhei para eles, fiquei grudada na ausência deles, me esquecendo de você, de sua presença, do que você perdia. Você se fortaleceu à base de ausências, menina. Minha companhia praticamente não a ajudou porque eu não olhava para você.

— Mamãe...
— Não, Lía. Mamãe, não. Tenho 93 anos e perdi a oportunidade de desfrutar de você porque desde muito cedo tive que escolher entre aproveitar com minha menina ou sofrer por ela. Escolhi mal. Inventei uma Flavia forte e inteira e uma Lía frágil e turva. Quis facilitar. Nunca gostei de retificar. Não o fiz.

É verdade. Mamãe nunca gostou de se corrigir. De corrigir, sim.

— Sabe por que você foi tão pouco amada, Lía? Tem ideia de por que seu pai, sua irmã e seu marido a amaram tão pouco?

No horizonte flutua uma linha mais negra que o céu e que o mar, mais escura que o próprio negror. Quando perdemos o olhar nela, tudo se organiza porque tudo cabe, cabem os anos de uma vida, as histórias queridas, as verdades que nunca quisemos ouvir. Quando perdemos ali o olhar, a vida fala e a noite ouve. A voz de mamãe range sobre mim vinda de cima. Sua mão em meu antebraço quase não pesa.

— Porque você é forte demais, menina. Porque saiu inteira, de uma só peça, e reflete mal a debilidade alheia. Não a amaram porque você devolve o melhor de cada um e, no caso deles, o melhor é a ausência. É difícil amar alguém como você, querida. É muito compromisso consigo mesmo.

Engulo em seco, e engulo a linha do horizonte. Mamãe não se move do meu lado. De repente me surpreendo pensando que não me lembro dela sentada em minha cama, cuidando de mim quando eu estava doente. Também me surpreendo consciente de nunca ter adoecido para não ter que ver ninguém sentado em minha cama cuidando de mim.

— Aprendi a amá-la quando você já estava bem adulta, menina — prossegue com a voz torcida. Sinto o estômago rígido, armado contra o resto do corpo, contendo o que não sabe direcionar. Sinto os pulmões inchados de gás ácido e amargo. A mão de mamãe plantada na minha pele como uma aranha morta — E... — hesitação. Mamãe hesita e eu não quero continuar aqui. Ver mamãe hesitar é ver a linha do horizonte se curvar sob o peso do céu. Ver o fim do infinito. — ...tenho que lhe agradecer por ter estado comigo até aqui, querida. Sem você, eu não teria conseguido continuar sozinha. Não depois de Helena. Muito menos depois de Tristán.

Ai.

— E digo mais. Só uma coisa, porque as palavras já cansam esta velha mijona, as minhas principalmente.

Ai.

— Se tenho alguma certeza nesta vida, é que somos o reflexo daquilo que deixamos ao partir. Isso me ajuda a respirar tranquila ao pensar em minha ida. Quando eu já não estiver, estará você, minha Lía. Grande. Branca. Quando eu for, você vai ficar em paz porque poderá se ver inteira e será capaz de ver o que eu vejo quando olho para você. Envelhecerá bem, acompanhada por você. Envelhecerá bem.

Recoloco a almofada sob a cabeça e estendo as pernas na espreguiçadeira. Ela se levanta com um leve suspiro de esforço, ergue as costas, pega a bengala que deixou apoiada na janela e crava o olhar no firmamento. Sorri. Mamãe sorri para a noite com seus dentes falsos e imaculados como uma pirata em alto-mar avistando terra firme. Na escuridão da noite, uma luz pisca em algum canto da distância em ritmo de farol. Como todas as noites, mamãe e a ilha se entreolham antes de se apagar, cada uma de sua margem. Como todas as noites, mamãe estala a língua e murmura com voz rouca:

— Que merda, eu deveria ter sido faroleira.

Não tenho forças para rir. Esta noite não. Ela se vira e se dirige para a janela que dá para a sala com passo vacilante. Ao chegar à parede, apoia a mão no vidro da janela para se certificar de que chegou a território conhecido, e me surpreende, ainda de costas.

— Você gosta da namorada do Jorge?

— Irene?

Um suspiro de aborrecimento.

— Por acaso ele tem outra?

Sorrio. Agora sim.

— Sim, mamãe. É claro que eu gosto.

— Tem certeza?

— Sim.

— Fico feliz. Eu também gosto.

— Eu sei.

— Mas sabe por quê?

— Acha que estou preparada para saber disso? — pergunto com um tom de menina caprichosa que antecipa ser mal recebida.

— Não seja estúpida. Quer saber ou não?

Agora relaxa os ombros e gira a cabeça, mas não vejo seu rosto. Está na sombra.

— Sim, mamãe. É claro.

— Porque se Tristán fosse mulher e tivesse a idade dela, teria os mesmos olhos.

É a resposta de mamãe. A metade. A outra metade chega abruptamente, caindo em cima de mim como um raio de luz.

— E porque tem a mesma língua que Helena, a danada.

TRÊS

Gala dorme sobre meu peito desde a decolagem. É a primeira vez que voamos juntas e lhe agrada, como quase tudo o que signifique companhia. Baba na minha camiseta, úmida e pequenina. Apesar da hora e meia de atraso, segundo o piloto por uma pequena falha em um motor, viajamos tranquilas porque não vamos de surpresa. Enquanto esperávamos na cafeteria, deixei Gala com mamãe e corri para uma das cabines que ficam escondidas perto da área dos banheiros a fim de ligar para Inés.

Contei-lhe tudo. Tudo. Que estávamos no aeroporto, esperando para embarcar no voo para Barcelona e que chegaríamos esta noite. Que não escolhi isto. Que foi ideia de Jorge, um presente, e que ela precisava saber, apesar de que vovó insistiu em que era melhor calar-se, melhor a surpresa. Serena Inés e sua voz calma. Deixou-me falar até que dei com sua falta de palavras e com um silêncio espesso que enchia minha mente ao imaginá-la no outro lado da linha. Ouvi o chiado da distância até que sua voz chegou, limpa e cansada.

— Eu já sabia, Bea. Na verdade, você me pegou saindo de casa. Pensava fazer uma compra antes de ir buscá-las no aeroporto.

O silêncio voltou e me pegou pelo pescoço, me jogando contra o azul metálico do telefone.

— Já sabia?
— Sim.

Não soube se devia perguntar. Não foi preciso.

— Ontem mamãe ligou para me contar.

— E então?

Ouvi-a sorrir. É uma coisa que só se pode fazer com alguém de seu próprio sangue.

— Então o quê, menina?

Inés sempre foi a mais parca das três, a do meio. Helena dizia que ela era um pouco obtusa. Com os anos mostrou-se a mais centrada, a mais sincera. Depois veio a morte de Tristán e essa sinceridade, essa integridade, continuou conformando-a, enchendo-a, abrigando-a em uma capa de tristeza tão densa que desde o princípio soubemos que não poderíamos fazer nada para entrar ali, para lhe estender uma mão.

— Só tenho passagem de ida, Inés.

O sorriso se desatou em uma risada tão lenta e fechada de mulher adulta que precisei apertar os dentes para não chorar. É que, desde que virei mãe, choro com facilidade, sou mais líquida, menos corpo. Vovó diria que sou mais eu.

— Sinto muita vontade de vê-la, boba. — Foi sua única resposta. Depois continuou esperando alguns segundos e acrescentou: — Vocês duas.

Nós duas.

— Mas tem certeza de que não vamos incomodá-la? Diga sem problemas, Inés, porque se acha que...

— Bea.

A voz da do meio. A da paciência limitada.

— Diga.

— Estarei esperando no aeroporto.

— OK.

— OK.

Foi a última coisa que nos dissemos. OK. Não "adeus", não "até mais tarde", não "tudo vai dar certo". Era a última coisa que nos dizíamos à noite antes de dormir quando mamãe apagava a luz e fechava a porta. Esperávamos alguns minutos que a casa ficasse em silêncio e em seguida, durante anos, eu reunia toda a coragem que era capaz de encontrar na escuridão do quarto e perguntava para o ar em um sussurro:

— Inés, até amanhã, OK?

Ela respondia sempre. Às vezes, se tínhamos ido dormir zangadas ou se ela estava de mau humor, alongava o silêncio entre minha pergunta e sua resposta, me pregando no colchão e aos meus fantasmas desde sua cama. Mas nunca falhava.

— OK.

Seu "OK" dizia tudo o que eu queria ouvir. Era o salvo-conduto para uma noite mais a salvo, a garantia de que eu voltaria a despertar pela manhã e começaria tudo de novo. Inés era tudo o que eu não sabia encontrar em mamãe nem em papai. Tão forte. Tão irmã.

Depois de desligar, voltei para a mesa da cafeteria e mamãe me recebeu com uma expressão calma. Seu olhar encontrou o meu e não foi preciso contar.

— Tudo bem, menina? — perguntou-me com um sorriso.

— Sim, mamãe. Tudo ótimo.

— Vai tranquila?

— Muito. Agora sim.

Não soube agradecer-lhe por sua ligação. Não soube encontrar o momento, e ela tampouco facilitou o trabalho. Mamãe não gosta que lhe agradeçam. O agradecimento não é um gesto que ela recebe bem. Nisso somos todas iguais, embora Helena fosse a pior. Às vezes, já adultas, se você lhe agradecesse por algo que tivesse feito, ela a insultava. Também xingava. Vovó dizia que como um taxista. Como ela.

Não, não soube lhe agradecer e agora acho que tampouco soube me despedir dela como gostaria. Das duas. Também da avó. Outra coisa que as mulheres desta família não fazem bem: despedir-se. Sabemos dizer adeus aos nossos mortos, sim. Mas entre os vivos, entre as vivas, a língua trava e ficamos idiotas. Como esta tarde no aeroporto. Comparados com o tremendo abraço do Jorge, os dois beijos de mamãe foram como dois selos mal colados em uma carta para a província. Quase envergonhados. Depois, antes de me deixar passar pelo controle da polícia, pegou minhas mãos entre as suas e ficamos as duas assim, uma de frente para a outra, nos olhando. Notei suas palmas suaves sobre as minhas e me custou engolir porque mais uma vez me reconheci naquela suavidade, gostei de sentir minha mãe nela, quase como dois pequenos espelhos nos quais estive me olhando desde menina, benevolentes, sempre me mostrando o melhor de mim.

— Como consegue ter as mãos tão suaves, mamãe?

Nunca tinha perguntado isso e me ouvir fazê-lo me deixou sem fôlego. Ela continuou me olhando nos olhos, sem pestanejar, sem parar de sorrir.

— É a única coisa suave que me resta, querida.

— Não é verdade.

— Não?

— Não. Resta o olhar. E a voz. Também resta a voz.

Desta vez ela pestanejou, e seus olhos se umedeceram. Não está acostumada a que falem dela.

— Restam vocês, Bea. Inés, você, Gala...

— E vovó, mamãe. Não se esqueça de vovó — digo, fingindo aborrecimento.

Sorriu.

— Não, filha, não me esqueço. É difícil se esquecer dela.

— Eu sei.

— Cuide-se, filha. E, principalmente, cuide de Inés. Tomara que possa trazê-la de volta com você.

— Vai ser difícil, mamãe.

Ela soltou uma pequena gargalhada que ficou no ar.

— Com Inés sempre foi difícil. Não quero que ela continue lá sozinha.

"Lá sozinha", disse, antes de levar minhas mãos à boca e beijá-las tão suave, tão fragilmente, que tive de me fechar como uma anêmona assustada para não quebrar. Agora Gala se contrai no meu peito e agita as mãos no ar, me buscando até que coloco um dedo entre os dela e relaxa imediatamente. Eu gosto de estar sozinha com minha menina assim, no ar, entre o rugido destes motores que hoje tenho a certeza de que não falharão porque voamos no lombo do último "OK" de Inés, rumo a ela, diretamente rumo a essa vida que há meses não compartilha com ninguém para não ter de falar e se ouvir dizer o que não quer que tenha acontecido. Sobre mim, contra mim, minha menina navega em sonhos agarrada ao meu dedo com uma mão. Sorrio ao pensar que deixou a outra livre para agarrar-se com ela à tristeza de Inés e puxá-la até esvaziá-la de todo. Até que a ouçamos pronunciar em voz alta as sete benditas letras que durante anos deram vida ao nome de seu Tristán. Lá vamos nós.

* * *

— À direita, menina. Isso, por ali. Depois, ao final da rua, vire à esquerda e siga reto até chegar ao mar.

Mencía me dirige como um capitão de sapadores ao último de seus subordinados. Está com pressa e, desde que saímos de casa no carro de Lía, está crispada, agarrada ao cinto de segurança como um louro no poleiro e soltando maldições cada vez que hesito ou que preciso reduzir a velocidade.

— Idiotas — dispara de repente quando freio ao chegar a uma passagem de pedestres para deixar atravessar um casal de anciãos que, de braços dados, demora. — Isto é o que acontece com os velhos, que acham que têm toda a vida pela frente ...

Mordo o lábio e tento não rir, mas poucas coisas escapam de Mencía quando não está de bom humor.

— E você está rindo de quê, coelhona?

Não penso em lhe dar nenhuma chance.

— Do que me dá na cabeça.

Ela solta um murmúrio, se benze, pigarreia, abre a janela e cospe na rua.

— Malditos velhos! — grita de repente para os anciãos, que se viram sobressaltados e olham para ela como se estivessem vendo o retrato falado de uma assassina em série.

Não me disse aonde vamos. Dez minutos depois de que os outros partiram para o aeroporto, apresentou-se na sala penteada, perfumada e arrastando atrás de si a pequena mala vermelha com rodinhas que ganhou ontem de presente de aniversário e ladrou:

— Estou pronta, menina. Já podemos ir.

Assim que me viu olhar para a mala com cara de quem não entendeu, torceu a boca.

— Sempre que saio para dar um passeio levo minhas joias. Não confio nestas feras — disse, abrangendo a sala com o olhar.

E aqui estamos, as duas enfiadas neste carro popular de última geração como dois personagens secundários de algum planeta perdido da *Guerra nas estrelas*, ela raivosa como uma macaca e eu tentando saber como diabos fui me meter neste pesadelo, rezando para que termine logo. Por fim, saímos para um amplo descampado de areia que em algum momento deve ter sido um edifício e que agora parece transformado em estacionamento provisório. Mencía bate palmas como uma menina e começa a gritar:

— É aqui! É aqui! Pare, pare!

Diante do estacionamento, do outro lado de uma pequena calçada, há uma estreita enseada cheia de barcos de pescadores deitados na areia como elefantes marinhos ao sol. Também há um pequeno cais. Junto a ele, um barco com o motor ligado e um homem parado, de costas para nós. Assim que desligo o carro, Mencía salta para o chão com um bufido, abre a porta de trás, tira sua mala vermelha e começa a se afastar pela areia do estacionamento rumo à enseada, com a mala em uma mão e a bengala na outra. Vista assim, por trás, parece uma turista quarentona com algum problema de ossos chegando tarde ao seu portão de embarque. Vista assim, eu é que me sinto velha.

— Huhuuu! — grita para mim quando alcança finalmente o cais, e abana a mão para me apressar. — Vamos, menina!

Alcanço-a justo no momento em que chega ao pequeno embarcadouro de madeira e a seguro pelo braço.

— Pode-se saber aonde vai?

Olha para mim com uma careta de aborrecimento, dá um tapa na minha mão e retoma a caminhada, mala em punho.

— Vamos. Você quer dizer aonde vamos. Nós duas.

Continuo onde estou e cruzo os braços. Dois segundos depois, responde sem olhar para mim:

— À ilha.

Não me mexo. Vejo-a subir no barco com a ajuda do homem, um sujeito já idoso que a pega nos braços como se fosse uma menina e que a senta em um banquinho lateral junto à amurada descascada da embarcação. Em seguida volta para o cais e recolhe a mala, que coloca ao lado de Mencía. O motor ronrona, preguiçoso. O resto é silêncio.

— Não vai me dizer que tem medo da água? — dispara ela, com uma careta de impaciência.

— Não — grito.

— Então?
— Você — me ouço responder com raiva. — É você que me dá medo.
— Vamos, suba. Não temos a tarde toda.
Não sei se tenho medo do mar. Também não quero que ela saiba. O homem me fita com olhos tranquilos. Esperava-nos. Pergunto-me o que mais nos estará esperando, o que há nessa ilha da qual tão pouco ouvi Jorge falar nesses meses.
— O que há na ilha?
Mencía leva a mão ao coque e sorri.
— Um farol.
Não confio.
— O que mais?
— Mortos — sussurra. E depois: — Os meus.
Aproximo-me devagar, esperando seu olhar. Uma pequena onda morta balança o barco, que durante um escasso segundo me mostra seu nome em verde. *Aurora*. Então este é o *Aurora*. E o homem que me espera com o olhar fechado como um galho curvado sobre a água deve ser Jacinto, o barqueiro, o mesmo que levou essas mulheres a ilha para se despedir de Helena e Tristán. Não sei o que dizer. Não sei, agora menos do que nunca, que diabos estou fazendo aqui, neste cais meio podre, acompanhando uma velha rabugenta que agora olha para mim com cara de bruxa, do banquinho de madeira que contorna o barco, batendo com a bengala nas tábuas da coberta.
— Tem certeza de que já ajudou alguém a morrer, menina? — ouço-a arranhar o ar com sua voz de papagaia. — Mas se nem sequer se atreve a subir em um barquinho comigo, coelhinha — acrescenta com uma risadinha travessa, quase triunfal.
Salto para a coberta e sento ao lado dela sem pensar mais. Segundos mais tarde, o *Aurora* ronca com mais força e começamos a nos afastar devagar da praia, saindo em seguida para o mar aberto. Ao fundo, não muito longe, a ilha se anuncia sob seu farol como um punho de pedra. Ao meu lado, Mencía passa a mão pelo cabelo e se agarra no meu braço. O vento quase não sopra. Cheira a sal, a sol. Cheira bem e sua mão me aperta o antebraço, agora com tão pouca força que de repente me dou conta de seus angulosos 93 anos de osso e tendão e reprimo o impulso

de lhe passar o braço pelas costas e estreitá-la. No céu, um avião corta o azul, dividindo nada. Ao vê-lo penso em Jorge, em Bea e em Lía, e automaticamente uma verdade atravessa minha língua, explodindo através dos olhos e me obrigando a falar:

— Eles sabem que vamos à ilha?

Mencía olha para mim franzindo o cenho, e aproxima o rosto como se não tivesse me ouvido.

— Se eles sabem que...

Ela torce a boca e revira os olhos.

— Você acha que na minha idade tenho que andar por aí dando explicações sobre aonde vou? — diz, fazendo-se ouvir por cima do rugido desembestado do motor.

— Ou seja, não sabem.

Abre a bolsa, tira um lenço e o amarra no pescoço.

— Deixei um bilhete.

— Não estou entendendo.

— Nem é preciso.

— Você é sempre tão rabugenta?

— E você é sempre tão perguntadeira?

— Sim.

Ela olha para mim com um sorriso e puxa meu braço para ela, estreitando-me no seu peito esquálido. Passam alguns segundos de brisa e sol enquanto a ilha vai se aproximando de nós sobre o vaivém adormecido da maré. Agora o farol se avista de todo, como uma adaga enfiada em ombros encolhidos. Não augura nada bom.

Dez minutos mais tarde rodeamos por fim a ilha, circulando ao seu redor como Mencía fez ao redor da pergunta que de repente cospe no ar como um escarro amargo e que as costas de Jacinto saúdam com uma sacudida. Sua voz soa quase tímida e repetida, entre assustada e esperançada. Chega a mim como um golpe seco na clavícula. Por trás. Feio.

— Você alguma vez ajudou mesmo alguém a morrer?

À vista aparece uma pequena enseada de pedra em que se percebe um pequeno cais semiescondido entre as curvas de pedra cinza. O motor ruge com outro tom e o *Aurora* traqueja para lá em linha reta, recortando o horizonte em diagonal. A bengala de Mencía volta a bater nas tábuas meio podres do barco, marcando os segundos de silêncio entre sua pergunta e minha não resposta.

— Fale, menina.

Às vezes não sei falar. Não encontro minha voz. Fale, pede Mencía, balançando nós duas neste mar indeciso. As mortes não se falam. Ninguém me ensinou e tenho as palavras enferrujadas. Às vezes me olho no espelho e vocalizo em silêncio frases que expliquem esta paz, este ter sabido dar fim à dor do incurável. Volto para aquela última semana com papai em casa, com tudo já dito, mamãe na memória e nós dois livres para voltar a nos aproximar como dois cegos, com as mãos abertas, os braços estendidos, nos apalpando, farejando-nos para nos reconhecer. Volto para aqueles últimos dias com ele, sim, e não é sua morte que me fere a culpa. É esta paz, esta tímida alegria por ter feito bem a ele. É a culpa de me imaginar vista de fora, de cima, por olhos que não tenham visto tudo, por olhos que não sejam os de papai nem os meus. Ajudar a morrer, diz Mencía, pergunta Mencía, bisbilhota Mencía. Não sei. Ajudei papai a não continuar sofrendo, a não continuar respirando mal, a fechar os pulmões nos quais o ar entrava morto.

— Menina... — insiste Mencía ao meu lado, apertando agora o meu braço com uma ameaça que entendo doce. — Menina...

Não fui menina com papai. Mamãe nunca deixou. Não reconheço essas seis letras em meu passado e isso dói. O "menina" de mamãe era áspero, duro, esquivo. Vinha carregado de armadilhas. A voz de Mencía abre estrias onde não havia. Não quero estar aqui e digo.

— Não quero estar aqui.

— Vai fazer bem a você. A nós duas.

Viro-me para olhar para ela. Em seus olhos velhos há vislumbres de mar. E um mundo calmo que parece estar se apagando. Sorri, conciliadora.

— Confie nesta velha. Será só um passeio. Precisa de um pouco de ar, menina.

O ar. A ilha. Do cais, um pequeno atalho rochoso sobe para o topo, agora invisível, do lombo de pedra da ilhota. O motor do *Aurora* cala de repente e o silêncio calmo do mar arrulha os três, nos impregnando desde dentro. Tanta paz.

— Vamos, menina. Me ajude — sussurra Mencía, tentando se levantar e me puxando para a borda do barco, que agora bate suavemente na madeira do cais.

E é esse "me ajude" de Mencía que empurra nós duas ladeira acima rumo ao farol, ela caminhando quase nas pontas dos pés, apoiada em mim e na bengala, a cabeça encurvada, imersa agora em alguma lembrança. Eu, puxando sua enxuta carcaça e arrastando sua mala vermelha, que ricocheteia nas pedras entre estalos malsoantes. Para cima sobre seu "me ajude". Sozinhas.

***

Não me responde. Irene não responde porque não se ouve. Tem medo, como eu teria. É que não é fácil fazer falar alguém cuja voz não encontramos. Subimos a encosta, penduradas uma na outra como dois filhotes de águias mancas, subindo sobre nossos passos enquanto ela continua perdida em sua lentidão, descobrindo coisas feias e não tão feias no vivido. Sopra a brisa, uma brisa fria que, apesar do verão, vai esfriando à medida que o sol vai nos deixando. É sempre assim na ilha, em todas as partes: chega a brisa e vai o sol, chega uma vida no crepúsculo da anterior. Assim foi com Tristán e Gala. Morto um, nascida outra. Com Helena, não. Helena partiu e com sua ausência esvaziou tudo, queimando tudo. Sopra a brisa, sim, e logo terei de me agasalhar. Assim que chegarmos ao farol, que já se anuncia próximo, finito. Último. Caminho em meio às pedras como uma iguana desajeitada, desentendida, suspensa pela tensão do braço desta menina velha que fala consigo mesma, debatendo-se entre o segredo e o silêncio fechado desta ilha. Irene respira como Helena, cala como Helena. Olha como Tristán.

De repente se detém e me puxa para baixo, para o chão, para o fundo do mar. Ouve-se o grito carnívoro de uma gaivota romper a tarde. Irene não olha para mim ao falar. Apenas diz:

— Meu pai.

Não me dá tempo para perguntar. Para nada.

— Ajudei meu pai a morrer.

Retomamos a caminhada e, agora com passo mais firme, percorremos os escassos 30 metros que nos separam da base do farol, que rodeamos até tomar assento em um pequeno banco de rocha situado na ampla plataforma de pedra que se debruça para o mar como a estreita passarela de um navio pirata. A brisa começa a ser vento, um vento salpicado de água salgada que enche estes pulmões de velha com um estalo. A voz de Irene soa agora mais clara, mais adulta.

— Ele queria ir embora. Quase não tinha pulmão. Pediu-me com os olhos porque não tinha ar para poder falar. Foi à noite. Foi apagando sem dor, em uma nuvem de morfina. Três doses em uma. Fácil, muito fácil, como tudo desde que mamãe não estava mais entre nós. Fiz companhia a ele até que saiu o sol. Quando notou que chegava o dia, sorriu, apertou minha mão e partiu.

As gaivotas grasnam. Encontraram alguma coisa.

— Helena me disse uma vez que gostaria de morrer cansada — me ouço dizer com uma voz que gostaria de mudar. Irene continua com o olhar fixo à frente. Ignoro se me ouve. — E assim morreu. O mar a esgotou. Não sei se morreu feliz, mas sim que morreu inteira, como ela queria.

Uma rajada de vento açoita as duas. Sorrio por dentro. Helena não gostava que falássemos dela.

— Eu, em compensação, sempre quis morrer primeiro, antes de todos os outros. Não consegui. Vivi tantas mortes que tive que ficar muito atenta para não perder de vista minha própria vida.

Irene se vira devagar e olha para mim como se acabasse de acordar de um sonho ruim. O vento revolve seu cabelo. Eu gosto desses olhos. Lembram-me tantas coisas.

— Por que me trouxe?

Ah, a pergunta. Achei que ia demorar mais.

— Por que você veio?

Ela afasta o cabelo do rosto, mas uma nova rajada volta a esconder seus olhos.

— Não sei.

— Quantas coisas mais você não sabe?

Franze o cenho e solta um suspiro de impaciência que eu não ouço e que afunda no balanço das ondas mais abaixo.

— Não sei.
— Está apaixonada pelo Jorge?
— Não sei.
— Mentirosa.

Baixa a cabeça e o cabelo encobre seu rosto, deixando à vista uns ombros largos e magros. Por que comemos sempre tão pouco quando mentimos e quando ficamos velhas?

— Quer um conselho?

Sorri, agora sim.

— Posso escolher? — pergunta em um vazio de vento que nos acolhe como um saco de silêncio.

— Não.

Ergue as costas. O sol começa a querer ir embora.

— Jorge não precisa de ninguém. Nem de você, nem de mim, nem de ninguém. O problema não é que você não esteja apaixonada por ele. Afinal, muitas de nós não fomos apaixonadas por nossos homens. O problema é que ele também não está por você.

Agora toca os dedos da mão, massageando-se com os nódulos. Tem mãos duras como folhas de palmeira seca.

— Ele lhe disse isso?

Ai, menina.

— Não. Desde que Tristán adoeceu, Jorge quase não fala, e menos ainda dele. Não, menina, não me disse. Não precisa.

— Então?

— Quer mesmo saber?

— É claro.

É claro, diz. Se não fosse porque estamos aqui em cima e porque viemos para o que viemos, eu pediria que ela me abraçasse.

— Se Tristán fosse mulher e tivesse sua idade, seria você, Irene. Quando Jorge olha para você, vê nos seus olhos os de Tristán, seu sorriso, suas mãos. Suas respostas são as do filho dele, sua risada também. Ter você é não perdê-lo de todo. Não tê-la, enfrentar a vida e começar de novo.

Vejo-a engolir em seco ao meu lado. Está sentada com as pernas estiradas. Encolhe-as. As costas também.

— Há alguns meses você ajudou seu pai a morrer. Agora talvez deva ajudar nosso Jorge a viver.

Não diz nada durante alguns segundos.

— Não posso.

— Não pode uma ova.

Ela pisca, surpreendida. As palavras feias soam pior na boca de uma velha. Encolhe-se um pouco antes de murmurar:

— Vou pensar.

Bem. Assim sim.

— Espero.

Passam um, dois minutos de silêncio renovado até que chegam mais perguntas. Repetidas. O céu começa a se tingir de violeta. Bea já deve estar voando, e Lía e Jorge talvez já tenham chegado em casa. Partidas, chegadas. Tudo em ordem.

— Queria lhe mostrar isto. A ilha, o farol... — digo, colocando a mão no seu joelho. Irene tensiona a perna por um segundo. — Além disso, não podia vir sozinha. Já não tenho forças para subir até aqui. E menos ainda com este peso.

Ela sorri. Lança uma olhadela para a mala vermelha, o sorriso enfeita seu rosto durante alguns instantes e em seguida se desvanece. O cenho retorna, e com ele retorna também Helena.

— Acho que deveríamos voltar — diz com voz um pouco frágil. — O sol está começando a se pôr. Além disso, você vai se resfriar.

Ainda não há preocupação em sua voz, só uma leve sombra de inquietação, algo que até agora dormia em sua mente e que de repente está começando a faiscar. É apenas um rescaldo, uma chama quase morta. São alguns dados que flutuam no ar, anunciando um quebra-cabeça que esteve ali desde o começo, circulando à nossa volta como um enxame de mosquitos até agora invisíveis.

— E com certeza Lía vai ficar preocupada se demorarmos muito — arremata com uma risadinha nervosa. O quebra-cabeça acumula peças no azul cada vez mais escuro do céu. Começa a pesar.

— Já disse que deixei um bilhete — tranquilizo-a. — Não se preocupe.

Procura. Irene procura coisas no ar sem afastar os olhos do chão de pedra que nos mantém suspensas sobre a água. Está perdida em um bosque fechado em uma noite de verão, com uma lanterna e um mapa na mão. Sabe que terá que encontrar alguma coisa, mas não sabe o quê. Aproxima a luz da lanterna do mapa e sussurra:

— Sério. Acho que deveríamos voltar.

O mapa se queima. O bosque também. Quando o fogo chega, é preciso correr. Para onde? Calma, menina. Eu guio.

— Pode me passar a mala?

Irene olha para mim com surpresa. A mala. Mais uma peça que busca seu lugar nesta face branca até agora limpa. O bosque queima e uma árvore enorme cai a poucos metros dela, fechando-lhe o estômago. Quando coloca a mala junto aos meus pés, não me agacho sobre ela. Irene espera e eu atendo.

— Abra-a.

* * *

Eu confesso que vivi.

São quatro palavras como quatro pedras sobre um mar em calma, quatro combinações de letras, vento, tons, pulmões, voz e anos. Mamãe confessa. Mencía confessa. Quatro palavras envoltas no branco de um bilhete com a letra afiada de mamãe esperando em cima do balcão como uma bomba calada. No jardim, do outro lado da janela, Jorge está de costas, parado perto da piscina. As costas dele são cheias de perdas, de ângulos suaves pelos quais qualquer olhar desfruta escorregando, costas jovens que o tempo regenerará. De repente preciso de ar, me deitar em uma das espreguiçadeiras da varanda e perder o olhar neste céu que já se apaga para me entender com a respiração e não me deixar vomitar. Eu confesso que vivi, diz mamãe em seu bilhete. E eu sei que sim, que não está mentindo, que viveu todos nós como talvez nós mesmos não tenhamos sabido fazer, que ela pôde com tudo e com todos. Há apenas uma semana, aqui, nesta mesma varanda, numa destas tardes de céu claro de agosto, perguntou-me uma coisa que não havia voltado a me perguntar há muitos, muitíssimos anos.

— Como você gostaria de morrer, filha? — disse de repente, sem olhar para mim. Tínhamos falado sobre Helena e Tristán, revisitando nossos mortos em uma nuvem de intimidade e de lembranças como uma ilha de vento.

Não pensei.

— Sozinha — respondi. — E calada.

Ela não disse nada. Esperava que eu lhe devolvesse a pergunta, mas a intuição me obrigou a pensar melhor. Não foi preciso.

— Quando eu morrer, quero que você desça à praia e escreva na areia, com as maiores letras que seja capaz de escrever: "Eu confesso que vivi". Quero que se veja do ar. Lá do alto. Quero ver.

Sorri. Tão típico dela.

Agora a trama da espreguiçadeira se crava na minha pele, tatuando uma rede de pequenas tranças nas coxas e nas nádegas. Tenho um nó na garganta e no futuro mais próximo, um nó corrediço que os minutos fecham sobre o nome de mamãe, destes 64 anos juntas, um nó sobre tudo vivido por nós duas. Tenho também silêncio, um chiado de dor que não sei por onde começar a ouvir. Jorge se senta de frente para o meu perfil na espreguiçadeira que está ao lado da minha. Olha para mim sem dizer nada. Quase o ouço respirar.

— Está se sentindo bem? — pergunta do alto de seus 30 e tantos anos de pai sem filho. Queria lhe dizer que não sei. Que não sei se "bem" é a palavra a escolher. Queria lhe pedir que me desse mais opções, talvez também um pouco de tempo.

— Mamãe foi à ilha com Irene.

Ele solta uma risada tímida pelo nariz.

— Sim. Ela me disse que queria mostrar o farol a Irene, e que não lhe dissesse nada porque você não a deixaria ir.

Não. Eu não a teria deixado ir.

— De qualquer forma, devem estar chegando — desculpa-se, juntando as mãos e apoiando os cotovelos nos joelhos. — Irene não gosta de dirigir à noite.

Quero ouvir Jorge falar. Quero companhia hoje, agora. Tenho um bilhete na mão com quatro palavras, quatro pontos cardeais de toda uma vida. A oeste, Mencía viúva de papai, coberta de resignação por um casamento que lhe rompia as costuras a gritos. A leste, a mãe, seca e branda como papel de embrulho. Ao norte, vovó, esse colar de três voltas no pescoço de Bea, de Inés e de Helena, às vezes laço e às vezes corda grossa. E a leste, a menina, a amiga de Tristán, a pequena Mencía retorcida de dor com a morte de seu pequeno, a mulher quebrada, a alma sem fundo. Mamãe tem esqueleto de cata-vento. Sempre teve. E, como sempre, suas quatro palavras circulam atrás de meus olhos como um carrossel de possibilidades. Desde a morte de Tristán, suas brincadeiras são meias verdades, e suas surpresas, pistas de um jogo que já não compartilha comigo nem com ninguém, só com sua memória, que a leva, a ela e só a ela, a momentos do passado que não me incluem. Mamãe joga de novo, me advertindo, me fazendo pensar. Imagino-a na cozinha momentos antes de partir para a ilha com Irene, tentando se lembrar da frase que me disse esta tarde na varanda, amaldiçoando-se por estar velha e desmemoriada e por fim, com uma risada rouca, recuperando palavra por palavra e anotando sua frase em qualquer papel, esquecendo-o depois. Sem importância.

— Lía... — insiste Jorge, que voltou a levantar a cabeça para me olhar e que agora colocou uma mão no meu braço.

Sorrio. Mamãe tem razão. Por que diabos sempre me preocupo tanto com o que não aconteceu? Por que este nó difícil na garganta assim, tão de repente? Por que esta espreguiçadeira vista da cozinha? A cozinha, do corredor? O corredor, do vestíbulo?

— Estou bem, sim. Só um pouco cansada. — Não é mentira. Faz muito tempo que estou um pouco cansada. Jorge não diz nada durante alguns segundos, e o silêncio enche tudo, despintando o crepúsculo. E de repente o nó se desata como uma trança malfeita, e o entardecer gira como uma moeda ao ar, arqueando meu estômago. Enfoco. Capturo. Percorro com a memória os metros que levam da porta de entrada da casa até a cozinha e de cima me falta uma cor e com ela o fôlego. A imagem está tingida de vermelho. E esse vazio tem a forma da mala nova de mamãe. A que já não está. A carente. A que me diz de seu não estar que as quatro palavras que guardo na mão são mamãe em estado puro, em despedida.

* * *

— O que você acha?

Não sei o que dizer. Mencía está de pé ao meu lado, com cara de poucos amigos, em pose de modelo antiga, embutida em um casaco de visom esfolado que lhe chega aos pés.

— Não sei o que dizer.

Solta uma gargalhada rouca e se agacha sobre a mala, da qual agora tira a bolsa Chanel que Lía lhe deu de presente de aniversário ontem. Pendura-a no ombro e se inclina um pouco, quase coquete.

— Que lerdas são vocês jovens, menina — cospe no ar, sacudindo a cabeça.

Ainda não é noite. Uma luz dourada e morna encobre tudo. Nós também. O vento vem e passa, caprichoso, embora nunca tanto quanto Mencía. Na mala vazia distingo também os jogos do PlayStation, um console, um montão de DVDs e de pequenos brinquedos e, em um canto, uma espécie de pelame escuro que ela agora tira da mala e que, com gesto desajeitado, transforma em uma peruca preta terminada em trança que encaixa na cabeça com a mão, entre bufidos, sem deixar de se apoiar com a outra na bengala.

— Humpf, humpf — ofega, enquanto a peruca navega sobre seu coque como um rato envenenado. Por fim amarra a peruca ao queixo com um elástico preto e se vira para olhar para mim.

Não sei se é medo. É, isto sim, uma sensação estranha, até agora desconhecida. Tenho a risada engasgada porque não quer sair. Mencía volta a sentar-se, agacha-se sobre a mala, fecha-a, arrasta-a até colocá-la junto a seus pés e ergue as costas sobre o banco de pedra, ao mesmo tempo que tira a bolsa do ombro e a deposita quase com primor sobre seus joelhos. Em seguida sorri e crava seus olhos nos meus como se acabasse de me ver.

— O que está olhando? — reclama, levando a mão ao cabelo em um gesto de suspeita.

Não sei mentir e ela sabe.

— Tudo. Estou olhando tudo — respondo, fixando por puro acaso os olhos na bolsa que descansa como um peixe morto sobre o visom puído.

Ela baixa o olhar e solta uma gargalhada.

— Ah, isto? — diz, revirando os olhos. — É para guardar os dentes. Sempre perco.

Não sai. A risada não sai porque minha garganta está lotada de perguntas que não deveriam estar ali. Não sai porque ficou para trás, pisoteada por uma sombra que começou a encobrir nós duas desde que chegamos a esta ilhota e que agora se tornou densa, quase sólida. Vejo Mencía ao meu lado e percebo nela uma mensagem que não decifro, mas que intuo. Não há risada porque há medo. E eu não gosto. Duas mulheres sozinhas, suspensas sobre um abismo de água, uma delas velha, envolta em um visom puído, com uma trança falsa no cocuruto e uma mala vermelha aos pés, e a outra eu, presa nesta falsa quietude, perto de nada.

— Esta é a trança da Lara Croft — esclarece, levando a mão ao cocuruto.

Não quero continuar ouvindo.

— Acho que devemos ir, Mencía. Está começando a escurecer.

Ela não fala nada. Também não se mexe.

— Prometi a ele que não falharia, que não demoraria — diz de repente, sem olhar para mim —, e já estou vários meses atrasada.

— Eu não gosto do que estou vendo — respondo, sem saber muito bem por quê.

Ela me lança um olhar incrédulo.

— Não me importa a mínima.

Um segundo. Dois.

— Não me vesti assim para você, menina — responde em tom de reprimenda. — De qualquer forma, obrigada por vir.

Não entendo. Olho para Mencía e ela fecha a cara.

— Já pode ir embora, menina. Estou pronta.

Então a verdade explode atrás dos meus olhos como uma centelha de luz e as peças de um quebra-cabeça de peças obscuras se reorganizam de repente em meus pulmões, me cortando o ar. Entendo de repente a excursão, as perguntas repetidas, as confissões a meia-luz. Entendo as mutretas de velha e me vejo como mais uma das peças deste xadrez que Mencía desenha faz tempo na palma da mão. Entendo a mala, os presentes de menina anciã em um aniversário de teatro mudo.

Entendo a viagem, não à ilha, não ao farol... a Tristán. Noto as veias como canelones cheios de cimento líquido, e ao fechar os olhos vejo de novo papai pedindo com o olhar, bebendo sua própria morte de minhas mãos com goles de gratidão. Vejo-me deixando Jorge para que siga em frente com o que já não resta daquilo que quis ter, pondo fim. Eu não sou assim, digo-me. Não posso saltar deste barco assim, agora, deixando afundar o capitão em sua carcaça velha e corroída sem lhe estender uma corda, sem puxá-lo para levá-lo comigo de volta à vida. Não quero esta responsabilidade. Não posso.

A voz de Mencía me chega tão doce que por um segundo parece que a estou imaginando.

— Não, menina — começa. — Não pense nem por um momento que estou pedindo que me ajude a morrer. Só estou pedindo que vá embora. Você me acompanhou até aqui e eu lhe agradeço por isso, mas não é você quem está me deixando morrer. Vá tranquila.

Tranquila de morte. É o que ela pede.

— E então?

Dá-me a mão, e na aspereza da pele de sua palma reconheço aquilo que conheci um dia na de papai. Dizem que a morte chega primeiro aos pulmões ou aos olhos, que se percebe próxima na respiração e no olhar do moribundo. Não é verdade. A morte desfaz a pele e começa pelos dedos porque é preciso pedi-la com as mãos. É preciso arranhar a vida e o tempo, linha a linha, poro a poro. Tanta é a suavidade que me roça da palma de Mencía que por um momento não sinto a pedra que tenho sob os pés. Não está. Mencía já não está.

— Não, menina — sussurra. — A morte é uma coisa hereditária. Você ajudou seu pai na sua hora. Minha menina o fará comigo.

Tem certeza, sim. Sua voz diz isso. Solta a mão e a coloca em meu ombro, me dando um pequeno empurrão que quase não sinto.

— Vamos. Agora precisa ir.

— E Jacinto? O que Jacinto vai dizer? — pergunto em seguida, tentando ganhar tempo, antecipando mil perguntas, mil olhares, mil desculpas para as quais não me sinto preparada.

Sorri.

— Ele sabe.

— E Lía? E Jorge? O que vou dizer a eles?

Ela se vira de costas e, sem se voltar, me acena com a mão ao mesmo tempo que uma rajada de vento joga a trança contra seu rosto.

— Adeus, Irene.

Adeus, Irene. Não há mais nada a dizer. Não há mais nada a viver. Aqui, já não. Não nesta ilha. Não neste farol. Não com Mencía. As pedras rolam ladeira abaixo pelo pequeno caminho que leva à baía onde o *Aurora* espera e eu desço com elas aos tropeções, primeiro devagar, vacilante, integrada na pedra do chão até abandonar joelhos e tornozelos, dando-lhes autonomia, pedindo-lhes velocidade, procurando o antes do aqui para não ter passado por isso, desejosa de pisar em terra firme contra tanto vazio, contra tanto suspense. Na água, Jacinto me espera com o motor ligado e, assim que salto para a coberta, dá-me as costas e o *Aurora* arranca rumo à margem contrária, em diagonal ao sol que quase já deixou de existir, rodeando devagar a pequena ilhota na qual eu nunca devia ter entrado. Sobre nós, junto ao pescoço enrugado de Jacinto, Mencía aparece durante dois segundos no alto, sentada agora com as costas rígidas em uma nuvem de visom velho e trança ao vento sobre o ombro de Jacinto, cujas costas cobrem ilha e rochedo. Desse banco de ombro, acena como uma boneca antiga, automática, lenta. Alguma coisa brilha contra o último sol da tarde lá de cima, como um feixe de luz. Não é o farol. É seu sorriso de dentes falsos capturando o que resta do dia, um sorriso breve que desaparece e reaparece atrás das costas de Jacinto, uma e outra vez, como uma imagem cintilante. As costas de Jacinto choram, ouço-me pensar com a garganta fechada enquanto o sorriso branco de Mencía se dilui agora contra a parede branca do farol até se perder à nossa esquerda. Seu sorriso se perde, sim, seguindo a espuma do *Aurora* desde seu trampolim de rocha, esperando o momento de seu encontro com Tristán como uma mãe jovem espera seu menino na saída do colégio. Esperando uma boa-vinda que chegará. O *Aurora* se afasta sob as sacudidas das costas de seu timoneiro e a dor cada vez mais leve de sua única passageira. Rumo à terra. É preciso continuar.

QUATRO

Não, não há mala no vestíbulo nem visom no armário de mamãe. Há, sim, o pouco tempo que falta para que caia a noite e o sangue que palpita na minha cabeça como um tesouro de vida, o mesmo que agora entronca com sua ausência. Corro por dentro. Tudo corre por dentro de mim: a urgência, a preocupação, o medo de ter entendido a mensagem. De não estar enganada. Mamãe foi às escondidas pelo braço de Irene, com tudo planejado. Está fugindo de nós desde que Tristán morreu, querendo chegar, temendo não cumprir com sua palavra de velha. Cumprida, mamãe. Seu bilhete na minha mão não queima nem pesa. É uma provocação e ela sabe que eu sei. A última. Não um ato de amor, nem de generosidade, nem de carinho. Mamãe me desafia à vida sem ela, sem sua dor. Mamãe contra Lía ou para Lía, contra mim ou comigo. Vai com sua mala à ilha que viu formar a nós todas, à pedra a que vamos a fim de chorar nossas ausências para que ninguém nos veja, a sós conosco. Vai esperando que venham buscá-la. Mamãe age, empreende, aciona. Tinha de ser assim. Seu cata-vento sobre minha base, como sempre. Sua decisão apoiada sobre minha base, apoiada em quem fica, em quem aprendeu desde pequena a deixar partir, a ficar, a que ninguém sentisse falta.

Saio de novo à varanda, e Jorge levanta devagar os olhos da espreguiçadeira. Ficamos assim um instante, nos entreolhando como duas crianças perdidas em um bosque de inverno, ele lendo, nas lágrimas que eu não noto, aquilo que não posso lhe dizer, e eu acariciando com meus olhos o único homem que me viu chorar na vida e que, a partir de agora, deverá começar a me ver sem o teto de mamãe sobre minha sombra. Eu confesso que vivi, escreve mamãe, rindo de tudo, rindo com a verdade, e com suas palavras volta a escrever no ar aquilo que os que continuam aqui ainda não fizeram. Em nós essas quatro palavras ficam grandes, muito. Eu não sou capaz de pronunciá-las alto, e sei que nem Flavia nem nenhuma de minhas duas filhas vivas também não. Não tenho voz para essas quatro palavras.

— Temos que descer à praia, Jorge — ouço-me dizer com uma voz ínfima que ele recebe com uma piscada.

— Agora?

— Sim, agora.

Ele continua me olhando durante mais alguns segundos e em seguida se levanta, vem até onde estou e põe a mão no meu ombro. Quando sua mão se fecha sobre minha pele, minha garganta se encolhe ao redor do pouco ar que me mantém inteira por dentro.

— Está acontecendo alguma coisa, Lía?

Não respondo porque não sei a resposta. Simplesmente, baixo o olhar até firmá-lo em uma das bengalas de mamãe que levo na mão e que devo ter pegado do cabide do vestíbulo antes de sair ao terraço. Não respondo porque não é o momento de fazê-lo. Nem de ficar.

— Vamos? — É a única coisa que consigo dizer.

Às nossas costas quatro palavras enormes gravadas na areia úmida e condensada da praia crepuscular. Sopra uma brisa fresca que vem do sul, acariciando-nos o rosto, molhando-nos a pele. O sol já quase não existe. Aos meus pés, a bengala de mamãe com a ponta coberta de areia descansa sobre o que amanhã será o fundo do mar. Jorge respira ao meu lado, com o olhar perdido em um horizonte escuro agora interrompido pela silhueta de um pequeno barco sobre o qual se avistam dois perfis difusos, o de um homem ao leme e o de uma mulher sentada na coberta. O barco se aproxima procedente de algum canto de pedra que não vemos daqui. Atrás de nós, as letras em leque que tracei na areia com a bengala de mamãe formam uma mensagem clara que eu leio em silêncio uma e outra vez com a voz dela. Eu confesso que vivi. Jorge passa o braço pelas minhas costas e me estreita contra seu peito em um gesto que eu há muito tinha esquecido e que por um instante repudio, enroscando-me sobre mim mesma. Há um abraço, sim, e um barco que se aproxima ao longe e cujo motor já reconheço, familiar, quase querido. Há partidas e chegadas. E há também quatro palavras atrás de nós com suas letras, suas vozes e seus ritmos.

Sei que mamãe as verá ao passar. Ela as verá como viu tudo sempre: de cima, do mais imenso. Verá como quem vê o bem-feito, rumo ao mais essencial de si mesma. Só então poderei me levantar, voltar para casa e começar a viver o que resta. Desde mim e até mim. Com meu norte e meu sul.

E com todos esses silêncios que ela deixa agora ao ir embora e que são eu mesma.

Sim. Eu mesma.

Tanta vida.